Die Jagd

Von Yannick Hagedorn

Die Jagd

Die Wächter II

Von Yannick Hagedorn

Bibliografische Information der Deutschen Nationalbibliothek:
Die Deutsche Nationalbibliothek verzeichnet diese
Publikation in der Deutschen Nationalbibliografie;
detaillierte bibliografische Daten sind im Internet über
http://dnb.dnb.de abrufbar.

1.. Auflage, 2021

Cover: Patrick Driemel
weitere Mitwirkende: Johan Heerhorst, Jessica
Schwiening, David Schwiening,

Herstellung und Verlag: BoD – Books on Demand, Norder-
stedt

ISBN: 978-3-7543-9544-8

Für Tobias Miller

Die Welt der Bücher kennt keine Grenzen.

Inhaltsverzeichnis

Kapitel 1 »Die Ankunft«

>>David<<

Der Wind trieb mir die Tränen in die Augen. Es war das berauschendste Gefühl seit einer Ewigkeit, so kam es mir zumindest vor. Doch leider bot sich mir vor meinen Augen eine schreckliche Szene auf. Das Gebäude, welches ich zuvor im vom Schöpfer projizierten Bild gesehen hatte, lag in Trümmern. Kein Stein war mehr auf dem anderen. Es als Ruine zu bezeichnen, wäre ein Kompliment. Und inmitten all dieser Bruchstücke standen sie. Meine Freunde waren alle da, es ging ihnen gut. Der Kampf war vorbei.

Innerlich spürte ich, wie der Mount Everest soeben von meinem Herzen fiel. Mit den Fersen trieb ich den Drachen weiter an. Kaum zu glauben, aber ich fühlte mich, als hätte ich nie etwas anderes getan. Ein leichtes Kribbeln breitete sich im Magen aus. Ob es die Freude auf meine Freunde war, besonders auf Mica oder doch nur der Rausch der Lüfte vermag ich nicht zu sagen.

Mit nur einem Wimpernschlag änderte sich die Szene. Ich sah nicht genau, was passiert war. Aber es herrschte ein gewaltiges Durcheinander. Meine Freunde stürmten auf Zed zu, welcher in ein dunkles Licht gehüllt zu sein schien. Mit einem kurzen Aufblitzen waren er und die beiden Personen neben ihm verschwunden.

»Was in drei Engelsnamen ist denn passiert?«, fragte ich aus Versehen laut in die Runde der Engelsgeneräle, welche mit mir aus dem Himmelreich herabgestiegen waren.

»Ich kann es dir nicht sagen, jedoch ist Zeriels Präsenz aus heiterem Himmel verschwunden. Und das bedeutet nichts Gutes!«, erklärte mir Jadriel. Auf ihrem Gesicht schlich sich ein kurzer Anflug von Besorgnis, allerdings verschwand er sofort und der alte grimmige Gesichtsausdruck kam wieder zum Vorschein. Meine Güte kann diese Frau auch mal lächeln?

Es waren jetzt nur noch knapp zehn Meter bis zum Boden. Abraxis streckte langsam seine Beine aus und leitet die Landung ein. Seine gewaltigen Schwingen erstreckten sich über sämtliche Trümmer. Damit ich absteigen konnte, ging er leicht in die Knie. »Ich danke dir!«.

»Nichts zu danken Meister, es ist meine Pflicht, euch zu dienen. Denn ihr seid der Wächter des Mutes. Wann immer ihr mich braucht, werde ich zu Hilfe eilen, sei die Entfernung doch so groß.«. Er verneigte sich vor mir und ich tat es ihm gleich. Diese Verbindung zwischen uns, bestand sie auch noch so kurz, ist unbeschreiblich stark und ich wusste, sie würde ein ganzes Leben lang halten. Vielleicht sogar darüber hinaus.

Der Sand unter den Schuhen knirschte, als ich mich langsam zu meinen Freunden umdrehte. Mein Mund öffnete sich bereits, um sie freudig zu begrüßen, doch starrte ich nur in schockierte, irritierte und von Tränen gerötete Gesichter. Bevor ich einen klaren Gedanken fasste, bewegte ich mich auf Mica zu und meine Arme schlossen sich um ihren Körper.

Ihre Tränen liefen über ihre zarten, leicht geröteten Wangen, bis sie auf mein weißes T-Shirt trafen. Langsam streichelte ich ihren Kopf. »Tsch, ganz ruhig. Was ist denn überhaupt passiert?«, wollte ich wissen.

»Das wüsste ich tatsächlich auch sehr gerne!«. Jadriel trat einen Schritt auf uns zu. Ihre gewaltigen weißen

Schwingen, jederzeit zum Abflug bereit, thronten majestätisch auf ihrem Rücken und ihre Hand ruhte auf dem Knauf ihres gigantischen Breitschwertes, welches an ihrer Hüfte befestigt war.

Sie besaß das gleiche goldene Haar wie Zed und ich. Eine leichte Brise sorgte dafür, dass diese mit dem Wind wehten. John und Trace mussten denken, dass eine Göttin vor ihnen stünde, den ihre Augen wuchsen auf Übergröße an.

Nun kamen die restlichen Generäle auf uns zu.

»Was passiert ist, willst du wissen? Das kann ich dir sagen. Chris, dieser Idiot, hat uns verraten! Aus purer Eifersucht und Neid ist er einen Pakt mit Marxael eingegangen. Das Ergebnis davon sieht so aus, dass Zed jetzt in der Unterwelt gefangen ist!«, Trace klang stinksauer.

»WAS!« Jadriel war fassungslos.

Erst jetzt schien Mica zu begreifen, dass ich nicht mit leeren Händen aus dem Himmel zurückgekehrt bin.

»David, bitte sag mir, dass ich so viel geweint habe, dass ich dehydriert bin und ich deshalb am Halluzinieren bin. Denn ich sehe hier eine Reihe von superheißen Hollister-Models in schwerer Kampfmontur, welche ausreichen würde die Vereinigten Staaten von Amerika auszuradieren!«.

»Keine Sorge, die sind alle echt. Darf ich vorstellen. Jadriel und die restlichen himmlischen Generäle oder anders ausgedrückt, die Geschwister von Zed.«

»Scheiße, dann ist das alles doch kein Traum!«. Mit diesen Worten sackte Mica in sich zusammen. Ihr Kopf schlug gegen meine Brustmuskeln. Panisch verstärkte ich den Griff um ihren Körper.

»Hey Mica! Mica, komm zu dir!«, schrie ich, während ich sie sanft rüttelte.

Einer der himmlischen Generäle trat auf uns zu. »Ich kümmere mich um sie. Keine Sorge, gleich wird es ihr besser gehen.« Behutsam legte ich sie auf den Boden und Zeds Bruder begann mit der Behandlung.

»Da die Dramaqueen ein Nickerchen macht, könnten wir dann zum eigentlichen Problem zurückkehren?«, fragte Jadriel leicht genervt. Himmel, ich konnte sie einfach nicht so recht leiden. Wie kann man nur so herzlos sein. Aus dem Augenwinkel funkelte ich sie böse an.

Trace kam einen Schritt auf uns zu. »Hi, ich bin Trace, 16 Jahre, Single und bereit dich auf der Stelle zu heiraten!«, um seine Aussage zu untermauern, verbeugte er sich und streckte die Hand aus. Jadriel wirkte erst verwirrt und dann verärgert.

Es dauerte fünf Sekunden, bis er einen Schlag von John auf seinen Kopf bekam. Dieses Mal jedoch war es kein freundschaftlicher Klaps. Nein, es war ein gewaltiger Fausthieb, der Trace zu Boden gehen ließ. »Bleib einmal bei der Sache! Unser bester Freund wurde in die Unterwelt entführt und du hast nichts Besseres zu tun, als seine Schwester anzubaggern? Geht´s noch?«.

»´schuldige, hast ja recht.«, sagte Trace, als er sich hochstemmte und den Sand aus seinen Klamotten klopfte.

Die furchteinflößende und doch wunderschöne Generalin nutzte die Gelegenheit, räusperte sich. »Habe ich eben richtig gehört? Marxael hat die Hölle verlassen, Zeriel gefangen genommen und ihr Menschen habt einfach dabei zu gesehen? Halt, nein einer von euch hat ihm sogar geholfen!« Mit jedem ihrer Worte lief sie mehr rot an, bis ihr

Kopf zu explodieren drohte. »Wisst ihr eigentlich, was ihr da angerichtet habt? Durch euer Versagen könnte jetzt die gesamte Schöpfung vernichtet werden! Euretwegen sitzt Zeriel, unser Bruder, in der Hölle fest und keiner von uns besitzt die Macht ihn zu befreien. Das heißt, mit anderen Worten Marxael wird ihn töten und damit ist das Schicksal der Welt besiegelt!«

Ich hätte nie gedacht, dass eine Frau ein solch kräftiges Instrument besitzt. Ihre Stimme muss kilometerweit zu hören sein. Es grenzte an ein Wunder, dass unsere Ohren dieser Lautstärke standhielten. Eigentlich traute ich mich kaum, meine Stimme zu erheben, doch tat ich es trotzdem. »Was soll das bedeuten, dass wir nicht die Macht besitzen ihn zu befreien? Genau an diesem Ort sind die Mächtigsten der Mächtigsten versammelt. Wenn nicht wir, wer sonst?«.

Jadriel lachte kurz auf. »Wir mögen mächtig sein, aber nicht allmächtig, als könnten wir diese immense dunkle Macht aushalten, welche in der Unterwelt verteilt ist. Sollte auch nur ein Wesen, was ein bisschen himmlische Essenz besitzt, die Hölle betreten, dient diese wie ein Leuchtfeuer und sämtliche Dämonen würden sich auf den Weg machen, um das Wesen auszuschalten.«.

»Ist das nicht ein Grund mehr, damit wir uns auf den Weg machen und Zed und Chris aus den Klauen Marxaels befreien sollten?«, fragte ich.

Trace horchte auf. »Du willst den Verräter retten gehen? Ich glaube, ich habe mich verhört! Hast du noch alle Latten am Zaun?«.

»Kaum zu glauben, dass ich das sage, aber ich gebe dem Idioten Recht! Warum sollten wir auch nur eine Feder unserer Flügel für dieses dreckige, verräterische Menschlein riskieren?«, fauchte Jadriel mich an.

»Weil ich weiß, dass er sein Herz am rechten Fleck hat und er das Gleiche für jeden von uns tun würde!«

Kapitel 2 »Die Unterwelt«

>>Zeriel<<

Ich sah nichts, außer absoluter Dunkelheit. Auch wenn mir die Sicht genommen wurde, so spürte ich doch das Gewicht der schweren Ketten, welche mir angelegt wurden. Das Eisen fühlte sich eiskalt an. Die Kälte verbrannte mir die Haut. Ich versuchte, mich aufzurichten, aber meine Beine knickten sofort ein.

»Ich an deiner Stelle würde das lassen!«, ertönte eine Stimme aus der Finsternis, Marxael. »Jede Bewegung, wird dich nur mehr schwächen. Diese Ketten wurden aus einem speziellen Metall der Unterwelt geschmiedet. Wir nennen es Dämonium. Es besitzt die Fähigkeit, allen himmlischen Wesen die Kraft auszusaugen und je mehr sie sich dagegen wehren, desto stärken saugen sie dir den letzten Rest deiner Essenz aus dem Körper.« Er lachte auf.

Auch wenn ich nichts sah, so war mir klar, wie sehr ihn dieser Anblick mit Freude erfüllte. Mit dem rechten Arm holte ich verzweifelt zum Schlag aus, während ich mich mit der linken Hand abstützte. Doch meine Faust endete in der Leere. Sofort wurde der Sog, welcher von den Ketten ausging, stärker. Ich brach unmittelbar zusammen.

»Da liegt er nun, der mächtigste Engel der Schöpfung! Zumindest war er das einmal. Komm mein neuer Freund, es wird Zeit, die Erde zu erobern!«, triumphierte Marxael und brach erneut in schallendes Gelächter aus, welches von den Wänden zurückhalte.

»Vergiss dein Versprechen nicht! Du hast mir Mica versprochen. Sobald ich dir geholfen habe, Zed gefangen zu nehmen, wolltest du dafür sorgen, dass sie nur noch Augen für mich hat und nicht mehr für dieses Etwas!«, sprach Chris aus der Dunkelheit heraus.

»Sicher doch. Sicher doch. Du wirst sie schon bald in deinen Armen halten. Dem kannst du dir gewiss sein! Und nun komm, wir haben viel zu tun!«

Die beiden entfernten sich von mir. Erneut sammelte ich meine Kraft, um loszulaufen, doch hielten mich die Ketten auf. Wieder fiel ich zu Boden. »Chris, wie konntest du nur? Ich habe dir vertraut. WIR haben dir vertraut!«

Verdammt, warum war ich so blöd? Ich hätte seinen Schmerz bemerken müssen. Es war meine Schuld, dass Chris von der Finsternis eingenommen wurde. Ich hatte versagt. Ich hatte meinen Freund nicht beschützen können. Niedergeschlagen sackte ich in mich zusammen und Tränen bahnten sich einen Weg an die Oberfläche. Ohne es zu bemerken, fielen mir die Augen zu und ich schlief ein.

>>Chris<<

Dicht hinter Marxael ging ich eine steile Treppe hinauf. An den Wänden befanden sich Fackeln. Die blauen Flammen spendeten uns genug Licht, sodass ich in der Lage war, zu sehen, wo ich hintrat.

»Heute wird gefeiert! Nach all den Jahren habe ich es endlich geschafft. Jetzt wird es mir ein Leichtes sein, meinen Plan in die Tat umzusetzen.«, freute sich Marxael.

»Was für einen Plan?«

»Später mein Freund, später. Erstmal stelle ich dir jemanden vor.«

Wir kamen am Ende der Treppe an und Marxael öffnete eine Art Tür vor uns. Zum Vorschein kam ein großer rechteckiger Raum. An den Wänden befanden sich ebenfalls die Fackeln mit ihren blauen Flammen. Diese sorgten dafür, dass die schwarzen aus Marmor bestehenden Fliesen leicht schimmerten. Das Zentrum des Raumes bildete ein kreisrundes Becken, welches mit Wasser befühlt zu sein schien. Von ihm ging ein schwaches Leuchten aus. Als ich mich weiter umsah, entdeckte ich eine kleine Empore. Auf dieser befand sich ein Thron aus purem Silber und schwarzem Leder. Neben ihm standen zwei Hundestatuen, deren Material ich nicht erkannte. Jedoch erschrak ich bei ihrem Anblick. Jeder Kerberos sah gegen diese Hunde aus, wie ein netter Chihauhauwelpe.

»Haben dich Kerael und Imperiael erschreckt? Keine Sorge ohne einen Befehl werden sie ihre derzeitige Form nicht verlassen. Aber die beiden waren nicht der Grund, warum ich dich in meine Gemächer gebracht habe. Padriel und Annriel kommt her!«

Aus dem Nichts sah ich, wie sich zwei schwarze Nebelwolken vor uns auftaten.

»Ihr habt uns gerufen, mein Lord?«, es waren mehrere Stimmen, die sprachen.

Der Nebel verdichtete sich und es materialisierten sich zwei Personen. Die eine entpuppte sich als Frau, deren orangene Haare in leichten Wellen über ihren Rücken fielen. In ihrem Gesicht trug sie schwarze Tätowierungen, welche aussahen wie Flammen. Aus ihrer Stirn ragten zwei Hörner hervor. Die andere Figur war ein Mann. Er hatte kurze dunkle Haare und eine lange Narbe über seinem rechten Auge. Auch er besaß kleine Dämonenhörner auf seiner Stirn.

»Chris, dies sind meine beiden Generäle. Annriel und Pardriel.«

»Meister, wer ist diese Gestalt? Er riecht so, wie soll ich sagen ... nach Verrat?«, der Dämon schnupperte mit seiner Nase und verzog dann angewidert das Gesicht.

Das war jawohl die Höhe, was erlaubt der sich! In mir brodelte es. Am liebsten würde ich ihn gerne in Flammen aufgehen sehen. Ohne es zu merken, bildete sich in meiner Hand ein Feuerball, welcher in einer aschgrauen Farbe leuchtete.

»Sag das noch einmal und du kannst dich demnächst für eine Gesichts-OP bewerben.«, fauchte ich ihn an.

»Na na na, jetzt beruhige dich Chris. Du bist ab sofort einer von uns und so lange, wie dein Platz in der Hierarchie nicht bestimmt ist, solltest du dich nicht mit einem General anlegen.«, forderte Marxael mich auf. »Das Gleiche gilt für euch. Chris ist ein Gefallener und ich will nicht, dass ihm irgendetwas passiert. Habe ich mich da klar ausgedrückt?«

Die beiden Dämonen nickten und mein Feuerball erlosch. »Sehr schön, dann zeigt Chris jetzt sein neues Zimmer und etwas von unserem Reich. Ich habe eine Unterredung mit meinem Vater, die ich leider nicht weiter hinauszögern kann.« Damit verschwand Marxael und ich war mit den beiden Dämonen allein.

»Folge mir!«, fauchte die Dämonin. Sie drehte sich um und ging voraus. Ich folgte ihr und hinter mir lief Padriel.

Wir schlenderten wieder einen schmalen Gang entlang, allerdings war dieser, wie die Gänge in Camelot mit Bildern versehen. Diese zeigten grauenhafte Szenen von blutigen

Schlachten. Ich zwang mich, die in mir aufsteigende Magensäure hinunterzuschlucken.

Auf meiner linken Seite ragte ein Fenster. Ich wagte es, einen Blick zu riskieren. Was ich sah, verschlug mir die Sprachen. Vor mir erstreckte sich ein gewaltiges Labyrinth aus Häusern. Über den Dächern flogen vereinzelte Dämonen.

Der Horizont war in ein gefährliches Rot getaucht. Am Rand der Stadt erstreckten sich gewaltige Berge aus schwarzem Gestein.

»Ich dachte, dass die Unterwelt ein gigantisches Labyrinth sei und keine Stadt?«

»Wir befinden uns gerade im königlichen Palast der Hauptstadt. Hinter den Bergen existiert das wirkliche Labyrinth. Nach ein paar Kilometern wirst du weitere Siedlungen von schwächeren Dämonen finden. Von dort aus weitet sich der Irrgarten immer weiter aus, bis er die vier kolossalen Tore erreicht. An jener Stelle liegen die Anwesenden der Großen. Sie verhindern, dass die Niederen unkontrolliert in die Menschenwelt gelangen können.«, erklärte mir Padriel.

Annriel setzte sich wieder in Bewegung. Es war ihr anzusehen, dass sie keine Lust hatte, mir die Unterwelt zu zeigen. Sie hielt vor einer schlichten Holztür. Als sie sie öffnete, erblickte ich in einen großen Raum. In ihm stand ein Himmelbett, mit schwarzen Bezügen und ein Schreibtisch.

Daneben ging eine weitere Tür ab, hinter ihr befand sich ein Bad. Auf der gegenüberliegenden Seite führte eine Glastür auf den Balkon.

»Das nenne ich mal ein Upgrade! Von der Holzklasse direkt in die Erste!«, jubelte ich.

»Da das nun geklärt ist, komm mit! Wir zeigen dir die Stadt!«, mit diesen Worten machte Annriel auf der Stelle kehrt.

Was stimmt mit dieser Frau nicht? Zum Lachen geht die definitiv in den Keller. Widerwillig folgte ich ihr.

Nachdem wir das Schloss über die Zugbrücke verlassen haben, folgten wir der Straße den Berg hinunter, es dauerte etwa 15 Minuten, bis wir die Häuser der Stadt erreichten. Als ich mir über die Schulter sah, erblickte ich zum ersten Mal das schwarze Schloss in all seiner Pracht. Es war das komplette Gegenteil zur Camelot High. Anstatt Meter hoher Mauer aus weißem Granit ragte hier ein Wall aus finsterem Obsidian in den roten Himmel. Ein blutroter Horizont. Mir stockte bei seinem Antlitz der Atem. Obwohl dieser Ort jedem Kind das Fürchten lehrt, so beruhigte mich die Farbe des Himmels ungemein.

Das Schloss selbst bestand ebenfalls aus diesem dunkeln Gestein. Die Fenster der Burg hatte allesamt goldene Rahmen, die sich stark von der kohlrabenschwarzen Farbe absetzten. Das Beeindruckendste war jedoch, der imposante Turm, welcher neben der Feste stand. Padriel teilte mir mit, dass es sich dabei um die privaten Gemächer des Zerstörers handelte und niemand ohne seine Erlaubnis betreten durfte.

Während seiner weiteren Erklärungen schwankten meine Gedanken ab und die Erinnerungen an John, Trace und Mica tauchten auf. All die unvergesslichen Zeiten, welche wir zusammen verbracht hatten. Doch dann kam er! Er, der alles kaputt gemacht hatte!

Meine Hände ballten sich zur Faust und ich wendete den Blick ab. Schnell eilte ich Annriel hinterher.

»Zu deiner Rechten siehst du die finstere Akademie der Zerstörung. Dort gehen sämtliche Kinder der höheren Dämonen zur Schule und lernen mit ihren Kräften umzugehen. Außerdem wird nach ihrem Abschluss entschieden, welchen Rang sie in der dämonischen Hierarchie einnehmen werden.«, erklärte mir Padriel, aber ich hörte ihm nicht wirklich zu. Stattdessen schaute ich mich begeistert in der mittelalterlichen Stadt um. All diese alten Häuser mit Strohdächern und die gepflasterte Straße, ich fühlte mich wie in den Elder-Scrolls-Games.

Je weiter wir die Gasse entlanggingen, desto schlichter wirkten die Häuser. Es waren jetzt keine Bruchbuden, aber ich erkannte deutlich, dass in diesem Stadtteil Dämonen wohnten, welche einen nicht so hohen Rang besaßen.

Als wir das Ende der Straße erreicht hatten, offenbarte sich ein großer Marktplatz. Rund um den Platz waren kleine Stände aufgebaut. Diese verkauften verschiedenste Arten von Gemüse oder Schmuck, wie auch Tiere. Die Mitte des Marktes bildete ein Galgen.

Irritiert schüttelte ich den Kopf. »Bei euch gibt es echt noch Hinrichtungen? Ist das nicht etwas übertrieben?«

»Nein ist es nicht, jeder, der es wagt, sich einen ihm höhergestellten Dämon zu widersetzten, wird auf der Stelle hingerichtet! So wird die Ordnung aufrecht gehalten. Und ich rate dir, stelle unser System niemals infrage, sonst wirst du schneller an diesem Galgen hängen, als dir lieb ist!«, drohte mir Annriel. Ich schluckte einmal kräftig, bevor ich etwas erwidern wollte. Allerdings kam es nicht dazu, denn ein Aufschrei zog meine Aufmerksamkeit zu sich. Blitzartig drehte ich mich um die eigene Körperachse.

»Du wagst es! Mir, einem höheren Dämon zu widersprechen?«, hörte ich eine Stimme.

»Was ist da los?«, fragte ich mehr zu mir selbst und rannte los.

»Warte, Chris bleib hier!«, rief mir Padriel hinterher, doch ich ignorierte ihn. Mir blieb keine andere Wahl, es zog mich regelrecht zu dem Aufruhr. Kaum kam ich zum Stehen, ließ der Anblick mich erschaudern. Vor mir lag eine nieder Dämonin. Ihre Lumpen hingen in Fetzen an ihr herab. Und über ihr stand ein weiterer Dämon, welcher in prächtige Gewänder gehüllt war. In der einen Hand umklammerte er eine lederne Peitsche, diese war mit scharfen Metallsplittern versehen. Während er in der anderen eine Eisenkette hielt, welche zu der am bodenliegenden Dämonin führte.

»Ich bin dein Herr und du wirst mir gehorchen!«, als er sprach, holte er mit sein Fuß aus und trat ihr in die Magengegend.

In mir baute sich ein unbeschreiblicher Zorn auf. Langsam hob sich meine Brust, um gleich darauf sich wieder abzusenken. Die Fingernägel bohrten sich in die Handflächen. Ich merkte es nicht, wie sich Annriel und Padriel mir genähert hatten.

»Ich rate dir, dich dort rauszuhalten. Wenn die Dämonin zu schwach und zu dumm war um sich als Sklavin verkaufen zu lassen, dann hat sie selbst Schuld.«, sagte Annriel mit einer absoluten Gleichgültigkeit in ihrer Stimme.

Wieder trat der Dämon auf sie ein. Das Mädchen spuckte Blut. Das brachte das Fass zum überlaufen. »Welchen Rang hat dieser Mistkerl?«

Beiden schauten mich verwirrt an. »Er ist der Stadtverwalter und untersteht somit dem dämonischen Rat. Aus diesem Grund steht er an der dritten Stelle der Hierarchie.«

»Bei euch dreht sich doch alles um Stärke oder? Dann müsste ich reintheoretisch einen höheren Rang haben, wenn ich unter Beweis stelle, dass ich machtvoller bin als dieser Möchtegern dort drüben?«

»Reintheoretisch schon, aber...« Weiter ließ ich Padriel nicht kommen. »Also gut, dann werde ich jetzt zu seinem schlimmsten Albtraum!«

Genau in dem Moment, als der Stadtverwalter mit der Peitsche ausholte, stoppte ich ihn im Flug. »Wenn dir dein Leben lieb ist, hörst du auf der Stelle damit auf!« Der Dämon war überrascht, dass ihn jemand aufzuhalten versuchte.

»Jungchen, hast du überhaupt eine Ahnung, was du gerade getan hast?«, fragte mich der Dämon mit einem zu einer Grimasse verzogenen Gesicht.

»Oh ja und ich gehe noch weiter. Ich fordere dich hier und jetzt zu einem Duell heraus, der Gewinner bekommt das Mädchen und der Verlierer.«, weiter sprach ich nicht und deutete nur auf den Galgen neben uns. Ich hoffte, dass ich wusste, auf was ich mich hier einließ.

Das Grinsen des Dämons wurde breiter. Er packte seine Robe mit der rechten Hand und zog sie sich mit einem Schwung vom Körper. Unter dem Gewand kam eine schwarze Rüstung zum Vorschein. Damit hätte ich jetzt nicht gerechnet. »Na, hast du dir bereits in die Hose geschissen? Warte ab, was gleich passieren wird.« Kaum hatte er seinen Satz zu Ende gesprochen, so schleuderte er mir drei magische Geschosse entgegen.

Instinktiv hob ich die Arme und formte in meinen Gedanken einen Schild. An diesem verpufften die Projektile, als wären sie auf eine Mauer aus Titan geprallt. »War das schon alles?«

»Wo denkst du denn hin, ich wärme mich gerade erst auf!«, lachte der Dämon und warf mir die nächsten Geschosse entgegen. Diese besaßen mehr Kraft als die Vorherigen. Aber das änderte nichts an dem Ergebnis.

»Dann bin wohl ich jetzt an der Reihe.«, stellte ich fest. Ich sammelte die Essenz des Feuers in meinem Körper. Doch irgendetwas war anders als sonst. Sie fühlte sich so viel finsterer an, als sie es in der magischen Dimension war. Die Essenz wuchs in mir an und wurde ununterbrochen größer. Oh ja, ich würde den Dämon einfach brennen lassen. Er soll in Flammen aufgehen und meine Kraft spüren. Ich bin unbesiegbar, niemand wird mich aufhalten.

Augenblicklich lenkte ich die Essenz in den Ring an meinem Finger. Der Rubin funkelte in einem blutroten Licht und der Speer nahm Gestalt an. Allerdings waren seine Spitzen diesmal grau, anstatt dem üblichen Rot. Bevor ich zum Angriff überging, ließ ich ihn einmal über meinen Kopf kreisen. Dann lief ich los. Den Speer nun hinter dem Rücken holte ich zum Schwung aus. Kurz bevor die Zacken den Dämon trafen, wurde ich von einer Druckwelle nach hinten geschleudert. Unsanft schlug ich auf dem Marktplatz auf.

»Ich gebe zu, das hat mich etwas überrascht. Dass ein so junger Dämon wie du eine himmlische Waffe besitzt. Wer hat sie dir gegeben? Na los, sag es schon!«, forderte er mich auf, während er seine Stiefel auf mein Brustbein drückte. »Du willst es mir nicht verraten? Vielleicht überzeugt dich das!« Er verstärkte den Druck. Dann knackte es und ich schrie auf. Mir fiel es immer schwerer, zu atmen. Der verdammte Mistkerl hatte mir eine Rippe gebrochen.

»Du willst es mir nicht verraten, aber das ist egal. Denn, wenn ich dich getötet habe, nehme ich sie einfach.«, siegessicher lachte der Stadtverwalter aus tiefster Seele.

»So leicht wirst du nicht gewinnen.«, spuckte ich ihm entgegen, dichtgefolgt von einer Ladung Blut. Mist! Vermutlich hat sich eine der Rippen, in meine Lunge gebohrt. Aber so lasse ich ihn nicht davon kommen. Eher gehen wir beide drauf. Ich sammelte sämtliche Essenz, welche ich aufnehmen konnte. Und ließ sie in einer gewaltigen Explosion aus meinem Körper fahren.

Diese traf den Dämon mit voller Kraft. Die Wucht war so enorm, dass er mindestens zehn Meter nach hinten geschleudert wurde, mitten in die Dämonenmitte.

Ich richtete mich langsam wieder auf. Leicht auf meinen Speer gestützt und mit dem linken Arm die Brust umklammert. »Jetzt hast du es geschafft. Ich bin richtig angepisst!«, schrie ich ihm entgegen.

Meine Augen glühten in einem gefährlichen Grau. Die Essenz des Feuers war so stark in mir, dass sie aus dem Körper hinaustrat und ich die elementare Gestalt annahm. Aus meinem Rücken ragten zwei Schwingen aus purem Feuer. Diese hoben mich drei Meter in die Luft.

All die Kraft, die mir zur Verfügung stand, lenkte ich in meinen Speer. An dessen mittlerer Spitze bildete sich eine graue Energiekugel. Als sie die Größe einer Bowlingkugel erreicht hatte, ließ ich der Energie freien Lauf. In einem gewaltigen Strahl entlud sie sich und verbrannte den Statthalter samt Rüstung. Alles, was von ihm übrig blieb, war ein Häufchen Asche.

Nachdem ich den Angriff beendet hatte, landete ich auf dem Pflaster des Marktes. Als meine Füße den Boden berührten, nahm wieder menschliche Gestalt an. Das T-Shirt, welches ich bis eben trug, war vollkommen verbrannt. So stand ich auf dem Marktplatz. Mit nacktem Oberkörper, einem Flammenspeer in der Hand und einem Paar schwarzer Schwingen auf dem Rücken.

Die Zuschauer wirkten geschockt. Dann murmelten sie wie wild drauflos. »Ein Gefallener.« »Wie ist das möglich« »Er hat einen Erzdämon vernichtet.«

Halt Stopp! Was haben die da eben gesagt? Erzdämon? Bevor ich den Gedankengang beendete, fielen meine Augen zu und es wurde schwarz um mich.

Kapitel 3 »Neuer Auftrag, neuer Plan«

>>David<<

Jadriel war es deutlich anzusehen, dass sie es nicht einsah, dass wir Chris und Zed zu retten hatten. »Das kannst du getrost wieder vergessen. Du weißt ja nicht einmal, ob er überhaupt gerettet werden möchte. Ich meine, er hat sich sicher nicht grundlos dafür entschieden, dass er seine besten Freunde verrät.«

»Bestimmt stand er nur unter den Einfluss Marxael. Wenn wir mit ihm reden, wird er schon zur Vernunft kommen!«, versuchte ich sie zu überzeugen, aber nicht einmal John und Trace wirkten überzeugt.

Gerade, als ich erneut versuchen wollte, sie umzustimmen, betrat Merlin den ehemaligen Kampfplatz. Schnellen Schrittes eilte er auf uns zu. »Kann mir mal jemanden erklären, was dieses Chaos zu bedeuten hat!«, seine Augen waren auf John und Trace gerichtet. »Hallo, bitte heute noch!«

»Merlin, das ist eine etwas längere Geschichte und ich fürchte, sie wird dir nicht gefallen.«, begann ich, wurde aber sofort von ihm unterbrochen. »Ach was du nichts sagst!«, Merlin drehte seinen Kopf zu mir um, »Oh David, du bist wieder da? Das heißt, dass deine Mission erfolgreich war?«

»Ja war sie. Jedoch fürchte ich, dass wir momentan vor einem größeren Problem mit Zed stehen, als vor dem Duell.«

Schlagartig legte sich ein Schatten über das Gesicht von Merlin. »Nicht schon wieder. Ich schwöre euch, dieser

Engel bringt mich noch um den Verstand. Überall wo er auftaucht, sind die Schwierigkeiten vorprogrammiert! Kann er es nicht einmal gut sein lassen? Das Einzige wozu dieser Engel im Stande ist, ist Chaos zu stiften!«, Merlin redete sich in Rage. Mit jedem seiner Worte lief sein Kopf roter an. Das Gleiche passierte mit dem von Jadriel. Bevor ich in der Lage war sie zu beruhigen, ging es auch schon los. »Was glaubst du eigentlich, wer du bist. Wenn Zeriel nicht gewesen wäre, würden du und deine primitive, arrogante, egoistische, inkompetente, nutzlose, verwöhnte Rasse gar nicht existieren. Er hat sich für euch geopfert!«

»Ja und? Das bedeutet nicht, dass er nun für Chaos sorgen darf! Und überhaupt, wer sind Sie? Sie gehören nicht zum Lehrkollegium oder zu dem Schulelternrat. Also, was wollen Sie an meiner Schule?«

Oh nein, jetzt hatte er es geschafft. »Ich bin Jadriel! Erste Generälin des himmlischen Korps! Schwester des Hüters und Erzengel oberster Ordnung und ich werde es nicht zulassen, dass ein mickriger Mensch wie du, so über meine Familie spricht!«, kaum hatte sie geendet, so griff sie zu ihrem Schwert, welches an ihrer Hüfte befestigt war. Mit einem Wimpernschlag drückte sie die Schwertspitze an Merlin´s Kehle.

An der Stirn des Schulleiters liefen die Schweißtropfen herunter und er musste sichtlich schlucken. Die Spannung war regelrecht zu spüren. Niemand von uns traute sich, sich auch nur einen Millimeter zu bewegen. Als die Anspannung ihren Höhepunkt erreichte, zog eine Stimme alle Aufmerksamkeit auf sich. »Jadriel, nimm dein Schwert herunter! Wir haben uns um deutlich Wichtigeres zu kümmern, als um solche kleinen Streitereien!«

Diese Stimme das war doch nicht etwa? So schnell es mir meine Reflexe erlaubten drehte ich mich um und suchte nach ihrer Quelle. Vor uns flackerte die Luft, bis sich eine Art Bildschirm offenbarte, dessen Rand golden leuchtete.

»Test, Test, konnt ihr mich hören?«, fragte die Stimme des Schöpfers, mein Großvater. Wir alle starrten wie gebannt auf den Bildschirm, denn keiner glaubte, was hier passierte. »Jetzt nimm schon dieses von mir verdammte Schwert herunter, bevor sich jemand verletzt.«

Unmittelbar nach dem der Schöpfer geendet hatte, steckte Jadriel ihre Waffe ein und legte ihre rechte Hand auf ihre linke Brust und verbeugte sich. Die anderen Generäle taten es ihr gleich. Merlin sank zu Boden, alles, was er hervorbrachte, war ein ungläubiges Lachen. John war mehr oder weniger an der Person interessiert, als an dem magischen Fernseher. Trace legte nur seinen Kopf schief.

»Grandpa, ich nehme an, du weißt bereits von unserem Problem?«

»Ja, das tue ich und ich fürchte, ich muss Jadriel Recht geben. Es gibt keinen Weg für uns himmlische Wesen in die Unterwelt. Innerhalb von Minuten wären wir von tausenden Dämonen umzingelt.«

Ich ballte meine Hände zu Fäusten, sodass die Knöchel hervortraten. »Das ist doch nicht dein Ernst! Wie kannst du Zed einfach in Stich lassen?« Die Anwesenden zogen scharf die Luft ein. Der Blick des Schöpfers ruhte auf mir. »Glaub mir, nichts würde ich lieber tun, als in die Unterwelt stürmen und Zeriel selbst zu retten. Aber wir müssen uns erstmal um Wichtigeres kümmern.«, argumentierte er sachlich.

»Was ist denn bitte wichtiger, als deinen eigenen Sohn zu retten?«, fragte ich bockig wie ein Kleinkind.

»Der Schutz der gesamten Schöpfung. Nun da Zeriel vollständig erwacht ist und seine Kräfte zu ihm zurückgekehrt sind, können die Dämonen die Unterwelt nach Belieben verlassen. Dieses hat zur Folge, dass sowohl die magische Dimension als auch die Menschenwelt in ernsthafter Gefahr sind. Zudem seid ihr nicht zu Hundertprozent ausgebildet, es wäre reiner Selbstmord jetzt in die Unterwelt zu gehen. Versteh doch bitte, dass ich dich nur beschützen will. Hat euch Zeriel nicht einen Auftrag gegeben?«

Ich schaute ihn irritiert an. Es war John, welcher mich aufklärte. »Im letzten Moment, bevor Zed in die Unterwelt gezogen wurde, bat er uns, eine Person namens Allura zu finden.« Bei dem Namen horchte ich auf. »Schon wieder dieser Name. Grandpa, wer ist diese Allura, von der jeder spricht.«

Der Schöpfer atmete einmal tief durch. »Sie ist die Inkarnation des freien Willens. Sie war es, welche Zeriel beschützen sollte. Allerdings verliebten sich die beiden vor vielen Jahrhunderten. Am Tag ihrer Hochzeit wurden wir von den Mächten der Finsternis angegriffen und Zeriel opferte sich, um sie in die Unterwelt zu verbannen. Nach dem Verlust ihres Geliebten schottete sie sich von allen ab. Seitdem hat niemand mehr was von ihr gehört, geschweige denn gesehen, bis Zeriel seine Kräfte und Erinnerungen zurückerhielt.«

»Dann wollte Zed, dass wir seine Frau suchen?«, überlegte ich laut. Mein Großvater nickte. »Aber wie sollen wir sie finden? Ich meine, sie könnte überall auf der Welt sein?« Ich schaute ihm lange direkt ins Gesicht, doch er gab uns keine Antwort. »Das wäre jetzt der Moment, in dem du uns verrätst, wo wir sie finden können.«

Alles, was wir erhielten, war ein lautstarker Seufzer. »Es tut mir leid, das kann ich leider nicht. Denn ich weiß selbst nicht, wo sie sich derzeitig befindet. Ich kann euch nicht helfen, zumindest in diesem Sinne.« Der Schöpfer wandte sich nun direkt an seine Generäle. »Ihr kehrt bitte sofort in den Himmel zurück und bereitet das himmlischen Korps auf den Kampf vor. So wie ich meinen Bruder kenne, werden wir es bald mit Horden von Dämonen zu tun bekommen und ich will, dass wir vorbereitet sind!«

Die Generäle antworteten im Chor. »Wie du befiehlst, Vater!« Sie verneigten sich erneut und ließen ihren Flügel freien Lauf. Alle waren bereits im Inbegriff sich auf den Rückweg zu machen, als sie aufgehalten wurden.

»Jadriel, du bleibst bitte auf der Erde und bildest die Vier weiter aus. Schöpfer over and out!« Mit diesen Worten verabschiedete er sich und hinterließ ein völlig verdatterte Jadriel.

So standen wir da und keiner wusste, was er sagen sollte. Alle starrten nur auf die Stelle, wo der magische Fernseher verschwunden war. Merlin holte uns in die Realität zurück, indem er sich vor Lachen auf dem Boden krümmte. »Hahaha, das geschieht dir Recht! Dann wünsche ich dir viel Spaß bei ihrer Ausbildung, sie ziehen genauso schnell Ärger an wie Zeriel!«, der Zauberer konnte seine Schadenfreude nicht unterdrücken und lachte immer weiter.

Bitte Merlin halt die Klappe, sonst wirst du gleich dein blaues Wunder erleben. Niemand machte sich so über

Jadriel lustig. Das wusste selbst ich und ich kannte sie erst ein paar Stunden.

Michael, der zweite der Generäle, legte seiner Schwester eine Hand auf die Schulter, um sie zu beruhigen. Denn sie kochte vor Wut. »Vater, das ist doch wohl ein Witz! Warum ausgerechnet ich?« Sie erhielt keine Antwort. »Bitte, dann werde ich einfach nichts machen. Als würde ich, ein Wesen von höherer Ordnung, irgendwelche Menschen ausbilden.« Kaum hatte sie geendet und sich wie ein kleines, zickiges Mädchen mit verschränkten Armen auf dem Boden fallen lassen, schlug ein Blitz neben ihr ein. Sie krabbelte ein Stück erschrocken zur Seite und riss ihre Augen panisch auf. »Alles klar, du hast gewonnen! Kinder auf auf, euer Training beginnt unverzüglich!«

John, Trace, Mica, welche mittlerweile wieder bei Bewusstsein war, und ich stöhnten auf. »Ich dachte, wir haben jetzt endlich auch mal Ferien.«, meckerte meine Freundin.

»Außerdem müssen wir einen Weg finden, wie wir Allura aufspüren.«, erinnerte ich sie.

Jadriel kaute auf ihrer Lippe. Offenbar war sie sich nicht sicher, was sie tun sollte.

Es war Merlin, welcher sich wieder gefasst hatte und ihr die Entscheidung abnahm. »Es hat jetzt keinen Sinn mehr, sich darüber den Kopf zu zerschlagen. Wie wäre es, wenn wir uns den Rest des Tages ausruhen und morgen noch einmal zusammensetzen, um zu besprechen, wie wir Allura finden? Das Training stellen wir erstmal etwas zurück. Ihr habt in den letzten Tagen weitaus mehr durchgemacht, als manch ein Magier zu Lebzeiten. Außerdem weiß ich von Zeriel, dass ihr keine tickenden Zeitbomben mehr seid. Los ab mit euch auf eure Zimmer. Jadriel, ich werde Euch, wenn ihr nichts dagegen habt, ein Apartment im Lehrertrakt zuweisen, solange ihr auf der Erde seid.«

Alle waren einverstanden, denn wir benötigten dringend eine Pause nach diesen Ereignissen. Kaum zu glauben, dass das alles innerhalb von einem Tag und ein paar Stunden passiert ist. Erst der Trip in den Himmel, dann die Begegnung mit Grandpa und Abraxis. Der Flug zur Erde, der Verrat von Chris und nun die Suche nach der Person, welche über unser aller Schicksal entscheiden wird. So viel zum Thema Angel Falls sei der langweiligste Ort auf Erden.

Nachdem wir uns von Merlin und Jadriel verabschiedet hatten, gingen wir in Richtung des Schlosses. Auf dem Weg sahen wir, wie einige unserer Mitschüler von ihren Eltern abgeholt wurden. Immerhin war heute der letzte Tag des Schuljahres. Hoffentlich gerät Merlin in nicht allzu große Schwierigkeiten, nachdem das Duell ausgeartet war. Auch wenn ich Trias Vater nicht persönlich kannte, so würde das Ganze ein Nachspiel haben.

Ohne dass ich es mitbekam, waren mir die Anderen auf das Zimmer gefolgt. »Äh Leute, ich freu mich zwar euch alle wiederzusehen, aber ich glaube, das hier ist immer noch meine Bude.«

»Sprich nicht um den heißen Brei herum. Na los spuck es aus!«, forderte mich John.

»Was denn?«, ich hatte echt keine Ahnung, was er von mir wollte.

»Wie war es im Himmel, mein Schöpfer nochmal! Du warst gerade als erster und wohl einziger Mensch lebendig im Himmel! Wir wollen die Details wissen.«, quetschte er aus mir heraus. John drängte mich dabei in die Zimmerecke. Er hatte wieder diesen Funken in seinen Augen, den er immer hatte, wenn es darum ging, dass er soviel Wissen wie nur irgendmöglich in sich aufzunehmen. Also setzten wir uns auf mein Bett und an den kleinen Schreibtisch, welcher in der anderen Ecke des Zimmers stand. Dann erzählte ich ihnen alles, was in der Zwischenzeit passiert war. Auch davon, warum ich den Schöpfer mit Großvater bezeichnete.

Als ich fertig war, schauten mich meine Freunde an, als hatte ich ihnen die verrückteste Gutenachtgeschichte erzählt, die sie je gehört haben. »Das nenne ich mal ein Abenteuer! Schade, ich wäre gerne dabei gewesen.«, maulte Trace.

»Glaub mir, auf dieses machthungrige iPad hätte ich gerne verzichten können. Es hat mich regelrecht leergesaugt, da dachte ich schon, jetzt ist es mit mir vorbei.«, schnell schlug ich mir auf den Mund. Denn ich hatte ihnen verschwiegen, dass ich beinahe draufgegangen wäre.

»Du bist fast gestorben?«, Mica standen die Tränen in den Augen. »Hattest du mir nicht versprochen, dass du auf dich aufpassen würdest? Du verdammter Idiot!«, während sie mich beschimpfte, schlug sie mit ihren Fäusten gegen meine Brust. Vorsichtig legte ich die Arme um sie und gab alles Engelsmögliche, um sie zu beruhigen. Schließlich hatte ich es geschafft und war wieder nach Hause zurückgekehrt.

Während ich versuchte, Mica zu trösten, schlichen John und Trace sich aus meinem Zimmer. Leise öffneten sie die Tür. Kurz bevor sie die Bude verließen, warf ich ihnen einen verräterischen Blick zu. Da fiel die Tür auch schon ins Schloss.

»Mica, ich bin doch da, mir geht es gut!«

»Trotzdem, ich mag mir gar nicht vorstellen, was ich getan hätte, wenn du nicht zu mir zurückgekommen wärst.«

»Ich wette, du hättest die gesamte Schule mit Stürmen überflutet und alles dem Erdboden gleichgemacht.«, scherzte ich.

Mica legte ihre volle Kraft in den nächsten Schlag. »Das ist nicht witzig!«

»Ich weiß, aber das Einzige, was zählt, ist, dass ich wieder da bin und ich jetzt das Versprechen einfordern werde.« Mica blickte von der Brust hoch. »Ich wusste gar nicht, dass Engel solche Lüstlinge sind.«

»Du hast ja keine Ahnung«, und schon fanden meine Lippen die ihren. Es war zwar es erst einen Tag her, jedoch zog mich eine unglaubliche Sehnsucht nach ihr, als hätten wir uns Monate nicht gesehen. Es ging ganz automatisch. Langsam schob ich die rechte Hand unter ihr T-Shirt und streichelte sanft ihre zarte Haut. Oh Schöpfer, Mica´s Duft zog in meine Nase und es war wie eine Droge. Die Hand immer noch auf ihrem Rücken, legte ich sie zärtlich auf das Bett. Mit dem Oberkörper drückte ich sie in die Kissen. Geschickt schob ich das linke Bein zwischen ihre. Mit einer schnellen Bewegung zog ich erst mir das T-Shirt aus und dann ihr. Kurz darauf fing ich an sie am Hals zu küssen und arbeitete mich langsam zu ihrem Bauchnabel vor. Mica stöhnte unter meinen Berührungen auf.

Ich war dabei ihr die Hose zu öffnen, da zeigte sie ihre stürmische Seite. Sie nutzte den Überraschungsmoment und verlagerte ihr Gewicht so, dass sie auf mir lag. Ihre schmalen Finger glitten über meine Bauchmuskeln, welche in den letzten Tagen deutlich zu genommen hatten. Immer tiefer kamen ihre Finger, bis sie die Hose erreichten. Zum Glück hatte ich das Kondom, welches mir mein Vater zum 16. Geburtstag gab, nicht weggeschmissen.

Am nächsten Morgen wachte ich neben ihr auf. Wir lagen eng umschlossen im Bett. Ich schaute in ihr schlafendes Gesicht und strich ihr eine Strähne von den geschlossenen Augen. Da lag sie und das wunderschönste Mädchen, das ich je kennengelernt hatte. Schade, dass wir nicht für immer hier liegen bleiben konnten.

Schlagartig fielen mir wieder die Geschehnisse der letzten Tage ein und unser neuer Auftrag. Wie sollten wir nur eine einzige Person auf dem gesamten Planeten finden? Wenn wir doch nur einen Hinweis hätten, wo sie sich aufhält. Dann würden wir einfach mit unseren Drachen hinüberfliegen und mit der Suche beginnen.

Plötzlich fühlte ich mich wie vom Blitz getroffen. Ich richtete mich so schnell auf und sprang, wie von der Tarantel gebissen, aus dem Bett, dass ich mich in den Laken verhedderte und zu Boden fiel. Leider war ich dabei so unbeholfen, dass ich Mica mit riss.

»Aua, Engel nochmal. Gibt es einen Grund dafür, dass du mich wortwörtlich aus dem Bett schmeißt? Und ich hoffe für dich, dass er gut ist!«, jammerte Mica, während sie sich an der Matratze hochzog.

»Entschuldige, ist alles gut bei dir? Hast du dich auch nicht verletzt?«, fragte ich sie voller Sorge.

»Ja ja, passt schon, sag mir lieber, warum wir nicht mehr weiterschlafen dürfen.«, maulte sie weiter und legte sich wieder ins Bett.

»Ich hatte eine Idee, wie wir Allura mit absoluter Sicherheit finden!«, erklärte ich voller Euphorie. Und schon saß sie wieder kerzengerade im Bett. »Jetzt spann mich nicht so auf die Folter!«

»Wir müssen zu unseren Drachen und am besten holen wir John und Trace von nebenan. Sonst sind sie beleidigt, weil sie das Abenteuer verpasst hätten.« So schnell wir konnten, zogen wir uns an. Innerhalb von fünf Minuten klopften wir an der Tür zum Nachbarzimmer.

»Jungs macht auf. Ihr habt genug geschlafen, es wartet Arbeit auf uns!«, schrie ich durch die verschlossene Tür. Doch nichts rührte sich im Zimmer unserer beiden Freunde.

»Lass mich mal«, sagte Mica und schob an mir vorbei. Sie schloss die Augen und konzentrierte sich. Ein Luftzug zischte an meinem Nacken entlang und ich zuckte zusammen. Die Luft sammelte sich in Micas nun ausgestreckten Hand. Mit einem gezielten Stoß stieß sie die Luftkugel gegen die Tür. Diese wurde aus den Angeln gerissen und flog durch den Raum von John und Trace. Sie war so schwungvoll, dass sie das Fenster auf der gegenüberliegenden Seite traf. Die Tür zerschmetterte das Glas und die Überreste der beiden Gegenstände landete auf dem Schulhof. »So Jungs, raus aus den Federn, sonst seid ihr die Nächsten!«

Durch den Krach, den Mica veranstaltet hatte, sprangen John und Trace aus den Federn. Bevor die beiden protestierten, erklärte ich ihnen, was der Plan war und wir rannten mit Magie verstärkten Füßen durch die Schule auf direktem Weg zu den Drachenhöhlen. Unterwegs trafen wir ein stinkwütenden Merlin in seinem Nachthemd. Ohne ihm nur ein Wort zu erklären, schnappten Trace und ich ihn uns an seinen Armen und zogen ihn hinter uns her. Bis wir an unserem Ziel ankamen.

»Was zum Gigantor ist denn hier los?«, verlangte Merlin eine Erklärung. Hierbei stützte er sich mit seinen beiden Armen in der Hüfte ab und stellte sich leicht beidbeinig vor uns hin.

»Das wüsste ich auch sehr gern!«, kam die Stimme von Emilioras aus dem einen Gang. Kurz darauf betraten Almatora und Abraxis die Höhlen.

»Wir haben vielleicht eine Möglichkeit gefunden, Allura ausfindig zu machen und dafür brauchen wir eure Hilfe.«, erklärte ich, »Wisst ihr, wo sich eure Mutter, Aluna der Drache des Willens, befindet?«

Kapitel 4 »Die Reise beginnt«

>>Zeriel<<

Finsternis. Alles, was ich sah, war Dunkelheit. Wie lange ich in meiner Zelle gefangen war, vermochte ich nicht mehr zu sagen. Vielleicht waren es nur Stunden oder doch Tage. Die Qualen waren unerträglich. Das Dämonium brannte auf der Haut. Ich versuchte, den Geist von meinem Körper zu lösen, doch gelang es mir nicht, mich zu konzentrieren. Immer wieder wurde ich von einer Welle des Schmerzes durchzogen.

Es gab allerdings ein noch viel großeres Leid in mir, als das, welches mir durch meine Fessel zu geführt wurde. Chris, wie konnte ich es nur übersehen? Wenn ich aufmerksamer und mehr für ihn da gewesen wäre, dann hätte ich ihn vor Marxael beschützen können.

Bei diesem Gedanken zog sich mein Herz zusammen und verkrampfte. Kraftlos ließ ich mich wieder in die Ketten fallen. Ich war hilflos, das Dämonium entzog mir die gesamte Kraft.

»Zeriel«, hörte ich wie ein zartes Wispern. Diese Stimme. Allura! Aber das war doch nicht möglich.

»Allura bist du hier?«, fragte ich in meinen Gedanken.

»Oh Zeriel, was haben sie dir angetan?«

»Allura, ich kann dich nicht sehen?«

»Bald werden wir uns wiedersehen. Aber Zeriel du darfst nicht aufgeben! Deine Freunde sind stärker, als du glaubst. Sie werden einen Weg finden, dich zu retten. Ich wünschte, ich hätte selbst die Kraft dafür. Doch ich muss mich verstecken. Marxael ist mir dicht auf den Fersen. Ich gehe schon ein immenses Risiko ein, indem ich dich kontaktiere, aber mir bleibt keine Wahl. Wir müssen David und seine Freunde warnen, sobald sie mich gefunden haben, müssen sie bereit sein! Vor ihnen liegt eine gewaltige Schlacht, welche sie nur gewinnen, wenn sie über sich hinauswachsen und ihre wahre Natur akzeptieren. Ansonsten werden sie sterben. Ein Schatten schirmt sie von meinen Kräften ab. Sie sind in Gefahr. Aber du und ich gemeinsam sind vielleicht stark genug, sie zu warnen. Also, was sagst du Zeriel, zeigen wir der Finsternis, aus welchen Holz wir geschnitzt sind?«

Mit jedem ihrer Worte kehrte mein Geist und Selbstvertrauen zurück. So leicht wird Marxael nicht gewinnen. Niemals und wenn ich DAS Lied singen muss, um die Finsternis zu besiegen. Ich zog all die mir zur Verfügung stehenden Kräfte in mich und atmete durch. »Versauen wir Marxael seinen Tag!«. Mit einem Grinsen im Gesicht setzte ich mich in den Lotussitz auf den Boden und meditierte. Ich spürte, wie der Geist von Allura sich mit mir verband und wir uns vereinigten. Es war, als würde ich in eine Steckdose fassen und mich wieder aufladen. Mich durchströmten Unmengen an Energie, welche nicht einmal vom Dämonium absorbiert wurden.

Ich öffnete die Augen und sie strahlten das Licht der Schöpfung aus. Meine Flügel brachen aus dem Rücken hervor und leuchteten ebenfalls im hellsten Sonnenlicht.

Spätestens jetzt wussten die Dämonen, dass etwas nicht stimmte. Wir mussten uns beeilen. Gemeinsam nutzten wir unsere vereinten Kräfte und entsandten meinen Geist hoch in die magische Dimension. Hoffentlich hatten wir genügend Zeit.

Die Drachen schauten sich untereinander an. »Nein tut mir leid, das wissen wir nicht. Aber sagt uns, warum wollt ihr unsere Mutter finden?«

»Jede magische Kreatur besitzt eine Essenz, über die sie gefunden werden kann. Nur kennt keiner von uns die Signatur von Allura. Wenn wir also eure Mutter finden, bitten wir sie, die Essenz des freien Willens zu orten und uns so den Aufenthaltsort von ihr zu verraten. Sie, als ihr Drache, sollte in der Lage sein, sie wiederzuerkennen.«, erklärte John unseren Plan.

»Das ich nicht selbst auf die Idee gekommen bin!«, jubelte Merlin und klatschte sich mit seiner flachen Hand auf die Stirn.

Abraxis stieß einen tiefen Seufzer aus. Dabei stieg für einen Moment Qualm aus seiner Nase. »Es tut mir leid, euch zu enttäuschen. Aber wir haben keine Möglichkeit, unsere Mutter zu kontaktieren. Wie der freie Wille selbst schottet sie sich ab. Seitdem haben wir sie nie wieder gesprochen.«

Die Euphorie, welche mich bis eben erfühlt hatte, war schlagartig verschwunden. Wir standen wieder am Anfang. Verzweiflung machte sich in mir breit. Wie sollten wir das nur schaffen? Zed, was hast du uns da für eine Aufgabe gegeben.

Vor Frust schlug ich auf die nächstgelegene Wand. Instinktiv verstärkte ich den Schlag mit der Quintessenz und ließ so die gesamte Höhle unter meiner Kraft erzittern.

»Meister, bitte beruhigt euch. Es gibt einen Weg, aber ich wage mich nicht ihn vorzuschlagen. Denn er ist bei weitem gefährlicher, als alles, was ihr jemals durchgestanden habt.«, offenbarte uns der silberne Drache.

»Du meinst doch nicht ihn?«, fragte Almatora ehrerbietig. Ich horchte auf. »Abraxis, bitte nenn uns den Weg. Vielleicht ist es unsere einzige Chance, Allura zu finden.«

»Das kann nicht dein Ernst sein! Er wird sie, ohne zu zögern, umbringen! Außerdem müssten wir alle fünf anwesend sein, um sein Siegel zu brechen.«, sprach Emioras.

Ich verstand nur Bahnhof. Als ich den Blick durch die Höhle schweifen ließ, sah ich, dass es meinen Freunden ähnlich erging wie mir. Es war Trace, der als Erster das Wort ergriff. »Herr Schöpfer nochmal, jetzt spuckt es schon aus! Wie können wir eine Entscheidung treffen, wenn wir nicht alle Optionen kennen!« Völlig perplex starrten wir ihn an. Niemals hätte ich damit gerechnet, dass er so etwas Sinnvolles von sich gab.

»Also, raus mit der Sprache!«, forderte Mica die Drachen auf, »Almatora, zwing mich nicht, dir zu befehlen, mir den Weg zu verraten. Hier geht es um das Schicksal der Welt und wir werden alles uns Mögliche unternehmen, damit diese in den nächsten Tagen nicht untergeht!« Mein Blick schnallte zu Mica herüber. Seit wann befürwortet sie solch ein offenbares Himmelfahrtskommando?

»Ihr habt sie gehört, wir sind alle bereit, dieses Risiko einzugehen, ob mit oder ohne euch. Wir werden Allura finden!«, erklärte John. Was ist denn hier los? Ich hätte meine Freunde niemals so eingeschätzt. »Jetzt schau uns nicht so verdattert, wie ein Bulle auf Paarungssuche, an. Du bist nicht der Einzige, der auf große Abenteuer steht.«

Das war das erste Mal, dass ich John habe einen Witz reißen hören. Deswegen dauerte es nicht lange, bis ich mir vor Lachen den Bauch hielt. »Da hast du es Abraxis, jetzt spuck es schon aus.«

Die drei Drachen wechselten erneut die Blicke. Sie wirkten nicht überzeugt. Was vermag so furchterregend sein, dass selbst die Elementardrachen Angst davor haben?

Bevor ich erneut versuchte, sie zu überzeugen, flackerte die Luft vor uns. Mitten über dem Siegel des Willens, welches das Zentrum der Höhle war, bildete sich eine Person. Diese schemenhafte Gestalt wurde sekündlich immer schärfer, bis ich erkannte, um wen es sich handelte. Oh mein Schöpfer, es war Zed.

»Wie ist das möglich?«, fragte Mica und sprach damit all unsere Gedanken aus.

»Hört mir bitte genau zu, denn ich habe nicht viel Zeit. Derzeitig haben Alluras und mein Geist sich verbunden, damit ich mit euch kommunizieren kann. Ich soll euch warnen. Ihr müsst bereit sein. Marxael befindet sich ebenfalls auf der Suche nach Allura. Im Moment schafft sie es, sich abzuschotten, aber es kann jeden Tag so weit sein, dass er sie findet. Bitte beeilt euch!« Zed schrie auf. »Argh, verdammt. Sie haben es bereits bemerkt. Ich werde nicht mehr in der Lage sein euch zu kontaktieren. Darum seid bereit, sobald ihr Allura gefunden habt, wird es nicht lange dauern, bis die Finsternis zuschlägt. Seid vorbereitet, wenn ihr zu Allura nach.« Zeds Abbild verzerrte sich. Die Verbindung löste sich.

»Zed, bitte sag uns, wo sie sich befindet?«, flehte ich ihn an. Sein Blick drehte sich zu mir. »Sie ist in I...« Er schaffte es nicht, seinen Satz zu beenden, denn sein Abbild hatte sich aufgelöst. »Verdammt, was ist da passiert?«

Merlin ergriff das Wort. »Das war eine Astralprojektion. Offenbar hat er es geschafft, seinen Geist aus der Unterwelt zu uns zu transferieren.«

»Aber warum ist die Verbindung so schlagartig abgebrochen?«, meine Stimme war schon fast hysterisch.

»Ich fürchte, irgendjemand hat ihn in seinen Körper zurück gezwungen.«, vermutete der Schulleiter, »Das funktioniert jedoch nur, wenn... wenn...«

»Wenn was Merlin? Jetzt fang du nicht auch noch damit an uns Sachen zu verschweigen!«, forderte Mica. Der Zauberer wandte sich von uns ab. »Wenn die Person unter immensen Schmerzen steht.« Schweigen. Niemand von uns traute sich, etwas zu sagen. Mica brach die Stille, indem sie in Tränen ausbrach. Sofort nahm ich sie in den Arm und drückte sie an mich.

»Die Lage ist soeben ernster geworden. Verratet ihr uns jetzt endlich diesen Weg!«, fauchte ich die Drachen an und meine Augen wurden zu silbernen Scheiben.

»Wie ihr wünscht, sagt aber nicht, wir hätten euch nicht gewarnt!«, sprachen sie im Chor, »Ihr müsst unseren Vater, Dragoel, den Urdrachen, aufsuchen. Dieser befindet sich ebenfalls hier an der Schule. Er allein, besitzt eine Verbindung, welche stark genug wäre, um unsere Mutter aufzuspüren. Jedoch, um mit ihm zu sprechen, müsst ihr das Siegel zu seiner Höhle brechen. Und dafür seid ihr zu schwach. Nur der Hüter selbst oder alle Elementardrachen zusammen, besitzen genügend Macht, die Versiegelung zu überwinden.«

Na toll, von einem Problem in das Nächste. Zumindest können wir dieses gezielter angehen. »Drei von euch sind ja schon hier, da fehlen nur noch zwei. Ich nehme mal nicht an, dass ihr eure Geschwister anrufen könnt, damit sie hierherkommen oder?«, fragte ich sarkastisch. War es zu viel verlangt, dass einmal etwas funktionierte?

»Das können wir. Gebt uns nur den Befehl und wir werden nach unseren Geschwistern rufen!«, verneigte sich Abraxis. Ehe ich ihm antwortete, kam mir Trace dazwischen. »Na, worauf wartet ihr denn noch? Na los, wir haben nicht den ganzen Tag Zeit!« Unmittelbar nachdem er geendet hatte, kassierte Trace die Quittung für seine große Klappe. John war schon im Inbegriff ihm die übliche Klatsche zu verpassen, aber Emioras war schneller. Mit seinem Schweif gab er ihm einen kleinen Klaps auf den Rücken, welcher ihn durch die halbe Höhle schleuderte. Mit einem lauten Knall landete er an der gegenüberliegenden Wand und sank zu Boden. »Wag es nie wieder, so mit einem von uns zu reden, oder ich werde beim nächsten Mal nicht mehr so sanft sein!«, fauchte Emioras und seinen Nüstern qualmte es gefährlich.

John, Mica und ich rannten zu unserem Freund, welcher knapp bei Bewusstsein war. Kaum angekommen nutze ich meine Heilkräfte und Trace sprang auf, als wäre nichts passiert. »War das schon alles, was du drauf hast?«

Die Elementardrachen zog die Luft scharf ein und brüllten aus tiefster Seele. Wir hielten die Hände auf die Ohren, sonst wäre mit Sicherheit unser Trommelfell geplatzt.

»Spar dir deine Kräfte, Mensch. Sobald Erotan eintrifft, wird er euch nicht freiwillighelfen. Erst wenn du dich als sein Meister würdig erweist, wird er dir helfen!«, Almatoras Stimme klang wie ein belustigtes Lachen. Direkt sah ich Trace nicht an, dennoch wusste ich, dass er regelrecht darauf brannte, sich mit dem Erddrachen anzulegen. Ich kam nicht einmal dazu, meinen Gedanken zu beenden, denn da bebte bereits die Erde und wir hielten uns alle so gut fest, wie es ging. Erotan war auf dem Weg.

Kapitel 5 »Die Prüfung der Stärke«

>>*Trace*<<

Dieses Zittern. Diese Vibration. Diese Schwingungen. Ja, das wird ein Spaß. Nur ein wahrer Meister der Erde kann solch ein Phänomen erzeugen. Wie würde er sein, der Erddrache?

Ein fürchterliches Grölen erfüllte die Höhle. Alle Anwesenden hielten sich, wie zuvor, die Ohren zu, bis auf ich. Mich beflügelte dieses Brüllen nur umso mehr. Aus dem Torbogen neben Abraxis trat ein steinerner Drache. Seine Schuppen oder besser gesagt die Steinplatten, welche den gewaltigen Körper verdeckten, waren überwuchert mit Moos und Ranken. Der Drache war kräftiger als seine Geschwister. Zudem besaß er keine Haare, stattdessen ragten mehrere Steinspitzen von seinem Kopf bis hin zum Schwanz. Es sah aus, als würde er ein komplettes Gebirge auf dem Rücken tragen.

»Erotan, lange ist es her.«, begrüßte ihn Abraxis.

»Ha, dich gibt es also doch noch!«, sprach der Erddrache und boxte seinem Bruder gegen die Schulter. Meine Augen strahlten vor Begeisterung. Erotan bemerkte den faszinierten Gesichtsausdruck. Erst jetzt schien er zu realisieren, dass nicht nur drei weitere Elementdrachen anwesend waren, sondern auch fünf Menschen.

»Sagt mir, was ist so wichtig, dass ihr mich hierher zurückgerufen habt? Ich hatte gerade so viel Spaß im Grand Canyon...«

Nachdem wir ihn über die Situation aufgeklärt hatten, brach er in schallendes Gelächter aus. »Da ist man einmal für zwei Wochen nicht da und schon steht die Welt vor dem Untergang. Ich habe lange nicht mehr gegen Dämonen gekämpft, das wird eine epische Schlacht. Doch bevor ich mit euch in den Kampf ziehe, brauche ich einen Meister!«, erklärte Erotan. Er ließ seinen Blick zu mir schweifen und starrte mich intensiv an. Ich erwiderte diesen mit einem Grinsen.

»Das ist dann wohl mein Stichwort. Na los, Mounty lass uns die Prüfung der Stärke beginnen und ein paar Dämonen in den Arsch treten!«, jubelte ich und spürte ein mir altbekanntes Gefühl in meinem Nacken. »Aua. Was sollte das denn?«, fauchte ich John an.

»Du hast es schon wieder getan! Du sprichst, bevor du denkst! Du nimmst die Prüfung einfach an, ohne zu wissen, woraus sie eigentlich besteht!«.

»Das ist doch egal. Wir müssen Allura finden und dafür brauchen wir die Hilfe von Erotan. Er hilft uns aber nur, wenn ich es schaffe, als sein Meister, akzeptiert zu werden!« John schwieg. Das war das erste Mal in meinem Leben, dass ich ihn sprachlos erlebte. Nach einem kurzen Augenblick nuschelte er etwas vor sich hin. »Was hast du gesagt? Ich habe dich nicht verstanden.«

»Ich sagte, pass auf dich auf!«, damit drehte er sich um und gesellte sich zu unseren anderen Freunden. Ich wandte mich wider zu dem Erdrachen um.

»Und wie sieht es aus? Kann es losgehen? Ich habe nicht den ganzen Tag Zeit!« Ein Lächeln tauchte auf dem Gesicht von Erotan auf. Dabei bröselten kleine Erdbrocken zu Boden.

»Also schön Mensch, der du auf den Namen Trace hörst. Lass uns die Prüfung der Stärke beschreiten und sehen, ob du es würdig bist, dich meinen Meister nennen zu dürfen. Der Test gilt als bestanden, sobald es dir gelungen ist, mich im Armdrücken zu besiegen!« Er hatte seinen Satz gerade beendet, da stampfte Erotan einmal mit dem rechten Bein auf den Boden und augenblicklich formte sich ein runder Tisch zwischen mir und dem Erddrachen.

Ok, ich muss zugeben, damit habe ich nicht gerechnet. Aber irgendwie hat das Ganze schon seinen Reiz, ich meine, wann kann jemand sagen, er hat einen Drachen im Armdrücken geschlagen. Ich schluckte, dann setzte ich das übliche Grinsen auf. »Auf geht's!« Bereit alles zu geben, legte ich den linken Arm auf den Rücken und den rechten, angewinkelt auf den steinernen Tisch. Da drang ein Lachen in mein Ohr.

»Nicht so Menschlein. Wie hast du dir das vorgestellt, dass ich mit meinem Körper zu dir herunter kommen soll?« Jetzt wo er es sagt, das war wirklich ein Problem. »So machen wir das!« Vor mir bildete sich eine Hand aus reiner Erde.

Verstehe. Wenn er es so haben möchte, dann bitte. Ich grinste über beide Ohren hinaus. »Wehe du heulst, sobald ich dich platt gemacht habe!« Langsam schloss ich die Augenlider, atmete tief ein und ich verband mich mit der Erdessenz. Sie erfühlte meinen ganzen Körper. In Gedanken formte ich ebenfalls eine Hand aus reiner Erde. Als Zeichen, dass ich bereit war, ließ ich die Finger sich strecken und schnell wieder zusammen ziehen.

Emioras trat an uns heran. »Ich werde euch das Startsignal geben. Auf die Plätze!« Da schoss eine tiefrote Flamme über unseren Köpfen hinweg.

Unmittelbar spürte ich wie sich der Druck auf meine steinerne Hand verstärkte. Sie wurde immer weiter zur rechten Seite gedrückt. Wenn ich nichts unternahm, dann würde ich gleich verlieren. Nein, nicht mit mir. Die Essenz vibrierte kräftig in meiner Brust. Ich lenkte sie in die Hand und gab ihr die Kraft, sich wieder aufzurichten. Kaum hatte sie sich aufgerichtet, verstärkte Erotan sein steinernes Gebilde und ich musste all meine Kraftreserven aufbringen, damit ich nicht verlor.

Mittlerweile spürte ich, wie mir die Schweißperlen auf der Stirn standen. Die kühlende Flüssigkeit rutschte über mein Gesicht und sammelte sich in meinen Augen. Ich zwinkerte mir das Brennen weg.

»Na, geht dir schon die Kraft aus? Ich habe nicht einmal angefangen!«, lachte mein Gegner gegenüber.

»Das ich nicht lache, von mir aus können wir das den ganzen Tag lang machen.« Ok, wenn mir nicht verdammt schnell was einfiel, war es aus. Fieberhaft suchte ich in meinen Erinnerungen einen Ausweg. Jede Lektion über das Element der Erde, welche ich von Zed erhalten habe, rief ich mir ins Gedächtnis.

»Um ein Element richtig zu kontrollieren, dürft ihr euch nicht nur auf eure eigene Essenz verlassen. Eure komplette Umgebung ist voll von natürlicher Essenz. Wenn ihr euch konzentriert, dürftet ihr sie spüren können. Bei der nächsten Übung, sollt ihr einen Weg finden euch mit der natürlichen Essenz zu verbinden und diese für euch zu nutzen. Diese Fähigkeit unterscheidet euch von anderen Elementarnutzern, diese können nur aus ihrer eigenen Essenz Kraft beziehen. Euch aber steht die ganze Energie der Natur zur Verfügung. Denkt immer daran, ihr und die Natur lebt in

einer Symbiose zusammen, sie spürt eure Ängste, eure Hoffnungen und eure Sehnsüchte, sie wird auf euer Rufen antworten. Ihr seid ein Teil von ihr und sie ist ein Teil von euch, zusammen ergebt ihr ein Ganzes.«

Das war es. Himmel Zed, wie konnte ich es nur vergessen? Ich schloss die Augen und konzentrierte mich auf die Erde. Meine Füße spürten ein leichtes Vibrieren. Ganz sanft und zaghaft schwang der Erdboden unter mir. Mehr, mehr, ich wollte mehr von dieser Schwingungen. Sie stimulierte die Sinne. Ohne Herr über meinen Körper zu sein, zog ich mir die Schuhe aus. Sofort nahm die Vibration zu.

»Komm zu mir, werde eins mit mir und lass uns dem Drachen zeigen, wozu wir gemeinsam fähig sind!«, sprach ich in Gedanken und die Erde antworte auf meinen Ruf, indem sie ihre Vibration verstärkte. Ihre Energie war unermüdlich. Sie strömte in mich hinein und verband sich mit meiner eigenen Essenz. Ich bemerkte, wie sich die Kraftreserven wieder auffüllten.

Aus heiterem Himmel brannten meinen Augen, was schmerzhafter war, als das Vorherige. Mir verschwamm die Sicht. Es fühlte sich an, als würden sie von innen heraus leuchten. Am Rücken kribbelte es. Etwas durchbrach meine Haut, allerdings verspürte ich keinen Schmerz. Viel mehr war es, als würde eine Last von den Schultern abfallen und ich wäre endlich frei.

Kaum hatte ich den Gedanken beendet, hörte ich, wie mein T-Shirt zerriss. Am Rande des Gesichtsfeldes sah ich zwei weiße Schwingen, welche in einer intensiven, grünen Aura leuchteten.

Am liebsten hätte ich laut los gejubelt, allerdings musste ich ein Duell gewinnen. Jetzt würde ich ganz sicher siegen. Meine Essenz war unbegrenzt.

Dieser Mensch war unglaublich. Er war genauso mit der Erde im Einklang, wie ich es war. In meinem gesamten Leben habe ich keinen, wie ihn kennengelernt. Doch so einfach lasse ich mich nicht besiegen. Ich werde dir die wahre Kraft der Erde zeigen. Der Erddrache grinste über beide Ohren. Offenbar genoss er es genauso, wie ich es tat.

Noch immer befanden sich unsere Erdhände in perfekter Balance. »Was ist los mit dir Opa? Kannst du nicht mehr?«

»Wie kommst du denn darauf? Ich könnte das den ganzen Tag machen.«, sagte Erotan, jedoch sah ich, wie seine Atmung immer schwerfälliger wurde. Das war meine Chance. Mit der Erdessenz verbunden, sandte ich all die Essenz, die mir zur Verfügung stand, in die Erdhand. Augenblicklich hörten wir ein dumpfes Aufprallen. Die Hand des Erdrachens war zerbrochen und lag in Einzelteilen auf dem steinernen Tisch.

»Die Prüfung ist vorbei. Sie ist bestanden!«, verkündete Emioras. Bevor ich realisierte, was der Feuerdrache zu mir gesagt hatte, sank ich auf die Knie. Ich war völlig ausgelaugt. *Dumpf!* Das Geräusch ließ meinen Kopf nach oben schnellen. Erotan war ebenfalls zu Boden gegangen.

»Nicht schlecht Kleiner. Du hast dir meinen Respekt wie ewige Treue verdient. Ich, Erotan, der Drache, der über das Element der Erde gebietet, leiste dir hiermit den Schwur, dir jederzeit zur Seite zu stehen und dich als meinen Meister anzuerkennen!«, damit senkte er sein Haupt. Alles, was ich hervorbrachte, war ein lautes Lachen.

»Hör bloß auf, so geschwollen zu reden. Das passt nicht zu uns.«, brachte ich hervor.

»Hervorragend, das wollte ich hören! Ok wann gibt es was zu essen? Ich habe ein so großes Loch in meinem Magen, ich könnte eine ganze Kuhherde verdrücken und hatte immer noch Platz!«

»Du sprichst mir aus der Seele, wir hatten nicht einmal ein Frühstück!«, jammerte ich.

>>John<<

»Na toll, jetzt haben wir zwei von der Sorte.«, seufzte Mica und lehnte sich an David, welcher sie weiterhin im Arm hielt.

»Bedeutet das nicht einfach nur doppelter Spaß?«, scherzte er und erhielt sowohl von Mica, als auch von mir einen strafenden Blick.

Trace hatte also seinen Test bestanden. Dann war es jetzt an mir. Wann der Drache des Wassers wohl eintreffen wird? Hoffentlich muss ich nicht so eine Prüfung, wie Trace ablegen. Ich könnte es niemals im Kampf mit einem Elementardrachen aufnehmen. Das Einzige, was ich kann, ist Denken. Sobald es zu irgendwelchen körperlichen Aktionen kam, bin ich nicht gerade hilfreich. Mir entfuhr ein leichter Seufzer und ließ den Kopf hängen.

»John, ist alles in Ordnung?«, fragte mich Mica besorgt. Ich merkte, wie sie mir ihre Hand auf den Oberarm legte.

»Ja es geht schon. Es ist nur...«, weiter kam ich nicht, denn mir wurde meine Stimme durch ein durchdringendes Rauschen, welches aus dem ersten Gang neben der Treppe kam, abgeschnitten.

Gespannt schauten wir in Richtung Tunnel. Ruhig und finstern lag er vor uns. Einzigallein, das rhythmische Strömen drang in unsere Ohren. Wie aus dem Nichts tauchte eine Flutwelle auf und raste auf uns zu.

Fast schon magnetisch schritt ich auf die Wassermassen zu. Alles, was ich wahrnahm, war das Glitzern des Wassers. Es wirkte so beruhigend auf mich, wie die Stille der Bibliothek hier in Camelot. Vorsichtig hob ich den rechten Arm und berührte mit der Hand die Welle, als sie vor mir zum Stehen kam. Das warme Wasser umspülte sanft meine Fingerspitzen.

Plötzlich zog es sich schlagartig zurück. Die Flutwelle verformte sich, bildete eine Wasserkugel, auf deren Oberfläche Schaum entstand und zerbarste von dem einen Augenblick auf den anderen. Zum Vorschein kam ein chinesischer Drache mit Schuppen, die blau schimmerten. Sie sahen aus, wie das kristallklare Meer selbst. Auf dem Rücken schien die Kreatur eine Arte Floße aus Leder zu haben. Seine Gesichtszüge verrieten mir, dass es sich um einen weiblichen Drachen handelte.

»Mein Name ist Nessajael. Ich bin der Elementardrache, der über das Wasser gebietet. Sag mir Mensch, was bist du?«

Ich schaute sie verwirrt an. Als unsere Blicke sich trafen, passierte es. Vor meinen Augen tauchten Bilder aus längst vergessener Zeit auf. Ich sah, wie die Pyramiden gebaut wurden, die Bibliothek von Alexandria, die Tempel von Griechenland und Ägypten. So viele Zivilisationen, wie sie sich entwickelten und heranwuchsen, bis sie schließlich wieder zerfielen. In all diesen Kulturen hatte der Wasserdrache sein Wissen mit den Menschen geteilt und sie so zum Fortschritt gebracht. Es war das Wunderschönste, was ich je erlebt hatte. Dann brach die Vision ab.

Als ich wieder zu mir kam, merkte ich wie sowohl Nessajael, als auch ich am Boden lagen. Schwermütig richteten wir uns auf. Trace, Mica und David waren sofort an meiner Seite, wie es die Drachen für ihre Schwester waren.

»Was war das?«, krächzte ich hervor, da meine Kehle trockener war als die Sahara.

»Das war eine Konvergenz. Unsere Essenzen schwangen in solch einem Einklang, dass sie sich verbanden und unsere Erinnerungen ausgetauscht haben.«, langsam richtete sich der Wasserdrache auf. »Ich, Nessajael, der Drache, der über das Element des Wassers gebietet, leiste dir hiermit den Schwur, dir jederzeit zur Seite zu stehen und dich als meinen Meister anzuerkennen!«, damit senkte sie ihr Haupt, wie ihr Bruder es zuvor bei Trace.

»Aber ich habe doch noch keine Prüfung abgelegt?«, fragte ich verwirrt.

»Das war in hier nicht nötig. Aus deinen Erinnerungen heraus bin ich mir sicher, dass du dich mit Wölfen auskennst.« Ich nickte, denn ich hatte einmal ein Referat über sie gehalten. »Wenn sich ein Wolf auf einen anderen prägt, sind sie für den Rest ihres Lebens mit einer verbunden. Das Gleiche ist bei uns geschehen. Da sich unsere Essenzen so ähnlich sind, haben sie aufeinander reagiert und ich habe mich auf dich geprägt. Mit Worten aus eurer Sprache, heißt das, dass ich mich in dich verliebt habe.« Eine leichte Röte stieg in das Gesicht von Nessajael. Dieses hatte zur Folge, dass ihre Schuppen lilafarbend schimmerten.

Ein Moment der Stille kehrte ein, dann... »WAS!«, kam es von allen anderen Anwesenden.

Kapitel 6 »Neue Erkenntnisse«

>>Chris<<

Schwermütig öffnete ich die Augen. Ich lag in einem Bett in der Unterwelt. Der weiche Samt der Bettlaken umhüllte mich. Ein stechender Schmerz durchfuhr meinen Körper, als ich versuchte, aufzustehen. Ich fasste mir an die Rippen und fiel sofort in die Kissen zurück.

»Lass es langsam angehen. Du hast einiges eingesteckt, als du dich mit dem Statthalter angelegt hast.«, kam es aus der hinteren Ecke meines Zimmers. Im Schneckentempo drehte ich den Kopf zur Seite und entdeckte Marxael, wie er auf einem Sessel saß und gerade ein Buch auf den Tisch legte.

»Was ist passiert? Es fühlt sich an, als wäre ein Gigantor über mich hinweg getrampelt.«

»Nachdem du zusammengebrochen bist, haben dich Annriel und Padriel zurück in den Palast gebracht. Danach haben sie mich verständigt. Ich habe ihnen Blitze in den Arsch geschoben, weil sie gegen meine Anordnung verstoßen haben. Kurz darauf ließ ich einen Mediziner kommen, der dich verarztet hat. Dann hast du bis eben geschlafen.«, zählte er an seiner Finger auf.

»Was ist mit dem Mädchen?«, brachte ich unter Schmerzen hervor. Jedes Wort raubte mir die Luft zum Atmen. Marxael stand auf und ging langsam Richtung Fenster.

»Es geht ihr so weit gut. Sie hat ein Dienstbotenzimmer im Schloss erhalten und wird von der Chefmaid ausgebildet.«, erklärte er mir. »Ich sage das jetzt nur noch ein letztes Mal. Lege dich nie wieder mit jemanden in der Unterwelt an, so lange bis dein Rank bestätigt ist. Ansonsten geht es beim nächsten Mal nicht mehr so glimpflich aus. Haben wir uns da verstanden!« Der letzte Teil seines Satzes war weniger eine Frage, sondern eher ein Befehl.

»Verstanden.« Ich hörte ein leichtes Seufzen.

»Dann ist ja gut. Aber echt Mal, du hast diesen Idioten von einem Stadtverwalter megamäßig pulverisiert! Nicht schlecht, wenn ich dich voll ausgebildet habe, wirst du vielleicht sogar einen General in unserer Armee?« Marxael kam auf mich zu. Er grinste diabolisch. Seine Freude darüber, dass ich diesen Dämon den Erdboden gleichgemacht hatte, stand im ins Gesicht geschrieben.

»Das bezweifle ich. Immerhin bin ich sofort, nach meinem Duell zusammengebrochen...«, murmelte ich in mich hinein und starrte die Decke an.

»Das stimmt, aber du hast dein wahres Potenzial noch immer nicht erkannt. Mit meiner Hilfe wirst du zu Größerem im Stande sein. Du und ich werden so viel Macht besitzen, dass nicht einmal der Zerstörer in der Lage sein wird, uns aufzuhalten!« Marxael redete sich förmlich in Rage, bis er in laut hallendes Gelächter verfiel. Er hätte jedem Superschurken alle Ehre gemacht. Es fehlte nur das Gewitter im Hintergrund. Genau in diesem Moment donnerte es draußen vor dem Fenster und innerhalb von Sekunden schlug der Blitz in der Stadt ein. War ja wieder klar.... Ich riss mich regelrecht zusammen, um nicht die Augen zu verdrehen.

Es dauerte nicht lange, bis mir meine Kraft wieder ausging und ich zurück ins Traumland döste.

Als ich wieder zu mir kam, war Marxael verschwunden und der Blick fiel aus dem Fenster. Der Himmel war bewölkt. Herr Zerstörer nochmal, in der Unterwelt war es verdammt schwer zu erkennen, welche Tageszeit wir hatten. Ein Klirren zog meine Aufmerksamkeit auf sich.

»Ich bitte vielmals um Verzeihung, mein Lord.«, sagte die Maid und kniete sich sofort hin, um das Geschirr aufzusammeln. »Aua!«, schrie sie und steckte sich den Zeigefinger in den Mund, um das Blut aufzusagen.

Sofort sprang ich aus dem, um ihr zu helfen. Jedoch bereute ich dieses unmittelbar, nachdem ich auf meinen nackten Füßen gelandet bin. Denn ich sackte sogleich in mich zusammen und stöhnte auf. »Verdammt, ich hatte vergessen, dass meine Rippen momentan nicht im besten Zustand sind!« Der Schmerz raubte mir regelrecht den Atem. Ich schloss die Augen und versuchte so langsam wie möglich, die Luft in meine Lungen zu ziehen. An der rechten Schulter bemerkte ich einen leichten Druck.

»Mein Lord, ist alles in Ordnung?«, hörte ich die Stimme des Mädchens vom Marktplatz.

»Ja ja, es geht schon wieder.«, sagte ich und war dabei mich aufzurichten, doch knickten mir die Beine unter dem Gewicht weg.

»Wartet, ich helfe euch!«, bevor sie mich hochzog, reagierte mein Körper von allein, ohne dass ich einen Gedanken formte. »Fass mich nicht an!«, schrie ich und stieß sie mit ganzer Kraft von mir weg. Glücklicherweise landete sie auf der gegen überstehenden Couch.

Keine Ahnung, woher ich die Stärke nahm, aber ich sprintete los. Bevor ich bei ihr ankam, sprang sie auf und rannte panisch aus meinem Zimmer.

»Warte bitte, es tut mir leid!«, rief ich ihr hinterher, doch sie hörte mich nicht. Nachdem der Schock gänzlich von mir abfiel, spürte ich die stechenden Schmerzen und mir wurde wieder schwarz vor Augen.

>>David<<

John stand regungslos vor der blauschimmernden Drachen. Die Nachricht hatte ihn vollständig aus der Bahn geworfen. Er war jetzt an ein unsterbliches Wesen gebunden. Und wenn mich meine Biologiekenntnisse nicht völlig im Stich gelassen haben, dann bestand diese für immer. Ob das wohl gut geht? Doch dafür haben wir jetzt keine Zeit.

»Ich störe dieses romantische Zusammensein nur ungern, aber ich fürchte, uns rennt die Zeit davon.«, erinnerte ich die Anwesenden.

»Meister, bitte verzeiht.«, ich hörte die Stimme von Abraxis, »Doch der Besuch bei unserem Vater muss warten.«

Bitte was? Ich glaube, ich habe mich verhört. Meine Gesichtsmuskeln spannten sich an und das linke Augenlid zuckte, als ich zu ihm hinauf blickte. »Nenn mir einen Grund, warum wir jetzt nicht sofort zu eurem Vater marschieren, ihn um Hilfe bitten und uns auf die Suche nach Allura machen können?«, fragte ich leicht angespannt. Mica stellte sich zwischen uns. Bevor ich reagierte, spürte ich einen kalten Wind mir ins Gesicht fegen. »Was zum!«

»Ich dachte mir, dass du mal eine kleine Abkühlung benötigst und da ich kein Eimer voll Wasser zur Verfügung hatte, nahm ich den eisigen Nordwind zur Hilfe.« Sie stand mit den Armen in die Hüfte gestemmt vor mir.

»Meister bitte lasst es mich erklären. Sobald sich ein Drache auf ein anderes Wesen geprägt hat, Müssen diese durch ein uraltes Ritual aneinandergebunden werden. Ansonsten laufen sie Gefahr, ihre gesamten magischen Kräfte zu verlieren!«, klärte Abraxis uns auf. Das hatte gesessen. Ich hatte ja mit vielem gerechnet, gewiss nicht damit!

John schien langsam aber sicher wieder zu sich zu kommen. »Was für ein Ritual?«.

Nessajael ergriff das Wort. »Es ist ähnlich, wie euer Brauch, wenn sich zwei Menschen lieben und sich die ewige Treue schwören. Nur ist es bei uns wirklich von Dauer. Die beiden Essenzen verschmelzen zu einer und sind fortan nicht mehr zu trennen. Erst dann laufen wir nicht Gefahr, unsere magischen Kräfte zu verlieren.«

Ich verstand kein Wort. Warum bestand das Risiko, dass die beiden ihre Kräfte verlieren?

»´Tschuldigt Leute, aber ich verstehe nur Bahnhof!«, sprach Trace meine Gedanken aus.

»Ohne das Ritual ist es einer dritten Person möglich, die Verbindung zwischen uns beiden zu manipulieren und sich unsere Kräfte anzueignen. Stellt euch das Ganze am besten als eine Art mentalen Energiefluss zwischen John und mir vor. Momentan ist er sehr instabil. Durch das Ritual werden unsere Essenzen miteinander verwoben, welches ihn unantastbar macht. Wir beide wären dann wieder sicher.«, sprach der Wasserdrache.

»Mit anderen Worten, ihr werdet heiraten und alles ist gut!«, jubelte Mica, »Ich liebe Vermählungen, das wird die beste Feier, welche Camelot je erlebt hat. Und wenn es das Letzte ist, was ich tun werde!« Die Augen meiner Freundin glühten vor Aufregung. Moment, hat Sie gerade Hochzeit gesagt?

»Mica, ich glaube nicht, dass dieses Zeremonie eine Trauung ist. Ich meine, John ist doch viel zu jung zum Heiraten.«, sagte ich und schaute Richtung des silbernen Drachen in der Hoffnung, er würde es bestätigen. Leider fiel er mir gänzlich in den Rücken.

»Doch genau das heißt, es!«, sprach Abraxis und regte sein Haupt stolz in Richtung der Höhlendecke.

Mein Auge fing wieder an zu zucken, Trace klappte die Kinnlade runter, Mica sprang vor Freude auf der Stelle und John sah so aus, als würde er gleich zusammenbrechen.

»Ich kann jetzt noch nicht heiraten. Ich bin nicht einmal volljährig! Meine Eltern wissen von alle dem hier nichts, das geht zu schnell, außerdem haben wir uns eben erst kennengelernt!«, stotterte John. Jedes seiner Worte schien Nessajael mehr zu verletzen.

»Willst du mich etwa nicht heiraten?«, sagte der Drache mit zittriger Stimme. Tränen sammelten sich in ihre Augen.

In dem Moment, wo ihre Brüder und Schwester dieses mitbekamen, verfinsterten sich ihre Blicke schlagartig. Schneller als ich sah, umzingelten sie John und bauten sich zu ihrer vollen Größe auf.

»Du wagst es, unsere Schwester zum Weinen zu bringen, was erlaubst du dir Menschlein!«, die Stimmen der vier Geschwister brachten die Wände der Höhle zum Wackeln. Der Staub rieselte von der Decke.

Die Freude wich aus Micas Gesichtszügen und wurde durch blanke Panik ersetzt. Ich packte sie am Arm und zog sie schützend an meine Brust. Die rechte Hand an ihrem Kopf hielt ich sie eng umschlungen.

Trace stellte sich abschirmend vor John. Seine Schwingen breiteten sich zu voller Größe auf. Er würde seinen besten Freund schützen, komme was da wolle. Da legte sich eine Hand auf seine linke Schulter. Es war die von John.

»Lass gut sein. Ich weiß was ich zu tun habe.«, sagte er mit ernster Mine. Langsam schritt er an den vier Brüdern vorbei und blieb direkt vor dem Wasserdrachen stehen.

»Nessajael, bitte glaube mir, wenn ich dir sage, dass du das atemberaubenste Wesen bist, welches ich in meinem kurzen Leben kennenlernte. Auch wenn ich es nicht erklären kann, spüre ich etwas. so etwas habe ich nie empfunden. Soweit ich weiß, nennt man dieses Gefühl Liebe.«

Die Augen von dem weiblichen Drachen füllten sich immer mehr mit Tränen. »Bedeutet es das, was ich denke?«

John atmete einmal tief durch. »Ja, das tut es. Ich bin bereit, mit dir die Bindung einzugehen. Auch wenn mich meine Eltern lynchen werden, sobald ich ihnen berichte, dass ich ohne sie geheiratet habe.«

»Wenn du möchtest, können wir sie einladen und du erzählst ihnen alles?«, flötete der blaue Drache. »Immerhin will ich meine Schwiegereltern kennenlernen. Schließlich ist die Hochzeit bereits heute Abend.«

Ich glaubte, die Ohren spielten mir einen Streich. Die Heirat wäre schon an diesem Tag?, wie sollen wir das nur alles vorbereiten? »Mir ist bewusst, dass die Zeit drängt, aber das ist doch etwas kurzfristig. So schnell ist es unmöglich, eine Trauung zu organisieren!«. Vor mir auf der Brust regte es sich.

»Lass das Mal meine Sorge sein!«, sagte Mica und ihre Augen leuchteten. »So die Herren, jetzt wird angepackt, ich brauche jede helfende Hand. Die Feier findet am Ufer des Sees von Avalon statt. Im Moment sind wir eh die Einzigen auf dem Schulgelände und Merlin hat sicher nichts dagegen!« Sie funkelte ihn diabolisch an. Ihr Blick duldete keine Widerworte. Ohne Punkt und Komma teilte sie jedem eine Aufgabe zu.

Alle setzten sich in Bewegung und stürzten sich in die Vorbereitungen.

Es dämmerte bereits, als der Aufbau abgeschlossen war. Die Abendsonne glitzerte auf den Wellen des Sees von Avalon und tauchten die Szenerie in ein warmes Orange. Im Sand reihten sich Links weiße Holzbänke, welche von Merlin hergezaubert wurden, auf. Daneben wurde ein langer, breiter Gang aus Kerzen errichtet. Die rechte Seite war frei, damit die Drachen dort Platz nehmen konnten.

Nachdem Merlin Johns Eltern und Schwester, nach anfänglichem Widersetzen, hergebracht hatte, nahm unser Freund seinen gesamten Mut zusammen und beichtete ihnen alles, was passiert war. Erst schienen sie nicht zu verstehen. Das war ihnen nicht zu verübeln, sie erfuhren schließlich nicht jeden Tag von der Existenz einer anderen Welt.

»So jetzt sollte Sämtliches so weit vorbereitet sein. Haben wir alles? Fehlt irgendetwas?«, fragte Trace, welcher die letzten Blumengestecke auf die Tische gestallt hatte.

Mica ließ ihren Blick über ihr Meisterwerk schweifen. »Tische Check, Deko Check, Bänke Check, Essen Check,

Musik Check, Trauzeuge?« »Check.«, schrie Trace. »Klamotten?« Ihr Blick wurde für den Moment schon panisch.

Schnipp! Unsere Augen wanderten zu Merlin, nur um dann festzustellen, dass sie alle in Smokings am Strand standen.

»Wow, ich muss diesen Trick endlich lernen! Merlin, vielen lieben Dank!«, schrie Mica. Als mein Blick an ihr hängen blieb, traute ich den Augen nicht. Sie trug an langes dunkelblaues Abendkleid. Der Stoff ließ ihre blonden Haare leuchten, wie die Sonne. Um die Hüfte war ein enger Gürtel, mit einer goldenen Schnalle, gebunden. Sie sah aus wie eine Göttin.

»David mach den Mund zu, sonst sabberst du gleich!«, lachte Trace vom Altar, welcher sich am Ende des Ganges befand.

Ich warf ihm einen bösen Blick zu. »Wenn ich meine Freundin anschmachten möchte, dann schmachte ich sie an. Egal wer zuschaut.« Spielend beleidigt drehte ich den Kopf zur Seite. Als ich mich umdrehte, bemerkte ich, dass ich keine Schuhe anhatte. »Äh Merlin hast du nicht etwas vergessen?« Ich griff nach einer Ferse, zog den Fuß hoch und klimperte mit den Zehen.

»Meinst du nicht, dass eine Hochzeit barfuß am Strand mehr Stil besitzt?«, fragte er mich.

Bevor ich die Gelegenheit hatte zu antworten, ertönte am fernen Abendhimmel ein lautes Grölen. Alle Anwesenden drehten ihren Kopf Richtung Drachenhaus. *Was war das?*

Mit einem Mal wehte ich einen kräftigen Windstoß in mein Gesicht, welcher mir die Tränen in die Augen trieb. Reflexartig drehte ich mich um und hielt mir den Arm schützend vor die Augen. Es dauerte einen Augenblick, bis ich wieder klar sehen konnte. Ich richtete mich auf und glaubte nicht, was ich sah. Am Altar vor mir standen vier der fünf himmlischen Drachen.

Sie hatten ihre Augen geschlossen und ihre Brustkörper hoben sich langsam an und sanken wieder. Es war fast schon hypnotisierend, wie sie da standen und uns den Atem raubten. Ihre Schuppen gaben ein gleißendes Licht ab. In diesem Schimmer veränderten sich ihre Körper. Mit jeder Sekunde, die verging, verschwand ihre Drachengestalt. Sie... sie wurden menschlich!

Das gibt es doch nicht. Um sicherzugehen, rieb ich mir leicht die Augen. Vor uns standen drei Männer und eine Frau in weißen Tuniken, welche ihre muskulösen Körper betonten. Sie sahen aus wie die Götter aus dem alten Griechenland. In ihren Gesichtern zeichneten sich verschnörkelte Linien aus verschiedenen Farben ab, welche ähnlich aussahen wie die auf unseren Kampfanzügen.

Trace war es, der meine Gedanken aussprach: »Was zum Henker!«

»Menschlein dachtest du wirklich, wir wären nicht in der Lage unsere Gestalt zu verändern? Wir sind mit die mächtigsten Geschöpfe der magischen Dimension, so ein kleiner Trick ist eine Kleinigkeit!«, sprach der Drache mit schwarzem Haar und roten Tätowierungen. Offensichtlich handelt es sich um den Feuerdrachen.

»Emioras jetzt halte dich zurück, heute ist der wichtigste Tag im Leben unserer Schwester und ich erwarte, dass du dein Temperament zügelst! Wenigstens heute!«, schimpfte Abraxis, welcher mit wasserstoffblonden Harren und silbernen Gesichtsbemalungen vor uns stand, »Habe ich mich da klar ausgedrückt!« Als Antwort erhielt er ein tiefes Grummel, was sich anhörte wie, »Von mir aus.«

Johns Eltern schien das alles zu viel zu sein, denn sie hatten sich hingesetzt und mehrfach ihren Kopf geschüttelt. Irgendwie verstand ich die beiden. Als der Dämon uns vor ein paar Wochen angegriffen hat und wir in eine uns gänzlich unbekannte Welt geworfen wurden, hatte ein Teil von mir gehofft, dass es sich nur um einen Traum handelt.

Kapitel 7 »Die Hochzeit«

>>John<<

»So ich denke wir können anfangen. Wo ist der Bräutigam?«, fragte Merlin und schaute sich um.

»Hier!«, rief ich vom Altar aus. Allerdings ging mir der Gedanke durch den Kopf, ob ich für all das bereit war. Immerhin war ich erst 16 und heiratete gleich Jemanden, den ich vor ein paar Stunden kennengelernt hatte. Trace bemerkte, wie mir die Hände zitterten. Er schlug mir auf den Rücken und grinste mich an.

»Die Braut?«

»Ist so weit«, schrien die vier Geschwister im Chor von der anderen Seite.

»Der Priester?« Die Antwort blieb aus. Aber Mica wurde hellhörig. »Nein, nein, das darf doch nicht wahr sein! Bei all diesen Vorbereitungen habe ich glatt den Pfarrer vergessen!«

»Mica, das.«, weiter kam ich nicht, denn ich wurde von ihr unterbrochen. »Doch John, ich habe versagt! Wie konnte ich das nur vergessen? Gibt es hier niemanden, der eine Traulizenz hat?« Keine Antwort.

Wir waren alle in Gedanken versunken und suchten fieberhaft nach einer Lösung, da betrat eine Person den Strand. »Himmel, ihr seht aus, als überlegtet ihr euch einen Plan zur Rettung der Welt?«, scherzte Sie. Alle hoben die Köpfe und sahen die Herrscherin von Camelot vor uns stehen. Die Königin!

»Guinevere, dich schickt der Schöpfer!«, kam mir Mica zuvor.

»Ach ja und womit?« Fragte sie und legte ihren Kopf zur Seite. Dabei fielen ihre lockigen Haare über ihre Schultern.

»Du traust die beiden!«, jubelte unsere Freundin.

»Klar kein Problem.« Eine Minute des Schweigens. »Warte was?«

Nachdem wir Sie über die Situation aufgeklärt hatten, überlegte sie einen Moment. »Es tut mir Leid Leute, so gern ich helfen möchte, ich kann diese Trauung nicht für euch vollziehen.«, sagte sie mit gesenktem Kopf.

»Was? Wieso denn nicht?«, fragte Trace, »Du bist doch die Königin. Wer, wenn nicht du?«

»Trace, die Ehe ist ein heiliger Bund und nicht einmal ich, würde es mir anmaßen diesen Brauch nicht durch einen Priester durchführenzulassen.« Ein Stuhl kippte um. Als ich meinen Kopf zur Seite drehte, sah ich, wie Mica mit gesenktem Haupt auf Guinevere zu kam, sie am Kragen packte und sie zu sich ran zog.

»Jetzt hör mir mal zu, entweder du traust John und Nessajael oder ich schwöre dir beim Schöpfer, ich werde Tornados auf Camelot loslassen und sie solange toben lassen, bis nicht ein Stein mehr auf dem anderen liegt! Habe ich mich da klar ausgedrückt?« So wütend hatte ich Mica nie gesehen. Sie war eine regelrechte Furie.

Die Königin von Camelot schluckte schwer, während sie knallrot anlief. Mit sicheren Griffen packte sie Mica am Handgelenk, drehte es leicht nach Außen, tauchte unter ihrem Arm hindurch und presste diesen dann auf ihren Rücken. »Auch wenn wir nicht mehr im Mittelalter sind, verbitte ich mir diesen Ton!«, sagte Guinevere. Sie standen einige Augenblicke, ohne sich einen Zentimeter zu bewegen, bis sich unsere Freundin entspannte. Bevor sie sprach, atmete sie tief durch. »Es tut mir leid, aber ich kann das wirklich nicht.« Damit entließ Gwen Mica aus ihrem Fesselgriff. Sie stolperte leicht nach vorn und David fing sie auf.

Mittlerweile war die Sonne zur Hälfte hinterm Horizont verschwunden. Ich warf den Kopf in den Nacken, zog die Luft ein und schloss meine Augen. Als ich sie wieder aufmachte, sah ich am Himmel eine kleine schwarze Silhouette, welche immer größer wurde. »Leute, was ist das?«, sagte ich und deute mit dem Finger auf den Punkt.

Alle drehten sich in die Richtung, in die ich deutete. Mit jeder Sekunde wurde die Gestalt deutlich. »Das glaub ich jetzt nicht!«, schrie David und lief los. Während er rannte, riss sein schwarzer Anzug an zwei Stellen der Schultern und seine weißen Engelsschwingen breiten sich zu voller Größe aus.

Seit wann beherrscht David seine Engelsflügel? War das Erste, was mir in den Sinn kam. Alle Anwesenden schien die gleiche Frage durch den Kopf zu gehen.

Etwa 5 Meter über unseren Köpfen blieb er stehen und sprach mit einem Mann mit braunem Haar und weißem Smoking. »Grandpa, was machst du denn hier?« Eilig umarmte er ihn. Doch rutschte er mitten durch ihn hindurch.

Hatte ich richtig gehört? Grandpa? Das bedeutete ja, dass dieses der Schöpfer war. Oh Himmel, wenn das meine Eltern rauskriegen, fallen sie direkt in Ohnmacht.

»David nicht so stürmisch wir haben uns doch gerade erst gesehen. Dennoch freu ich mich und wünschte, ich könnte dich in die Arme schließen, leider ist es mir verboten den Himmel zu verlassen. Manchmal ist diese Sache mit dem Gleichgewicht des Universums echt zum Drachenmelken.«

Hatte der Schöpfer soeben geflucht?

»Wäre ja zu schön gewesen, wenn es einmal einfach wäre. Doch sag mir, was treibt dich als Astralprojektion in die magische Dimension?«

»Ich lass mir doch nicht so ein wichtiges Event entgehen. Es geschieht ja nicht alle Tage, dass ein Elementardrache die heilige Verbindung eingeht. Außerdem gibt es auf Hochzeiten immer ein köstliches Buffet. Doch sagt mir, warum schaut ihr, wie sieben Tage Blitzgewitter?«

»So wie es aussieht, fällt die Trauung aus. Wir haben keinen Priester.«, rief Trace, welcher neben mir stand, zu den beiden herauf. Sie senkten ihren Blick herunter und sanken zu Boden.

»Wenn es nur das ist.«, sprach der Schöpfer, »Es wäre mir eine Freude die Trauung durchzuführen. Natürlich nur, sofern ihr damit einverstanden seid?« Alle stimmten unverzüglich zu. »Dann lasst uns beginnen, solang die Sonne noch ihr Zepter schwingt.« Der Mann in Weiß machte eine ausfallende Bewegung mit seinem rechten Arm und Orchester erklang. Es war der Hochzeitsmarsch aus dem Sommernachtstraum. Eine bessere Musik könnte die ganze Szene nicht beschreiben.

Sämtliche Personen nahmen ihre Plätze ein. Endlich war der Augenblick gekommen. Selbst Jadriel hatte ihren Weg hierher gefunden. Ich hatte eigentlich damit gerechnet, dass sie nicht an dem Fest teilnehmen würde.

Am Ende des Ganges tauchte Nessajael auf. Wie ihre Brüder hatte sie eine menschliche Gestalt angenommen. Das enge weiße Kleid fiel wie flüssiges Wasser sanft über die Kurven ihres schlanken Körpers. Sie hatte lange blaue Haare, welche zu einer Hochsteckfrisur hergerichtet waren. In ihren Händen trug sie einen Straus aus blauen Rosen. Meine Augen klebten förmlich an ihr. Nessie war schöner als jede Mathegleichung der Welt. Selbst Trace war still. Sie stellte sich mir gegenüber und ich sah in ihre aquamarinblauen Augen.

»Liebe Anwesenden, wir haben uns heute hier versammelt, um diese beiden magischen Wesen in den heiligen Bund eintreten zu lassen.«, erklärte der Schöpfer. »Für uns bedeutet die Prägung die Ewigkeit. Wir teilen danach nicht nur unsere Gefühle, Gedanken und Wissen, sondern auch die Magie. Aus dieser Verbindung entsteht sehr viel Verantwortung, aber wenn ich euch anschaue, dann bin ich mir sicher, dass ihr alle Herausforderungen und Prüfungen meistern werdet.« Der Schöpfer ließ seinen Blick durch die Menge schweifen. »Jeder der gegen diese Verbindung ist, möge jetzt aufstehen und sprechen, oder für immer schweigen!«

Kaum hatte er geendet, wurde die Feierlichkeit in ein tiefes lilafarbenes Licht getaucht. Und ein bis ins Mark erschütternder Schrei hallte über den Strand.

»Das darf doch wohl nicht wahr sein!«, schrie Mica und sprang auf. »Jungs in Kampfposition. Jetzt werden Dämonen vermöbelt. Niemand, wirklich niemand versaut mir meine Hochzeit!« David räusperte sich. »Ich meine natürlich die Hochzeit von John.«

Die Dämonen stiegen aus dem Erdreich empor und schlagartig wurde mir wieder schlecht. Jetzt mal ernsthaft, warum sind diese Viecher mit ihrer schleimigen Lederhaut und Krallen so widerlich.

Der erste der Dämon war bereits vollständig in unserer Dimension angekommen und schleuderte einen Speer auf Nessie. Instinktiv stellte ich mich schützend vor sie und beschwor eine riesige Welle aus dem See von Avalon. An dieser prallte der Flugkörper ab und zerbrach in zwei.

»Geht es dir gut?«, fragte ich sie noch im Umdrehen, stockte dann aber. Meine Seelenverwandte stand in Tränen vor mir. Da packte mich ein nie gekannter Zorn. »Ihr wagt es die mir wohl wichtigste Person zum Weinen zu bringen! Das war euer letzter Fehler.« Diese Wut tobte wie ein Tsunami in meinem Inneren. Ich hörte ein lautes Reißen. Hinter mir breiteten sich die Flügel aus. Sie umgab eine Aura aus tiefsten Blau.

Offenbar war das zu viel für meine Mutter, denn sie hielt sich eine Hand an die Stirn und kippte um. Rechtzeitig fing Dad sie auf. So gelang es mir, mich auf den Feind zu konzentrieren.

Die Essenz des Wassers verband sich mit der in mir. Sie reagierte auf meine Gefühle und raste durch sämtliche Bahnen des Körpers. Mit so viel Energie, war es mir unmöglich, zu verlieren.

Die Sicht verschwamm. Alles, was ich sah, war Blau. Und doch wusste ich genau, wo die Dämonen sich befanden. Bereits während ich die Hand hob, gehorchte das Wasser und formte sich zu spitzen Geschossen, welche sofort gefroren. Kaum senkte ich den Arm, flogen die Eispfeile auf die Dämonen zu und bohrten sich in ihre Körper. Zwei der fünf Kreaturen fielen unmittelbar zu Boden und regten sich nicht mehr.

Ein leichter Schwindel ergriff mich und ich taumelte rückwärts. Bis mich eine Hand stützend auffing. »John geht es dir gut?«, erklang eine ängstliche Stimme in meinem Ohr. Ich brachte nur ein kurzes Nicken zu Stande. Die Person setzte mich hin, sodass ich nicht umfiel.

»Wie könnt ihr es wagen, meine Hochzeit zu versauen. Dafür werdet ihr leiden! Jungs ihr haltet euch daraus. Diese drei gehören ganz allein mir!«, fauchte Nessajael. Alle verharrten auf ihren Plätzen, während sie den Gang entlang Schritt. Dem Schöpfer sei Dank, meine Sicht verbesserte sich wieder und ich sah wie die Braut die Dämonen regelrecht in Stücke riss.

»Bruderherz, erinnere mich bitte daran, dass ich mich nie mit meiner Schwägerin anlege. Das würde ich nicht überleben.«

»Verlass dich drauf, Schwesterherz.«, sagte ich zu meiner Schwester und grinste dabei in ihr Gesicht. Ich erkannte einen Funken von Stolz in ihren Augen. Und das, obwohl wir selten einer Meinung waren.

»So, da die ungeladenen Gäste... entfernt wurden. Frage ich nochmal. Jeder der gegen diese Verbindung ist, möge jetzt aufstehen und sprechen oder für immer schweigen!«, fing David´s Großvater an, nachdem wir mit der Trauung fortfuhren. Diesmal blieb alles ruhig. Eine weitere Auseinandersetzung hätte meine Mutter nicht überlebt.

»Dann erkläre ich euch zu Halbengel und Drache! Du darfst die Braut jetzt küssen.«, beendete er seine Rede. Bevor ich reagierte, griff Nessie nach den Wangen und drückte ihre Lippen auf meine.

Als sie sich berührten, spürte ich den Austausch unsere Essenzen. Wie ein plätschernder Bach floss ihre Kraft in mich hinein und ich gab ihr meine. Sie verbanden sich auf ewig, wie auch wir uns aneinanderbanden. Niemand wäre jemals in der Lage, diese Verbindung zu trennen. Den Beifall, welchen unsere Familien und Freunde gaben, bekam ich gar nicht mit. Die Einzige, die wichtig war, war Nessie.

So realisierte ich zu spät, dass die Musik lauter wurde und wir zum Tanz gebeten wurden. »Verdammt.«, entfuhr es mir.

»Was ist Darling?«, fragte Nessie.

»Ich kann nicht tanzen!«, antwortete ich voller Panik. Alles, was ich erhielt, war ein leises Kichern. »Mach dir da mal keine Sorgen. Wir Himmelswesen tanzen auf unsere eigene Art.« Sie meinte doch nicht? Mir gelang es nicht den Gedanken zu enden zu führen, da merkte ich, wie wir vom Boden abhoben und über den magischen Lichtern, welche Jadriel für uns, als Hochzeitsgeschenk, erschaffen hatte, zu fliegen.

Auf Nessajaels Rücken ragten zwei blauweiße Lederschwingen empor. Zusammen mit meinem schlugen sie in einem Takt und trugen uns über den Köpfen der Anwesenden hinweg. Wir tanzten unterm Himmelszelt und erneut verschwamm die Welt um uns. Es gab nur uns beide und die Sterne am Firmament.

Ich hielt kurz inne, sodass wir unseren Tanz unterbrachen. »Nessie, ich weiß, es ist nicht viel. Aber ich habe etwas für dich.« Mit der rechten Hand griff ich in die Hosentasche, meines Anzugs. Als ich sie wieder herauszog, befand sich ein blaues Samtsäckchen in ihr.

»John was ist das?«

»Es gehörte meiner Oma. Sie hatte mir einmal gesagt, dass mein Großvater ihr eine Kette geschenkt hatte, bevor er in den Krieg einberufen wurde. Sie sollte die beiden verbinden und seien sie doch so weit voneinander getrennt. Ich solle sie dem Mädchen schenken, welche mich genauso lieben würde, wie Oma meinen Opa.« Ich öffnete das Säckchen und präsentierte ihr die silberne Kette mit einem blauen Edelstein, welcher als tränenförmiger Anhänger befestigt war. »Merlin hat sie für mich aus meinem Zimmer in Angel Falls geholt und mir gezeigt, wie ich die eigene Essenz in dem Diamanten einschloss. Daraufhin verfärbte er sich.« Ich schaute in ihre Augen und entdeckte kleine Tränen.

»Legst du sie mir an?«, fragte sie mit zittriger Stimme, welche überhaupt nicht zu einem der mächtigsten Drachen der Welt passte. Mit einem Flügelschlag flog ich um Nessie herum. Kaum angelegt fiel der Anhänger in eine kleine Kuhle oberhalb ihres Schlüsselbeins.

Sie drehte sich um ihre eigene Achse und schaute mich an. »John, ich danke dir!«, kaum hatte sie geendet, fiel sie mir um den Hals und wir küssten uns.

>>David<<

Nachdem sie den Tanz beendet hatten, gesellte das Brautpaar sich zu uns. Und wir feierten bis tief in die Nacht hinein. Trotz der ganzen Situation, in der wir uns befanden, schaffte ich es, die Sorgen für einen Moment zu vergessen. Erst als ich im Sand lag, mit den angewinkelten Füßen im Wasser und Mica, welche es sich auf meinem Bauch bequem gemacht hatte, kehrten sie zurück.

Im Augenwinkel sah ich, wie sich jemand neben mich setzte. »In Nächten wie diesen wünschte ich mir, wir wären eine stinknormale Familie.«, sprach mein Großvater. »Ohne das wir uns Sorgen um die ganze Schöpfung machen müssen.«

»Wem sagst du das. Bis vor ein paar Wochen war es so. Doch nun?«

»David, sei bitte ehrlich zu mir.«, ich drehte den Kopf zur Seite, um den Schöpfer besser zu sehen. »Bist du wütend auf Zeriel, dass er dich in diese Welt zwang?«

Es dauerte einen Augenblick, bis ich die Worte verstand. »Nein, bin ich nicht und doch wünsche ich mir ein Leben ohne Kämpfe. Eine Lebensart, in der ich nicht morgens aufwache und mich frage, wer uns heute die Hölle auf Erden bereitet. Ein Alltag, in dem Zed wieder frei ist und bei denen seien kann, die er am meisten liebt.«

»Ich verstehe dich. Das Gleiche gilt für mich. Nach all diesen Jahren möchte ich nur meinen Sohn wieder in den Armen halten und ihm sagen, wie leid es mir tut, dass ich ihm dieses Schicksal aufgebürdet habe. Wenn ich doch nur auf meinen Bruder mehr geachtet hätte, dann hätte ich all das verhindern können.« Opa ließ den Kopf hängen und ich meinte eine Träne über seine Wangen laufen zu sehen. Nicht darauf achtend, dass es sich bei ihm um eine Astralprojektion handelte, griff ich nach seiner Hand. Doch alles, was ich zu greifen bekam, war Sand.

»Wenn ich eins in den letzten Wochen gelernt habe, dann ist es, dass wir nicht um das, was war, trauern sollten, sondern dass wir aus unseren Fehlern lernen und dadurch eine bessere Zukunft gestallten.«

»Du hast Recht. Dass ich mich auf meiner alten Tage noch einmal von einem Teenager belehren lasse, hätte ich nie vorhergesehen.« Mit diesen Worten stand er auf und streckte sich. »Es ist an der Zeit, ich werde euch nun verlassen. Der Himmel managet sich nicht von allein. Mach es gut, David und vergiss nicht, wann immer du meinen Rat brauchst, denk einfach mit der Stimme in deinem Herzen und ich werde dir antworten. Oder du fliegst rauf und wir trinken Tee zusammen. Ich habe in einen Ratgeber für Großeltern gelesen, dass man das wohl so macht.« Er zuckte mit seinen Schultern und ich verkniff mir ein freches Grinsen. »Ach und noch was. Gut gemacht.« Damit verschwand er, bevor ich ihn fragen konnte, was er gemeint hat.

Kapitel 8 »Die Reise beginnt«

>>Zeriel<<

Die Hiebe der Peitschen brannten weiterhin auf meinem Rücken. Eine warme Flüssigkeit lief mir die Wirbelsäule hinunter. Die Wunden schienen nicht zu heilen. Diese verfluchten Ketten sogen mir sämtliche Kräfte ab, sobald ich probierte, die Essenz im Inneren auch nur zu spüren.

Verzweifelt versuchte ich meinen Geist von dem Körper zu lösen, doch die Schmerzen waren zu stark. Ich schaffte es nicht, die nötige Konzentration aufzubringen. Ein Geräusch ließ mich den Kopf nach hinten werfen. Mir fiel es schwer etwas zu sehen, denn meine eine Wange war angeschwollen, nachdem ich einen kräftigen Schlag gegen das Gesicht bekam.

»Oh, du hast aber auch schon mal besser ausgesehen.«, witzelte Marxael, ich erkannte ihn an seiner Stimme.

»Ach findest du? Ich muss sagen, deine Gastfreundschaft lässt doch arg zu wünschen übrig. Ich gebe diesem Hotel maximal einen von zehn Sternen.«, antwortete ich sarkastisch, bereute es aber direkt, denn ich würgte einen Schwall von Blut hoch und spuckte es ihm vor die Füße. Doch er wich mit Leichtigkeit aus, um mir in derselben Bewegung einen Tritt gegen den Kopf zu verpassen. Von der Wucht überrascht, flog ich nach hinten. Jedoch hielten die Ketten mich davon ab, allzu weit zu fliegen. Allerdings schnitten sie mir tief in die Handgelenke. »Argh!«, entfuhr es mir.

»Weißt du, wenn du dich etwas kooperativer zeigen und mir Alluras Aufenthaltsort sagen würdest, wäre es hier sehr viel angenehmer für dich!«, flüsterte er mir ins Ohr, als er mich an den Haaren packte und zu sich zog.

»Niemals! Eher sterbe ich, anstatt sie zu verraten!«, zischte ich ihm entgegen.

»Nun, das lässt sich arrangieren.«, sagte er und schnippte mit den Fingern. Auf sein Zeichen betraten zwei Dämonen von mittleren Rang mein Gefängnis. »Darf ich vorstellen, das sind Arion und Darion, wahre Meister auf ihrem Gebiet. Sie werden dich schon zum Singen bringen!« Damit verließ er den Raum und überließ mich seinen Folterern. Mit letzter Kraft schickte ich ein Gebet zum Schöpfer: »Bitte Vater, beeilt euch!«

>>*David*<<

Mica lag eng an mich gekuschelt, als ich aufwachte. Heute war endlich der Tag. Heute würden wir aufbrechen und Allura finden. Ich schaute auf den Wecker, welcher auf dem Nachttisch neben mir stand. Er zeigte 7:30 Uhr an. Mit einem Kuss auf die Stirn weckte ich meine Freundin. »Aufstehen Wirbelwind, wir müssen los.«

»Noch fünf Minuten.«, nuschelte Sie an meine Brust.

»Die anderen warten schon.«

»Na und, dann lass sie doch..«, murrte sie.

Sie ließ mir keine Wahl... »Inga hat das Frühstück fertig. Es gibt Mettbrötchen und frisch gebratenen Bacon.«, flüsterte ich ihr ins Ohr.

Kaum hatte ich zu Ende gesprochen, richtete Mica ihren Oberkörper hastig auf. »Und das sagst du mir erst jetzt?« Ehe ich mich versah, sprang sie aus dem Bett und zog sich eilig an. Es dauerte keine fünf Minuten und Mica stand fertig vor mir. »Worauf wartest du denn? Der Bacon ruft!«

Himmel, war sie sexy, wenn sie nach gebratenem Speck geierte. Kurzer Hand griff ich an ihr Handgelenk und zog sie zurück in die Federn. Meine Freundin quiekte auf. »Ich habe es mir gerade anders überlegt. Lass uns noch ein paar Minuten hierbleiben.« Während ich sprach, wanderte meine Hand sanft aber begierig über ihren Rücken.

»David, das Frühstück.«, weiter kam sie nicht, denn ich drückte meine Lippen auf die ihren. Es war schon fast mechanisch, wie sich die Essenz in mir aktivierte und wie wild durch den Körper floss. Sie durchdrang jede einzelne Zelle und veränderte sie. Nachdem ich in die elementare Form gewechselt hatte, verwandelte sich ebenfalls der Körper von Mica. Obwohl sie zu Luft wurde, spürte ich sie dennoch. Wir bemerkten nicht, wie wir vom Bett abhoben und gut zwei Meter über dem Boden schwebten. Es gab nur uns beide, bis jemand wie wild gegen die Tür donnerte.

Wir realisierten, in welcher Position wir waren und erschraken. Das hatte zur Folge, dass der Fluss der Essenz unterbrochen wurde. Das wiederum führte dazu, dass wir unsere menschliche Gestalt annahmen und in die Tiefe stürzten. Wir krachten mit aller Wucht auf das Bett. Mit einem lauten Rums zerbrach mein Schlafplatz und die Tür gegen die Wand flog. John und Trace standen vor uns.

»Leute, ihr verleiht dem Sprichwort, die Balken sich verbiegen lassen, eine komplett neue Bedeutung.«, sagte Trace mit einem schelmischen Grinsen.

John hingegen lief knallrot an und verpasste seinem besten Freund einen Schlag in den Nacken. »Die Anderen warten schon. Wenn ihr allerdings noch einen Moment für euch braucht, könnten Trace und ich mit Sicherheit...« Ich schnitt ihm das Wort ab. »Nein, nein, wir sind so gut wie unterwegs.« Schwungvoll zog ich Mica, aus den Trümmern des Bettes. Ich werde Merlin wohl um ein Neues bitten müssen. Bei dem Gedanken verfärbten sich meine Wangen leicht rot. Mica schien es ähnlich zu gehen, denn sie wich dem Blick aller Anwesenden geschickt aus.

Schnell zog ich mich an und wir folgten den anderen in die Mensa. Auf dem Weg dorthin kamen wir an einigen Fenstern vorbei. Der Schulhof sah wie neu aus, als wäre nie etwas passiert. Aber das war es nicht. Impulsiv verstärkte ich den Griff um die Hand meiner Freundin.

Mica schaute auf. »Es wird alles gut.«, flüsterte sie mir ins Ohr und mir entfuhr ein leichter Seufzer. Ich lächelte sie an. Da traf es mich wie ein Blitz. Mein Lächeln verwandelte sich zu einem diabolischen Grinsen. »Sag mal John, wie war deine Hochzeitsnacht?«

»Ich äh, also... Habt ihr das gehört? Ich glaube, Merlin hat uns gerufen? Wir sollten uns etwas beeilen.« Kaum hatte er geendet, beschleunigte er seine Schritte und war schon um die nächste Ecke verschwunden. »Das war das erste Mal, dass ich ihn habe so rennen sehen.« Trace, Mica und ich schauten uns an, dann verfielen wir in lautes Gelächter. Glücklich gingen wir in den Speisesaal. Wo Merlin, unsere Drachen, welche weiterhin in menschlicher Gestalt waren, Jadriel und John´s Familie auf uns warteten.

Nach dem Frühstück verabschiedeten sich die Eltern von John. Sie mussten zurück in die Menschenwelt, wo ihre Jobs auf sie warteten. Auch seine Schwester, wollte nicht länger bleiben, denn nach der Hochzeit hatte sie beschlossen, sich ebenfalls einen Typen zu angeln. Was sagte sie gleich? Es kann jawohl nicht sein, dass ihr kleiner Bruder vor ihr heirate. Allerdings war ich mir sicher, dass Merlin ihr seine Nummer zu gesteckt hatte.

Kaum waren sie von Merlin nach Hause geschickt worden, brachen wir auf zu dem Platz, wo der Urdrachen ruhte. Mit jedem Schritt, dem wir der Höhle näher kamen, wurde ich nervöser. Dennoch riss ich mich zusammen. Für Zed würde ich das durchstehen. Komme, was da wolle.

Wir gingen durch den magischen Wald und folgten einem schmalen Pfad, der uns immer tiefer hineinführte. Woher wussten die Drachen wo wir lang müssen? Ich hätte schon vor Minuten die Orientierung verloren. Überall wo ich hinschaute, war alles nur grün! Vielleicht sollte ich das nächste Mal zwischendurch auf den Boden schauen, den ich stolperte über eine Wurzel und schaffte es gerade so, mich an einem Baumstamm abzustützen.

»Wir sind da.«, hörte ich Abraxis sagen, als ich mir den Dreck von meinen Händen abklatschte. Die Anspannung in seiner Stimme war nicht zu überhören.

Ich schaute mich um. Wir standen vor einem gigantischen Höhleneingang. Das war das Einzige, was diesen Ort spektakulär erscheinen ließ. »Seid ihr sicher? Das sieht nicht nach einem Palast für einen Drachen aus?«

»Wartet ab, bis ihr drinnen seid.«, sagte Emioras mit einer mürrischen Stimme, welche seine sonst so schlechte Laune um einiges übertraf.

»Na los, worauf warten wir denn? Lasst uns schon hineingehen.«, sagte Trace und schritt voran. Bevor einer von uns die Gelegenheit hatte, ihn aufzuhalten, berührte er eine unsichtbare Wand. Diese schleuderte ihn mit einem weißgoldenen Blitz über den Waldboden. Während er sich aufrichtete, standen seine braunen Haare in alle Richtungen ab. Hätte das nicht schon gereicht, sahen wir weitere kleine Blitze, welche zwischen ihnen hin und her zuckten. »Hammer, das ist ja besser als Achterbahn fahren!«, jubelte er. Er hatte nicht einmal ausgesprochen, da holte John schon zum altbekannten Klatsch in den Nacken aus. Allerdings war das Ergebnis etwas anderes wie sonst. Denn bevor John ihn berührte, bekam der selbst einen Elektrischenschlag ab. »Autsch! Verdammt was war das?«, schrie er auf.

Ich sah mich nach Abraxis um. »Das war das Siegel, welches angebracht wurde, damit unser Vater sein Reich nicht verlässt.«, erklärte er mir. Es stand ihm im Gesicht, dass er es für keine gute Idee hielt, seinen Urdrachen um Hilfe zu bitten. »Abraxis, was ist los? Warum seid ihr dagegen euren Vater aufzusuchen? Ich meine, er wird ja nicht ein alter, verrückter Bergerimit sein.«

»Wenn du wüsstest, Meister.«, sagte er und ich schluckte. Vielleicht war es doch keine so gute Idee herzukommen.

Mica sprach die Frage aus, welche uns allen auf der Zunge lag. »Ok, jetzt spuckt es schon aus, was ist mit eurem Vater, dass ihr regelrecht Angst davor habt, diese Höhle zu betreten?«. Die Drachen schwiegen. Bis Almatora in ihrer weißen Toga einen Schritt nach vorne trat.

»Nachdem Zeriel in seinen Schlaf fiel, brachte dieses unseren Vater an den Rand des Wahnsinns. Er und der Hüter waren durch ein altes Ritual verbunden. Welches seltener ist als die Prägung zwischen Nessie und John. Es kann nur alle zehntausend Jahre vollzogen werden, wenn sämtliche Planeten der Galaxie in einer Reihe stehen.

Dieses erzeugt ein gewaltiges magnetisches Feld, welches dafür sorgt, dass die Leylinien sich aufladen und neue Kraft erhalten. Diese wird genutzt, um die beiden Seelen aneinanderzubinden. Nein, sie verschmelzen zu einer Einzigen. Durch den Verlust von Zeriel, verlor Dragoel nicht nur seinen Partner, sondern auch seinen Seelenzwilling. Das Resultat war, dass er Amok lief und die Kontinente auseinanderriss. Um weiteren Schaden zu verhindern, taten unsere Mutter, der Schöpfer und wir uns zusammen und bekämpften den eigenen Vater. Nur mit vereinten Kräften war es uns möglich, ihn hier einzusperren.« Sie schlug die Arme um ihre Schultern und drehte sich von uns weg.

Wir vier standen einfach nur da und schluckten diese Geschichte runter. Damit hatten wir nicht gerechnet. Nessajael trat vor. »Wir fragen deshalb nochmal, wollt ihr euch diese Gefahr aussetzen? Wir finden bestimmt einen anderen Weg.« Ich schaute meine Freunde an. Mit einem Nicken stimmten wir alle ein. »Uns bleibt keine Wahl. Zed braucht jetzt unsere Hilfe und nicht erst in ein paar Wochen, wenn wir eine neue Idee haben. Anscheinend ist Allura die einzige Hoffnung, Zed je heil wiederzusehen, deshalb gehen wir es an.«, erklärte ich Merlin und den Drachen unsere Entscheidung.

Woraufhin die fünf sich in einem Quadrat aufstellten. Nessie nahm ihren Platz an die obere Spitze ein. Rechts neben ihr stand Erotan. Ihr gegenüber platzierte sich Emioras. Links von ihr stellte sich Almatora hin. Im Zentrum der vier nahm Abraxis seinen Platz ein. Sie streckten ihre Arme aus und schlossen ihre Augen.

»Quinque enim elementa nostri vocant.
Audit verba Audit nostra sumus hodie,
Vos postulo video.
Qui est in limine,
et ex verbis solvit sigillum Fons«

Merlin übersetzte für uns die alte Sprache. »Wir, der fünf Elemente eins, rufen unsere Ahnen. Hört die Worte, hört unser Flehen, wir müssen euch heute sehen. Löst das Siegel der Schwelle und offenbart die Quelle.« Während er sprach, öffneten die Drachen ihre Augen. Diese waren wie Scheinwerfer. Sie strahlten in den Farben der Elemente. Ihre Hände steckten in Kugel aus reinster Essenz. Dort wo ein Tropfen zu Boden fiel, erstrahlte die Erde zu neuem Leben. Vollkommen synchron rissen sie ihre Arme nach oben. Über ihren Köpfen bildete sich ein enormer, golden-farbener Ball. Als dieser drei Meter groß war, entlud sich die Energie in einem gewaltigen Strahl. Welcher mit hoher Geschwindigkeit auf die unsichtbare Mauer schoss. In der Sekunde, in der die beiden sich berührten, tauchte das Siegel auf. Die Symbole der Elemente waren in der glei-chen Reihenfolge, wie die Drachen sich platziert hatten. Die Kraft, welche von dem Strahl ausging, war so stark, dass wir uns fast schon gegen stemmten, damit wir nicht umfielen.

Mit jeder Sekunde, die verging, flackerte das Kraftfeld, bis es in einem lauten Donnerknall, in tausend kleine Einzelteile, welche sich in Luft auflösten, sobald sie den Boden berührten, zerbarste. Trace brach unser Staunen. »Wow, das Ding ist ja besser als jeder Todesstern!«

»Es ist vollbracht, das Siegel ist offen.« Erotan unterbrach seinen Satz. »Bitte seid vorsichtig, das letzte Mal als wir unseren Vater besucht haben, war es zwar nur in Form einer Astralprojektion, dennoch war es alles andere als angenehm. Seitdem hat er keinen Besuch mehr empfangen. Ich kann mir schwer vorstellen, dass sich seine Laune in den letzten 1000 Jahren gebessert hat.«

Vorsichtig wagte ich den ersten Schritt in die Höhle und mich durchzog ein schauderartiges Gefühl. Es fröstelte mir am ganzen Körper und ich schlug mir die Arme um die Brust. All die Verbitterung und den Hass flossen förmlich in mich hinein. Mein Blick fiel über die Schulter, ich sah, dass es den anderen ähnlich erging. Ich schluckte das ungute Gefühl herunter und schritt voran.

Wir gingen durch einen langen dunklen Gang. Nur die Fackeln an den Wänden boten uns etwas Licht. Zwischendurch hörten wir ein kleines Zischen, als ein Wassertropfen in eine Flamme fiel. Immer weiter schritten wir voran. Nachdem wir um eine Ecke bogen, änderte sich die Umgebung drastisch. Die Dunkelheit wurde durch gleißendes Licht vertrieben und ich hörte das Plätschern eines Baches. Es dauerte einen Augenblick, bis sich meine Augen an die Helligkeit gewöhnt hatten. Was ich dann sah, raubte mir den Atem. Wir standen in einer gigantischen Kuppel aus weißem Marmor. Zwei kleine Brücken führte über einen schmalen Fluss, welcher eine Insel in der Mitte des Raumes umfloss. Neben dem Wasserlauf reihten sich mehrere Säulen, an deren Spitze kopfgroße Kristalle befestigt waren. Diese erzeugten das Licht, was uns zuvor geblendet hatte. Direkt gegenüber konnte ich einen mächtigen Torbogen ausmachen, welcher offenbar tiefer in die Höhle führte.

»Oh mein Schöpfer!«, entfuhr es Mica. »So einen prächtigen Ort habe ich noch nie gesehen. Wie soll jemand, der an solch einem Ort lebt, so verrückt sein, wie ihr ihn beschrieben habt?«

»Der Schein trügt nur allzu oft.«, grummelte Emioras, »Lasst uns schnell weitergehen, je eher wir hier wieder raus sind, desto besser.«

Wir gingen weiter. Kaum berührte einer meiner Füße die Insel, donnerte ein gewaltiges Brüllen durch die Kuppel. »Na toll, hier kommt er.«, brummelte Erotan.

Das Grölen wurde lauter und ein starker Windstoß blies uns ins Gesicht. Die Erde erzitterte. Das Licht der Kristalle flackerte. Ich fasste Mica am Arm und zog sie gerade noch rechtzeitig hinter mich, als uns ein Feuerstrahl entgegen schoss. Impulsiv errichtete ich eine Barriere aus Quintessenz. Mit jeder Sekunde, die verstrich, spürte ich, wie mir die Kraft ausging. Mir lief der Schweiß über die Stirn und brannte mir in den Augen. Ich blendete alles andere um mich herum aus, ich durfte die Konzentration nicht verlieren. Mit den Kräften am Ende sank ich mit einem Knie zu Boden.

»Verdammt! Wie lange dauert es denn noch, bis der Feuerstrahl aufhört? Muss der Kerl nicht einmal Luft holen?«, fluchte ich lautstark in mich hinein. Da legte mir jemand seine Hände auf die Schultern. Ich drehte den Kopf zur Seite und sah, wie John, Trace und Mica mit geschlossenen Augen hinter mir standen. Ein Gefühl der Macht durchströmte mich. Sie sandten mir ihre Kraft. Wir waren noch nicht geschlagen. Mir war nicht klar, wie viel Zeit verstrichen war, aber mit einem Mal ließ der Druck auf das Kraftfeld nach. Erschöpft brachen wir vier zusammen und lagen schwer atmend auf dem weißen Marmor. Die Drachen und Merlin eilten an unsere Seite.

»Wer wagt es, in das Heiligtum einzudringen?«, ertönte eine tiefe Stimme aus dem Gang vor uns. Ihr folgte ein kurzes Beben.

Wir stützen uns auf die Hände und unsere Drachen halfen uns auf die Beine, während Merlin mit seiner beschworenen Sternenwaffen sich auf den Kampf vorbereitete. Allesamt starrten wir auf den Torbogen und spürten erneut ein Beben unter den Füßen. Kurz darauf sahen wir, wie zwei golden glühende Punkte in etwa 15 Metern Höhe auftauchten.

Da ich mich weiterhin auf Abraxis stützte, bemerkte ich sein Zittern. Ich schluckte die Angst, welche wieder in meiner Kehle hochkletterte, hinunter. Nur brachte es rein gar nichts.

Nach einem weiteren Beben tauchte eine mit mattsilbernen Schuppen besetzte Klaue aus den Fängen des dunklen Tunnels auf. Mit jedem Erzittern der Erde nahm der Drache vor uns mehr Form an. Er war um einiges größer, als die Elementdrachen, mit denen wir unseren Pakt geschlossen hatten. Er war so groß, dass ich mich fragte, wie es ihm möglich war, auf zwei Beinen zu laufen. Während ein Großteil seiner Schuppen silbern waren, so waren die, die den Bauch schützten aus tiefsten Meeresblau. Die Schwingen auf seinem Rücken hatten mindestens die doppelte Größe, wie die von Abraxis. Jedoch sah ich ihnen ihr Alter deutlich an. Das einst so kraftvolle Blau der lederartigen Flügel waren mit der Zeit trüb geworden und lauter rote

Adern durchzogen sie. Des Weiteren fiel mir die Spitze seines Schwanzes auf. Sie war quasi ein goldener Dreizack, allerdings war ein Stück abgebrochen. Unter seinen Augen zeichneten sich dunkle Schatten ab, welche das Glühen verstärkten. Und dennoch ging eine erhabene und machtvolle Aura von ihm aus.

In meiner Seele tat sich etwas. Sie schrie förmlich auf und sehnte sich nach dem Geschöpf vor mir. Da wusste ich es, vor uns stand Dragoel, der Urdrache und Zeds Seelenpartner.

»Wie ich sehe, haben meine falschen Kinder nach so langer Zeit wieder zu mir gefunden? Was wollt ihr dieses Mal? Mich in eine Höhle sperren? Ach ja, das geht ja nicht, da ich ja schon in einer eingesperrt bin! Dass ihr es wagt, auch nur einen Fuß in das Heiligtum zu setzten. Dieses war ein Fehler! Erwartet keine Gnade, ich werde euch vernichten, so wie ihr meine wahren Kinder getötet habt und wenn es das Letzte ist, was ich vollbringen werde.« Der Urdrache schrie förmlich vor Wut.

Tief in mir drin erkannte ich all sein Leid, welches ihm widerfahren war. Es war unerträglich. Stromschläge durchfuhren meinen ganzen Körper. Das hielt ich nicht aus. Wie Dragoel schrie ich den Schmerz hinaus. Mit ihm entwich mir eine Kraftwelle, welche die anderen von der kleinen Insel schleuderte, sodass sie ins Wasser fielen. Die Stimmen verstummten und alles, was ich hörte, war, wie meine Freunde sich triefend nass aus dem Fluss zogen.

In meinem Kopf rührte sich nicht ein Gedanke. Die Essenz glich einer gigantischen Energiequelle. Sie regierte automatisch und erfüllte mich bis in die letzte Körperzelle.

Aber anstatt wie sonst aus mir heraus zu brechen, veränderte sie meinen Körper. Er wurde größer, die Haare wurden länger und fielen mir über den Rücken. Ich hörte, wie das T-Shirt, welches ich trug, zerriss und die weißen Flügel sich ausbreiteten.

Kaum hatten sie sich komplett aufgespannt, zogen sie mich in die Luft, so dass ich direkt vor dem, von Schmerz verzerrten, Gesichts des Urdrachens schwebte.

»Dragoel, mein alter Freund. Ist es nicht an der Zeit deinen Zorn zu vergessen? Nach all den Jahren bin ich erwacht und brauche dich wieder an meiner Seite. Wirst du mir noch ein weiteres Mal in die Schlacht folgen?« Es war nicht meine Stimme, welche diese Worte sprachen. Es war seine. Zeds. Ich streckte den rechten Arm, mit der Handfläche nach oben, aus.

Der Urdrache schien zu zögern. Für den Moment schloss er seine Augen und kristallklare Tränen bildeten sich. Nachdem er sie öffnete, strahlten sie voller Kraft. Er hob seine Pranke, legte sie sanft auf die ausgestreckte Hand und sprach. »Mein Meister, mein Bruder, mein Seelenpartner nach so langer Zeit sind wir wieder vereint. Ich werde dir folgen, wie ich es bereits früher getan habe, lass uns in die Schlacht fliegen und die Horden der Finsternis zurück in die Unterwelt treiben, bis sie es nie mehr wagen, einen Fuß in dieses Reich zu setzen.«

Kaum hatte er zu Ende gesprochen, verlor ich an Kraft. Der Wind pfiff in den Ohren, als ich in die Tiefe stürzte. Die Flügel zogen sich zurück und die länger gewordenen Haare fielen aus, bis ich meine alte Frisur wieder hatte. Dennoch raste ich in Richtung Boden und konnte es nicht verhindern.

Mir blieb gerade so genug Energie, um nicht das Bewusstsein zu verlieren.

Ich hörte, wie Mica panisch meinen Namen schrie. Gleichzeitig merkte ich, wie sie versuchte, die Winde zu kontrollieren und mich vor dem Absturz zu bewahren, aber sie war zu aufgebracht, um sich mit ihrer Essenz zu verbinden. Die Luftströmung glitt einfach an mir vorbei. Jeden Moment würde ich auf dem Boden aufschlagen, allerdings fing Dragoel meinen Körper mit seiner gigantischen Hand auf. Er legte ihn sanft auf der Erde ab. Mir war es nicht möglich, mich aufzurichten. Ich war völlig leergesaugt. Was ist nur passiert?

Mica rannte zu mir und zog mich sanft in ihre Arme. »Keine Sorge Menschlein, er lebt. Ich schenke ihm etwas von meiner Energie, dann ist er gleich wieder der alte.«, sprach der erste Drache und eine seiner dunklen Krallen berührten mich an der Stirn. Schlagartig wurde ich von einer Flutwelle von Kraft durchströmt. Ruckartige sprang ich auf und atmete tief ein. »Danke.«, war alles, was ich herausbrachte.

»Kann mir jemand mal erklären, was hier passiert ist?«, verlangte Mica zu erfahren. Mit unmenschlicher Kraft zog sie mich an sich und zerdrückte mir den Brustkorb.

»Pass auf! Du zerquetschst ihn ja. David läuft schon Blau an!«, witzelte Trace, welcher sich gerade sein T-Shirt auswrang.

Mica starrte ihn für einen Augenblick an und beobachtete, wie mehrere Wassertropfen seinen Sixpack hinab wanderten. Sofort lief sie rot an und drehte ihr Gesicht weg. »Trace, verdammte Axt! Besitzt du überhaupt kein Schamgefühl? Zieh dir um des Schöpfers Willen etwas an!«

»Was denn? Mir war kalt und ich habe niemanden, den ich an mich drücken kann! Außerdem nette Kleidung, die du da trägst. Hatte nicht gedacht, dass du auf so etwas Gewagtes stehst.« Trace hatte wieder sein schelmisches Lächeln aufgesetzt.

Meine Freundin blickte hinab und sah, wie sie mich zwischen ihre Brüste drückte. Dabei fiel ihr auf, dass jeder ihren schwarzen BH durch das weiße T-Shirt sah. Es legte sich ein dunkler Schatten auf ihr Gesicht. Ein eiskalter Wind hüllte uns ein. Er wirbelte mit wahnsinniger Geschwindigkeit um uns herum. Micas blonde Haare brausten Richtung Decke.

»Trace.« Sie hielt kurz inne. »Du IDIOT!« Mica schmiss ihren linken Arm nach vorne und der Wind folgte ihr. Er riss eine Schneise in den sonst makellosen Marmorboden und traf mitten ins Schwarze. Der Wächter der Erde flog in hohen Bogen erneut in das Flussbett. »Geschieht dir Recht!«

»Wächterin, ich möchte dich nicht unter.«, sagte Dragoel, doch weiter kam er nicht. Mica hatte erst angefangen! Sie ließ ihrer angestauten Wut freien Lauf. Keiner der Anwesenden traute sich nur einen Meter an sie heran, da die Winde, welche Sie heraufbeschwor, durch die ganze Halle peitschten und alles zertrümmerten, was sie berührten. Als sie sich beruhigte, atmete sie schwer aus und wir sahen ihren Atem, wie dünne Wolken in der Luft umherirren. »So, da ich mich abreagiert habe, was wolltest du sagen?«, fragte sie Dragoel mit einem erstaunten Lächeln.

Dieser räusperte sich kurz, bevor er sprach. »Beeindruckend. Du hast das gleiche Temperament wie Allura selbst. Mein Bruder hatte ebenfalls nie eine Chance gegen sie, wenn sie loslegte. Aber kommen wir zu den wichtigen Themen. Ich vermute, dass ihr mich deshalb aufsucht, weil ihr wissen wollt, wo sich meine Frau und Allura befinden. Habe ich Recht?«

»Bitte sag mir, du weißt, wo sie sich aufhalten. Uns gehen langsam aber sicher die Optionen aus.«, sagte ich fast schon flehend, während ich ihn anschaute und beobachtete, wie er seine Augen schloss und seine Stirn sich in Falten kräuselte. Es verging ein Augenblick nach dem Nächsten. Keiner von uns sagte etwas, alles, was wir hörten, war das leise Plätschern des Flusses.

»Es ist schwer, sie zu erreichen, da ich mich so lange von der Welt abgekapselt hatte und mein Geist immer noch verwirrt ist. Dennoch schaffte ich es, ihren ungefähren Aufenthaltsort zu bestimmen.«, berichtete der Urdrache und auf meinem Gesicht zeichnete sich ein Lächeln ab. Das bedeutete wir haben zumindest einen Anhaltspunkt, wo wir anfangen können zu suchen. »Sie befindet sich in Irland im Wicklow National Park. Näher kann ich es leider nicht sagen, denn sie schirmt sich ebenfalls, wie Allura, ab.«

Das Lächeln verschwand aus meinem Gesicht. »Irland? Wieso zum Schöpfer ist sie in Irland? Hätte sie sich nicht in Amerika niederlassen können? Wie sollen wir denn bitte auf einen anderen Kontinent kommen?«, stöhnte ich meine Frustration hinaus.

Wir verfielen alle erneut in ein tiefes Schweigen. Bis Merlin die Stille unterbrach. »Es ist eigentlich.«, weiter kam er nicht, denn Dragoel fiel ihm ins Wort. »Nicht jetzt Winzling, wie du siehst, sind wir etwas beschäftigt.« Unser Schulleiter starrte irritiert in die Runde.

»Was wäre, wenn wir mit den Drachen gemeinsam rüber fliegen würden?«, schlug Trace vor und bekam sofort die altbekannte Klatsche in den Nacken. »Aua, wofür war die denn?«

»Die war dafür, dass du dein Gehirn mal wieder im Bett gelassen hast. Was denkst du, passiert mit uns, wenn wir auf vier gigantischen geflügelten Echsen in ein fremdes Land in der Menschenwelt auftauchen? Die Luftfahrtbehörde würde uns sofort melden und wir würden zum Abschuss freigegeben werden! Abgesehen davon, dass das Geheimnis der magischen Welt offenbart werden würde.«, erklärte ihm John. Trace senkte seinen Kopf.

»Hat irgendwer genügend Geld auf dem Konto, um uns den Aufenthalt zu spendieren? Gegebenenfalls für mehrere Wochen, wenn wir sie nicht auf Anhieb finden. Was, bei der Größe des Parkes, sehr wahrscheinlich ist.«, fragte Mica, doch alle schüttelten den Kopf. Merlin Versuchte ein weiteres Mal das Wort an uns zu richten, allerdings wurde er wieder abgewürgt.

»Könnt ihr uns hinüber teleportieren mit einem magischen Kreis? So wie ich auch in den Himmel reisen konnte?«, wendete ich mich an unsere Partner.

»Nein, leider nicht. Es hat einen Grund, warum sich Allura nach Irland zurückgezogen hat. Dieses Land wird von uralter Magie geschützt. Diese verhindert magischen Reisen zur Insel. Wir können nicht einmal über die Leylinien dort hingelangen. Sobald wir in der Nähe wären, würden wir wie ein Ball von einer Wand abprallen. Die Heimat der Elfen und Feen ist sicherer abgeriegelt als Fort Knox.«, erklärte uns Abraxis.

Johns Neugierde war unmittelbar aufgeflammt. »Was macht diesen Ort so besonders? Warum ist nur Irland von diesem Phänomen betroffen?« Nessie schlug ihre Arme um seinen Bauch, während sie uns aufklärte. »Diese paranoiden Winzlinge namens Laprechauns hatten Angst um ihr Gold und treffen sich seit Jahrhunderten immer zur Tag und Nachtgleiche, um den Zauber zu erneuern, welcher ihr Schatz schützt. Etwas übertrieben, wenn du mich fragst. Aber so sorgen sie dafür, dass sich kein magisches Wesen an ihrem Gold vergreifen kann. Abgesehen von dem gigantischen Tresor aus Adamantit.«

»Also fällt diese Option auch noch weg. Hat sonst noch jemand einen Vorschlag?«, fragte ich.

»Ja ich! Ich versuche euch, die ganze Zeit zu sagen, dass ihr einfach die Kreditkarte von Zed nehmen sollt! Der Kerl ist stinkreich, selbst wenn ihr ein Jahr lang um die Welt reisen und euch in fünf Sterne Hotels vergnügen würdet, hätte er noch genügend Geld, um Pears und Megasoft aufzukaufen. Und zum Thema der Unterkunft. Die Freundin von Coach Gary betreibt ein Hostel mitten im Nationalpark, wenn ihr für sie arbeitet, dann könnt ihr dort umsonst wohnen. Während ihr gegrübelt habt, habe ich sie bereits angerufen und sie hat zu gestimmt.«, als er geendet hatte, musste er erst einmal Luft holen, so sehr hatte er sich in Rage gesprochen.

»Warum hast du das nicht gleichgesagt!«, sagte Mica und die linke Augenbraue von Merlin zuckte leicht. »Nehmt sie einfach.«, bedeutete er und streckte mir die Karte hin, »Ich bewahre sie für ihn auf, da dieser ach so allmächtige Engel nicht in der Lage ist, mit Geld umzugehen. Eure Eltern sind sowieso der Meinung, dass ihr hier seid um den

Stoff nachzuholen, deshalb steigt ihr jetzt in den nächsten Flieger und rettet die Welt! Schön, dass wir uns einig sind.«

Kapitel 9 »Die Dämonin«

>>Chris<<

Die Schreie meines einstigen Freundes verfolgten mich bis in die Träume. Verkrampfend wrang ich im Bett. Zed erschien an seinen Händen gefesselt vor mir. Sein Blut floss von seinen Handgelenken über seine Arme bis zu seine Brust. Die einst strahlend blonden Haare fielen ihm ins schweißgetränkte Gesicht. Er wimmerte. Die Schmerzen schienen unerträglich.

»Wieso? Wieso hast du uns verraten? Wir waren doch Freunde!«, mit diesen Worten hob er den Kopf und ich sah in die von Folter getrübten Augen.

Schweißgebadet schreckte ich auf. Schwerfällig schlug ich die schwarze Seidenbettwäsche zur Seite und taumelte benommen in Richtung Badezimmer. Dort angekommen, auf das dunkle Marmorbecken stützend, öffnete ich den Wasserhahn. Das Plätschern des Wassers beruhigte mich. Langsam glitt meine Hand in das kühle Nass, um mir kurz darauf etwas Leitungswasser ins Gesicht zu spritzen. Als ich die dunklen Augenringe im Spiegel sah, erschrak ich. Was war mit mir geschehen? Die Wangen waren in sich zusammengefallen. Die Haare hingen mir triefend nass über der Stirn. Und meine Haut glich dem eines verblassten Stückes Papier. Im Augenwinkel sah ich die von Wunden übersäte Gestalt von Zed. Innerlich zerbrach es mir das Herz. Doch mit dem nächsten Herzschlag verwandelte sich dieses Gefühl in puren Zorn. Voller Wut schlug ich mit der Faust gegen den Spiegel, welcher in tausende von Einzelteilen zersprang. Unmittelbar setzte der Schmerz ein und das warme Rinnsal des Blutes floss über meinen Fingern. Erst jetzt gelang es mir, in die Realität zurückzukehren.

»Mein Lord, ihr seid verletzt! Wartet kurz, ich werde sofort einen Heiler holen.«, es war die Stimme des Dämonenmädchens vom Marktplatz. Unmittelbar sprintete sie los und ließ dabei die frisch gewaschene Kleidung fallen, welche sie auf dem Arm trug.

Nach fünf Minuten kehrte sie zurück und der Heiler versorgte die frischen Wunden. Nun zierte meine rechte Hand ein weißer Verband. Nachdem der Arzt sich ebenfalls von der raschen Heilung meiner Rippen überzeugt hatte, verließ er uns wieder.

Die Dämonin sammelte die Kleidung vom Boden auf und legte sie mir auf das Bett. »Der Kronprinz erwartet euch heute Nachmittag, ihr solltet euch umkleiden, mein Lord.«, ihre Stimme war schwach und von Angst erfüllt.

Mit einem leichten Nicken signalisierte ich ihr, dass ich ihrer Bitte folge leisten würde. Als ich das T-Shirt ausziehen wollte, durchdrang mich ein erneuter Schmerz und ich zuckte zusammen.

»Soll ich euch helfen, mein Lord?«, fragte sie zittrig, als würde sie befürchten, dass ich sie wieder durch den Raum schleudern würde.

Mein Stolz als Mann ließ dieses nicht zu und ich verneinte. Allerdings fürchte ich, dass ich mich dadurch eher blamierte, als stark zu wirken. Es dauerte eine gefühlte Ewigkeit, bis ich mich umgezogen hatte. Während der ganzen Zeit verzog sie nicht eine Miene. Sie starrte mich nur an. Moment. Halt Stopp. Sie hatte jede Sekunde zu mir herübergeschaut, also auch als ich halbnackt vor ihr stand. Mir würde plötzlich ganz heiß im Gesicht. Es hätte nicht viel gefehlt und Flammen wären aus meinen Ohren geschossen.

Ich zwang mich, ruhig zu bleiben und versuchte verzweifelt die Nervosität zu überspielen. »Wie heißt du überhaupt? Du hast mir nie deinen Namen verraten.«

»Ich heiße Verecundia, mein Lord.«

»Der klingt.... interessant, was bedeutet er?«

»Er heißt Schande in der Sprache der Dämonen.«, sie schien mir nicht antworten zu wollen, denn sie flüsterte die Worte so leise und mit Bedacht, dass ich sie kaum verstand. Erneut entflammte die Flamme des Zorns in mir. »Haben dich deine Eltern so genannt?«, verlangte ich, von ihr zu erfahren.

»Nein, mein Lord. Ich kenne meinen Vater und Mutter kaum. Sie haben mich, als ich 4 Jahre alt war, an einen ranghöheren Dämon verkauft, um ihre Schulden zu tilgen. Er war es, der mir diesen Namen verlieh, da ich nutzlos sei und nicht einmal die einfachsten Aufgaben erledigen könne.«, am Rande ihrer Augen bildeten sich kleine Tröpfchen.

»War es der gleiche Dämon, welchen ich auf dem Marktplatz eingeäschert habe?«, mein Zorn brannte lichterloh und ich war mir nicht sicher, wie lange ich diesen noch in Zaum halten konnte. »Nein, der Dämon, von dem ich diesen Namen erhielt, verlor mich beim Glücksspiel an einen anderen. Dieser wiederum verschenkte mich an seine Frau, welche mich dann wieder an ihren Geliebten weitergab. Von diesem wurde ich an seine Schwester...«, ich unterbrach sie an dieser Stelle und war sprachlos von ihrer Lebensgeschichte. »Ok, warte. Ich glaube, ich habe es verstanden. Das ist ja grauenvoll. Ich gebe dir jetzt ein Versprechen.

Solange ich am Leben bin, gelobe ich, dass du bei mir ein sicheres und von Freude erfülltes Leben leben wirst. Du wirst über dein Schicksal erfolgreich sein. Deshalb sollst du von nun an Victoriel heißen!« Kaum hatte ich geendet, bildete sich ein feuerroter magischen Kreis unter ihren nackten Füßen. Mir gelang es nicht, die verschnörkelten Runen zu entziffern. Nach einem Augenblick der Stille erstrahlte der Körper von Victoriel in der gleichen Farbe. Sie legte sich wie eine Aura auf ihre Haut, bis diese sie komplett in sich aufnahm.

»Was ist gerade passiert?«, sprach ich die Gedanken laut aus, welche mir im Kopf brannten. Vor mir stand nicht mehr das kleine Dämonenmädchen, sondern ein Teenager mit glattem schwarzen Haar und dämmrigen Augen. Ihre Haut hatte einen dunklen Teint, als stamme sie aus der Nähe des Mittelmeers.

»Mein Lord, ich danke euch! Ich schwöre bei meinem neuen Namen, dass ich euch bis in den Tod dienen werde!« Ihre Worte brachten mich endgültig aus dem Konzept. Sie schien meine Verwirrung zu bemerken. »Ihr habt mir einen neuen Namen gegeben, damit wurde der Pakt besiegelt, ihr habt eure Magie mit mir geteilt und es mir so ermöglicht, zu einem Dämon von mittlerem Rang aufzusteigen.« Sie führte ihre Hände an die Stirn und schob ihre schwarzen Haare zur Seite. »Seht, sogar meine Hörner sind kleiner geworden. Ich gleiche jetzt viel mehr einem Menschen. Ihr wisst gar nicht, was mir das bedeutet!« Mit diesen Worten fiel sie zu Boden und kniete sich vor mich.

Wir schwiegen uns an. Oh Zerstörer, ich fürchte, dass das wird ein Nachspiel haben. »Victoriel, steh bitte auf.

Solche Gesten sind nicht nötig, das ist mir unangenehm.«, erklärte ich ihr und kratzte mich nervös am Kinn.

»Verzeiht mir, mein Lord!«, antwortete sie rasch und sprang wieder auf ihre Füße.

»Und bitte hör auf, mich mein Lord zu nennen. Chris reicht aus.«

»Es tut mir leid, mein Lord. Ich fürchte, dass das nicht möglich ist. Die Regeln der Unterwelt besagen, dass ein Dämon von niederem Rang einem Dämon von höherem Rang immer mit Höflichkeit zu begegnen hat!«

Ich schnaubte kurz. Oh Zerstörer noch einmal. Selbst hier gibt es diese vielen Regeln! »Na schön, kannst du wenigsten darauf verzichten, wenn wir nur zu zweit sind? Dieses höfliche Getue bin einfach nicht ich!«

»Wie Ihr... Ich meine natürlich, wie du wünschst.«, sagte Victoriel.

»Du meintest, dass Marxael mich zu sprechen wünscht?«, fragte ich sie, während ich wieder aus dem Fenster schaute und in die Stadt hinunterblickte. Im Spiegelbild des Glases sah ich, wie sie mir zu nickte. »Dann sollten wir ihn nicht länger warten lassen. Ich bin gespannt, was er schon wieder von mir möchte.«

Victoriel führte mich durch die Gänge des Schlosses. Überall waren nur die edelsten Materialien verbaut worden. Schwarzer Marmor für den Fußboden, schwarze und goldene Seide für die Vorhänge und viele Gemälde in prachtvollen Rähmen, welche die grausamsten Szenen aus vergangenen Zeiten zeigten. Zumindest vermutete ich das, während ich mir die Titel der Kunstwerke durchlas. Als wir durch ein großes Kaminzimmer gingen, fiel mir ein besonders imposantes Bildnis aus. Auf dem waren zwei Personen zu erkennen, die eine war ohne Zweifel Marxael. Bei der anderen Person traute ich meinen Augen nicht. Das war Zed! Er saß auf einem gigantischen, goldenen Thron mit blutrotem Samt. Das Gesicht, seine Haare, sein Körperbau, alles war gleich. Bis auf die Augen. Diese tiefschwarzen Kugeln durchbohrten mich regelrecht, als würden sie direkt in meine Seele blicken. Mir lief es eiskalt den Rücken herunter. Nein, das war nicht Zed, doch wer war es dann?

Vicky öffnete eine große Flügeltür, welche in den Garten führte. Zu meiner Überraschung blühten in der Anlage lauter roter Rosen. Diese bildeten einen märchenhaften Kontrast zu dem tiefgrünen Rasen, welcher offenbar mit einer Nagelschere und einem Lineal geschnitten wurde, andernfalls ließ sich diese perfekt gepflegte Wiese nicht erklären.

Als wir um eine Ecke bogen, sah ich Marxael, wie er unter einem schwarzen Pavillon saß, eine Tasse Tee trank und einige Zettel durchlas. Er schien uns gar nicht zu bemerken.

Ich deutete Victoriel mit einem Nicken an, dass sie sich entfernen solle, um wieder ihrer Arbeit im Schloss nachzugehen. Sie verbeugte sich kurz und eilte dann zurück ins Gebäude.

»Du wolltest mich sprechen?«, fragte ich Marxael und nahm neben ihm Platz.

»Ja, das stimmt. Wir haben einiges zu bereden. Da dein kleiner Auftritt neulich auf dem Marktplatz das Gesprächsthema Nummer eins in der Unterwelt ist, hat mein Vater von dir erfahren. Er möchte dich kennenlernen. Das wollte ich zwar um alles in der Hölle verhindern, aber was solls. Wenn es der alte Herr so will.« Er zuckte etwas gleichgültig mit seinen Armen, doch irgendetwas an seiner Art störte mich.

»Was zum Zerstörer, wünscht er sich von mir? Ich bin ja nicht einmal ein offizielles Mitglied der Dämonengesellschaft.«, fragte ich meinen Sitznachbarn.

»Ich vermute, dass er dich persönlich begutachten möchte und sich davon überzeugen will, ob du es wert bist am Leben gelassen zu werden. Beziehungsweise wird er dich mit einem Wimpernschlag vernichten. Eins von beiden. So oder so, er schmeißt damit meine ganze Planung über den Haufen.«

»Was für Pläne?«

»Es bringt nichts, wenn ich es dir jetzt berichten würde. Aber was ich dir erzählen kann, ist, dass die Unterwelt sich auf einen großen Angriff auf die magische Dimension vorbereitet. Wenn diese erste Verteidigungslinie fällt, wird es ein Leichtes sein, die Menschenwelt zu erobern und das Lieblingsspielzeug des Schöpfers in unsere Gewalt zu bringen. Allura, die Inkarnation des freien Willens.«

Ich traute meinen Ohren nicht. Hatte er gerade gesagt, dass sie die Menschenwelt erobern wollen? Das würde bedeuten, dass auch meine Familie den Dämonen zum Opfer fallen würde. In mir flammte die Essenz des Feuers auf und unbändiger Zorn übermannte mich. »So haben wir nicht gewettet, Marxael! Als ich dir half Zed gefangen zunehmen, hattest du geschworen, dass den Menschen, welche mir am Herzen liegen, nichts passieren würde! Wie kannst du es nur wagen, unseren Pakt zu brechen!«

Der kleine Ausbruch schien ihn nicht im Geringsten zu beeindrucken, er trank genüsslich seinen Tee. »Jetzt reg dich mal nicht so auf. Ich werde meinen Teil des Paktes einhalten. Du kannst über mich sagen, was du willst, aber ich würde nie mein Wort brechen. Auch Dämonen besitzen so etwas wie Ehre. Außerdem leg endlich dein Mitgefühl ab, sonst kotze ich gleich. Du steckst momentan in viel größeren Schwierigkeiten, oder hast du mir nicht zugehört? Vater wird dich auf die Probe stellen und wenn er der Meinung bist, du seist es nicht wert am Leben gelassen zu werden, dann wird er deine Existenz auslöschen. Mit anderen Worten, du hättest niemals existiert.«

Da hatte er Recht. Mein Zorn verschwand, so schnell wie er gekommen war und Nervosität trat an seine Stelle. Ich hob den rechten Daumen und kaute dem Fingernagel. Eine alte Angewohnheit, welche ich eigentlich vor Jahren abgelegt hatte. »Das lässt du doch nicht zu, oder?«

Es war das erste Mal, dass Marxael die Dokumente zur Seite legte und mich anschaute. »Sorry, aber da musst du alleine durch.«

Kapitel 10 »Irland«

>>Mica<<

Der Flug nach Irland zog sich unendlich in die Länge. Was vermutlich daran lag, dass ich ein schreiendes Baby in der Reihe vor mir befand und eine kleine Rotznase die ganze Zeit in meinen Rücken trat. Womit hatte ich das verdient? Ich wollte doch nur einen gewöhnlich Sommer genießen. Mit David an den Strand fahren, shoppen, bis in den Morgen tanzen und vieles mehr. Aber nein, ich sitze in einem Flieger in ein Land, was nicht für seinen Sonnenschein bekannt ist, auf der Suche nach der Frau von einem meiner besten Freunde. Die wir wohlgemerkt finden müssen, damit die Welt nicht untergeht. Hätten wir dafür nicht zumindest in der ersten Klasse fliegen können, anstatt in der Holzklasse?

Nach über 13 Stunden hatten wir es endlich geschafft. Das Flugzeug setzte auf der Landebahn auf und die Anschnallleuchten gingen aus. Ich konnte es kaum erwarten, aus dieser fliegenden Sardellenbüchse auszusteigen. Mit Hummeln im Hintern wartete ich, dass ich endlich mein Handgepäck aus der Gepäckablage nehmen konnte.

Ich stieg als Erste aus dem Flugzeug und das, was mir sofort auffiel, war, dass die Sonne schien. Es war nicht eine einzige Wolke zu sehen. Mein Kopf neigte sich nach vorn und ich blickte an mir hinunter. Der Regenmantel, den ich trug, fiel mir nicht nur bis über die Knie, sondern war auch noch viel zu warm. In dieser Gangway waren mindesten 35° Celsius. Schnell zog ich die wandelnde Sauna aus und stopfte ihn in meinen Rucksack.

Mittlerweile hatten mich David und die anderen eingeholt. »Sag mal, warum hast du es denn so eilig? So schnell kenne ich dich nur, wenn es im nächstbesten Einkaufszentrum 30 Prozent auf alles gibt?«, scherzte Trace.

Für diesen Kommentar wollte ich ihn erwürgen, behielt aber die Kontrolle, harkte mich bei David ein und zog ihn Richtung Passkontrolle. Die Inspektion! »Äh Jungs, hat einer von euch daran gedacht, dass unsere drachigen Begleiter keine Reisepässe besitzen, ganz zu schweigen von Jadriel? Wie kommen sie durch die Kontrolle?«

»Lass das mal unsere Sorge sein.«, sagte die himmlische Generalin mit einem diabolischen Lächeln.

Oh Schöpfer, warum war sie noch einmal mitgekommen? Für mich wirkt sie wie ein Dämon anstatt eines Engels. Und ihre bloße Anwesenheit sorgte dafür, dass mir flau in der Magengegend wurde. Mit einem Seufzer setzte wir den Weg fort und legten unsere Pässe vor. Soweit so gut. David, John, Trace und ich kamen ohne Probleme durch die Kontrolle. Dann war sie an der Reihe. Ich sah, wie ihre Augen für einen Bruchteil von Sekunden golden aufblitzten, da öffnete sich die Schranke und die fünf Drachen plus Jadriel betraten den irischen Boden.

»Will ich wissen, was du mit der Kontrolleurin gemacht hast?«, fragte David, welcher sie ebenfalls beobachtet hatte.

»Der menschliche Geist ist einfach zu schwach. Es war ein leichtes ihren zu brechen.«

»Du hast was?«, brach es aus mir heraus. Jedoch schlug ich mir schnell die Hände vor den Mund, als ich merkte, wie laut ich geworden war. »Du kannst doch nicht einfach ihren Geist brechen! Was stimmt denn nicht mit dir?«

»Hör mal zu Blondie, was ich mit den Menschen mache, geht dich einen feuchten Dreck an. Ich kann immer noch nicht verstehen, was Zeriel an dieser primitiven Lebensform findet. Für mich sind sie nur Ungeziefer, welche meine Familie zerstört haben. Und ja, ich soll euch ausbilden, gegen den Befehl des Schöpfers bin ich machtlos. Das bedeutet aber nicht, dass wir jetzt Lästerschwester werden.« Jadriels Zorn funkelte in ihren Augen. Wohingegen sie an mir sich die Zähne ausbeißen würde. Wie konnte jemand wie sie nur Zeds Schwester sein?

»Nein, du hörst mir zu! Ich weiß nicht, warum du uns Menschen so sehr hasst, aber es wäre besser, du lernst, dich zu beherrschen. Sonst hetzte ich dir einen Sturm auf den Hals, der dir den Atem raubt und auf direktem Weg ins Himmelreich befördert!«, sagte ich ihr klipp und klar, während ich mit meinem Zeigefinger mehrfach auf ihren Brustkorb tippte, »Verstanden?« Ich bemerkte nicht, wie die Passanten einen großen Bogen um uns machten. Offenbar zogen wir mehr Aufmerksamkeit auf uns, als mir anfänglich bewusst war.

David war es, der uns auseinanderbrachte. »Mädels, es reicht, ihr benehmt euch wie kleine Kinder! Habt ihr vergessen, warum wir hier sind? Je eher wir mit der Suche nach Allura anfangen, um so schneller haben wir die Chance, Zed zu helfen!«

Wir starrten ihn beide an. In mir bauten sich gemischte Gefühle auf. Zum einen wusste ich, dass er recht hatte, dennoch verletzte es mich, dass er sich nicht auf meine Seite stellte und unterstützte. Eingeschnappt drehten

Jadriel und ich unseren Kopf weg, griffen nach den Koffern und stapften so ladylike wie möglich durch die Gänge des Dubliner Flughafen.

In dem Moment, wo wir aus dem Gebäude traten, hob ich die Hand schützend vor das Gesicht. Die Sonne feuerte aus allen Rohren. Es dauerte einen Augenblick, bis sich meine Augen an das grelle Licht gewöhnt hatten. Was ich dann sah, verschlug mir den Atem. Hunderte Menschen tummelten sich vor dem Ausgang. Überall waren Haltestellen für Shuttlebusse, welche von grünen Wiesen abgetrennt waren.

Gemeinsam gingen wir zu einem blauen Bus, dieser trug in orange die Aufschrift »Aircoach«. Der Busfahrer nahm die Koffer entgegen und erlaubte uns, einzusteigen, nachdem wir unser im Vorfeld gekauftes Ticket vorzeigten. David und ich setzten uns in die erste Reihe, von hieraus konnten wir alles während der Fahrt sehen.

Hinter uns saßen Nessie und John, welche Arm in Arm schliefen. Irgendwie war es seltsam. Ich meine, die beiden kennen sich erst ein paar Tage und sind schon so vertraut und verheiratet miteinander. Als gäbe es nur sie und das seit Jahren. Aber wenn ich ehrlich bin, dann geht es mir mit David genauso. Sobald er den Raum betritt, möchte ich nur bei ihm sein. Sofern er nicht da ist, kreisen meine Gedanken nur um ihn. Als er in den Himmel aufgebrochen ist und ich nicht wusste, was aus ihm geworden ist, war die Ungewissheit unerträglich. Ob all das mit unserer himmlischen Seite zusammenhängt? Ich könnte Jadriel fragen, aber bevor das passiert, verpasse ich eher den Sommerschlussverkauf. Ach Zed, ich wünschte, du wärst jetzt hier.

Egal wie schlecht es mir ging und was für Fragen ich hatte, auf dich war immer Verlass. Bei den Gedanken an Zed erinnerte ich mich an alles, was in den letzten Tagen geschehen war und es fiel mir schwer, meine Gefühle unter Kontrolle zu halten. Schließlich kullerte mir eine Träne die Wange hinunter.

David fing sie auf. »Hey, ist alles in Ordnung?«

»Ja ja, die Lüftung blies mir nur ins Auge.«, wich ich seiner Frage aus, stand auf und tat so, als würde ich die Luftzufuhr schließen, welche sich oberhalb von uns befand.

Trace, die anderen Drachen und Jadriel schienen ebenfalls zu schlafen. Was haben die denn während des ganzen Fluges gemacht?

Zwanghaft richtete ich den Blick wieder nach vorne und bestaunte die Aussicht. Wir fuhren am Hafen, an gläsernen Hochhäusern, alten Brücken und an einem strahlend grünen Park vorbei. Wie kann jemand so etwas Atemberaubendes nur verschlafen? »Hast du schon einmal eine so unglaubliche Aussicht gesehen?«, fragte ich David und mein Gefühlschaos beruhigte sich.

»Ich war mal mit meinen Eltern in Italien und habe dort Urlaub gemacht. Venedig kommt diesem schon recht nah.«

»Das wusste ich ja gar nicht.«, sagte ich und blickte ihn mit großen Augen an.

»Woher denn? Ich habe es dir nie erzählt.«, lachte David, mehr als er sprach.

»Ich will noch so vieles von dir erfahren.«, murmelte ich in seine Schulter und schaute wieder aus dem Fenster. David neigte seinen Kopf zur Seite und legte den Arm um mich. »Was für ein Glück, dass wir eine Menge Zeit gemeinsam vor uns haben.« Dann schloss auch ich die Augen.

Die Stimme des Busfahrers riss mich aus dem Schlaf. »Nächster Halt, Bray City.« Endlich sind wir an unserem ersten Stopp angekommen. Von hier aus nahmen wir den Bus 180 zum Golf Club von Enniskerry. Dort war die Endstation.

»Und jetzt, wie geht es weiter?«, fragte ich in die Runde, nachdem wir inklusive unseres Gepäckes aus dem Bus geschmissen wurden. Die Sonne schien nichts an ihrer Intensität verloren zu haben, denn ich bemerkte, wie mir nach kurzer Zeit der Schweiß den Nacken hinunterlief.

»Nun, wenn ich meinem Handy trauen kann, dann laufen wir jetzt etwa 6 km immer der Straße entlang.«, sagte John und schob sich die Brille hoch.

»John, bitte wiederhol das. Ich hätte schworen können, dass du sagtest, wir sollen jetzt sechs Kilometer mit unserem Gepäck durch die Pampa laufen!«, bat ich ihn ungläubig.

»Doch, du hast mich richtig verstanden. Zum Hostel sind es noch sechs Kilometer.« Das Stöhnen war mit großer Sicherheit bis zur Unterkunft zu hören. Ich schnappte mir den Rollkoffer und stapfte den anderen hinterher.

Nach einer Viertelstunde hielt ich es nicht mehr aus.

»Ok, können wir die Sache nicht beschleunigen? Zum Beispiel mit ein wenig davon?«, sagte ich und beschwor einen Windzug, der uns um die Nase wehte. Leider hatte dieser eine ungeahnte Wirkung. Er blies mit immenser Intensität, sodass der Baum, welcher auf der gegenüberliegenden Seite stand, gespalten wurde, entwurzelte und auf die Fahrbahn kippte.

»Hör sofort auf damit! Wir sind nicht mehr in der magischen Dimension! Du kannst hier nicht einfach Magie anwenden.«, beschimpfte mich Jadriel. »Hat euch mein Bruder denn gar nichts beigebracht! Hier in der Menschenwelt ist die natürliche Essenz um ein Tausendfaches stärker, weil die Menschen nicht in der Lage sind sie zu verbrauchen. Deshalb verdichtet sie sich. Wenn du in dieser Dimension Magie einsetzt, brauchst du nur einen Hauch der Essenz, welche du sonst verwendest.«

Bei ihren Worten zuckte ich zusammen. Das war mir nicht bewusst. »´Tschuldigung.«

Sie seufzte. »Ist schon gut. Erotan, würdest du dich bitte darum kümmern?« Der Erddrache nickte nur stumm, ging auf den Baum zu und hob die Hälften mit jeweils einer Hand an, als wären sie Strohhalme. Er führte beide Teile wieder zusammen und hauchte sie kurz an. Daraufhin verschmolzen sie zu einem einzigen Baum, dessen Wurzeln sich in die Erde gruben. Als er geendet hatte, fuhr Jadriel fort. »Jetzt kann ich verstehen, warum Vater mich gebeten hat, euch weiter auszubilden. Ihr seid wandelnde Naturkatastrophen. Da ihr zum Teil Engel seid, reagiert die natürliche Essenz auf euch stärker. All das, was in eurer Vorstellung passieren soll, setzt sie in der Realität um. Und es reicht ein kleiner Funke, der den Vulkan zum Ausbruch bringt.«

»Hey, das war ja schon fast nett, was du zu uns gesagt hast!«, scherzte Trace und lockerte die peinliche Stimmung auf.

»Gewöhnt euch ja nicht dran! Wisst ihr was? Wir fangen gleich mit dem Training an. Nessie bricht das Licht um uns herum. Dann sehen uns die Trottel von Menschen nicht. Wobei selbst wenn, wären sie zu dämlich es zu verstehen. Ihr vier kommt zu mir. Wir wollen ja nicht, dass ihr gleich von einem Auto überfahren werdet.«

Oh Schöpfer noch eins. Was geschieht jetzt? Ich bin zu jung, um in ein Engels-Militär-Lager geschickt zu werden. Bevor ich, ein wenig widerwillig, zu meinen Freunden trat, schluckte ich den Kloß im Hals hinunter.

»Na komm schon Blondie, wenn es dich zerfetzt, setzt dein Freund dich wieder zusammen. Solange die Seele nicht oben durch die Pforte getreten ist, ist das ein Engelsspiel.« Wieso beruhigte mich diese Aussage nicht im Geringsten? »Jetzt schließt die Augen. Atmet tief ein und wieder aus. Ruft die Essenz der Natur an und nehmt sie in euch auf. Lasst sie durch euren ganzen Körper fließen. Spürt ihr den Unterschied?«

Kaum hatte ich die Lider geschlossen, strömte ein gigantischer Schwall an Luftessenz in meine Lungen. Mit dieser Menge, wäre es ein leichtes einen Tornado zu beschwören, welcher den Durchmesser einer Kleinstadt besäße. Doch irgendetwas war anders. Die Essenz fühlte sich schmutzig an, als würde ich Rauch einatmen. Mir gelang es nicht, den Hustenreiz zu unterdrücken. Im Gegenteil es war kaum auszuhalten. »Was ist das? Das ist mir noch nie passiert?« Trace, John und David schien es ähnlich zu ergehen. Doch mich traf es mit Abstand am schlimmsten.

»Das, was ihr gerade aufgenommen habt, war unreine Essenz. Die Menschen achten nicht auf die Natur, sie verschmutzen und zerstören sie. Das wirkt sich auf das Naturreich aus.«, erklärte uns die Engelsgenerälin mit kalter Stimme.

»Aber wieso jetzt? Wir haben doch schon einmal Magie in der Menschenwelt eingesetzt. Damals ist dieses Phänomen nicht aufgetaucht.«, stellte ich die Frage in den Raum.

»Zu dem Zeitpunkt habt ihr nur eure innere Essenz verwendet und nicht die himmlische Technik, welche deutlich überlegener und effizienter ist, als das was die Menschen sich zusammengereimt haben. Sie verstehen nicht, die Macht aus der Symbiose mit der Natur entsteht. Dafür waren sie immer zu engstirnig. Ein Beispiel. Du pustest Wind aus der Lunge, das ist dann wie eine kleine Luftpumpe. Aber wenn du jetzt den Atem verstärkst, besitzt du mehr Energie und deine Pumpe wird zu einem Kompressor, wie er in der Industrie verwendet wird.«, erklärte Jadriel mit einer Geduld, welche ich ihr nicht zugetraut hätte. Sie war wie ausgewechselt. Vor mir stand nicht mehr eine selbstverliebte Frau mit einem Ego, das so groß war wie ein Gigantor selbst, sondern eine selbstbewusste Generälin, welche bereits hunderte Krieger ausgebildet hat.

John riss mich aus meinen Gedanken. »Woher kennst du bitte diese Begriffe? Habt ihr im Himmelreich auch Fahrräder oder Autos?« Seine Augen funkelten vor Neugierde.

»So etwas Unzivilisiertes besitzen wir nicht. Wir fliegen schließlich von Ort zu Ort. Allerdings verfügen wir über Satellitenfernsehen und wenn es mal wieder nichts im Fernsehen gibt, muss halt die Dauerwerbesendung herhalten.«, sagte Jadriel und zuckte dabei mit ihren Schultern.

Zwangsläufig musste ich bei der Vorstellung grinsen, wie die Generälin auf einer flauschigen Wolke vor der Kiste lag und dem Shoppingfieber verfiel. Natürlich bemerkte meine Lieblingsfeindin das Schmunzeln und ich kassierte erneut Todesblicke. »Auf jeden Fall ist die einzige Möglichkeit, welche euch in der Menschenwelt bleibt, damit ihr weiterhin Magie anwenden könnt, eure eigene Kraft zu nutzen. Da sich diese aber deutlich langsamer regeneriert, als in der magischen Dimension, weil euer Körper die Essenz erst filtern muss, solltet ihr sie mit Bedacht einsetzen. Deswegen werde ich euch beibringen, wie ihr eure Kräfte kontrolliert, bewusst und effizient handhabt!«

Aus einem mir unbekannten Grund lief es mir eiskalt den Rücken hinab. »Schließt die Augen. Sucht nach eurer eigenen Essenz. Stellt euch vor, sie würde sich im Bauch sammeln.«

Ich befolgte jeden ihrer Schritte. Kaum griff ich nach der Luft, erfüllte mich das berauschende Gefühl, wie sie mit sämtlichen Teilchen in mir wirbelte. Diesen Wind lenkte ich in den Bauch.

»Ihr müsst jeden Funken eurer Kraft dort sammeln, wenn ihr den Rückschlag vermeiden wollt. Es mag sich am Anfang komisch anfühlen, aber ihr werdet mir dankbar sein. Habt ihr das geschafft, bildet eine Barriere um diese Kugel, sodass sie sich nicht mehr ziellos in eurem Körper ausbreiten kann.«

Sie hatte Recht, mit jedem Funken der himmlischen Essenz, welche ich sammelte, wurden der Rest meines Körpers schwächer. Nein, vielmehr fiel es mir schwerer, ihn wahrzunehmen, als wäre er eingeschlafen.

»Trace, sei genauer. Dir fehlt noch über die Hälfte! John, wenn du weiter so langsam arbeitest, ist die Welt dreimal untergegangen.« Sie drehte sich zu meinem Freund um und schaute ihn intensiv an. »So ist es gut David, es fehlt nicht viel und du bist bereit für den nächsten Schritt.«, ihre Worte rissen mich aus meiner Konzentration und die gesamte gesammelte Essenz zerstreute sich im Körper. »Was soll den der Mist Mica? Du hattest es fast. Nun fängst du wieder von vorne an!«

Innerlich verpasste ich mir selbst eine Ohrfeige. Ausgerechnet vor ihr versagte ich auf ganzer Linie. Aber ihr werde ich schon zeigen, wo der Flügel hängt. Schneller als beim vorherigen Versuch rief ich den Wind in mir und ließ ihn eine Sphäre bilden. Unmittelbar breitete sich das Kribbeln in meinen Armen und Beinen aus. Beinahe hätte ich mich nicht mehr beherrschen können und wäre in einem Lachkrampf verfallen. Ich blickte auf und der Blick der Generälin so wie meiner trafen sich. Zur Freude entdeckte ich einen Hauch von Überraschung bei ihr.

»Warum nicht gleich so?«, fragte sie mich, während sie sich schnell von mir wegdrehte. »Vielleicht ist bei dir doch nicht alle Schöpfung verloren. Nun, da ihr auf demselben Stand seid, fahren wir mit dem nächsten Schritt fort. Hat mein kleiner Bruder euch gezeigt, wie ihr eine Barriere errichtet?«.

Stumm nickten wir, es bildeten sich bereits Schweißperlen auf der Stirn. Es war unbeschreiblich anstrengend, diese Menge an roher Kraft zu bändigen. Für den Moment dachte ich, dass meine Muskeln jede Sekunde rissen.

»Erzeugt jetzt eine Barriere um diese Kugel. Sie sorgt dafür, dass die Essenz nicht in der Lage ist, wie wild durch den Körper zu rasen. Das Praktische ist, da dieser Schild in direktem Kontakt zu eurer Kraft steht, wird er sich selbst mit Energie versorgen. Ein weiterer Vorteil der Engelskräfte ist, dass sich diese schneller regeneriert, wie bei den Normalos.«, beendete sie ihre Erklärung und wartete geduldig auf deren Umsetzung.

Kaum bildete ich in Gedanken den Schild, welche himmlische Essenz umschließen sollte, da reagierte diese und tat wie ihr befohlen. Es fiel mir erstaunlich leicht, wenn ich an den Versuch mit dem Baum von vor ein paar Minuten dachte. Das Gefühl kehrte in meine Gliedmaßen zurück. Ich fuhr mit den Händen über die Unterarme. Zwar kribbelt es nicht, dennoch ist es, als träge ich Handschuhe. Ich schätze, dass es einige Zeit dauern wird, bis ich mich an dieses dumpfe Gefühl gewöhnt habe.

Ich hob den Kopf und mein fiel Blick auf die Jungs. Mit gekräuselter Stirn versuchten sie zwanghaft eine Barriere zu errichten. Allerdings besaßen sie kein Fingerspitzengefühl. Immer wieder atmeten sie enttäuscht aus und probierten es erneut. Vielleicht sollte ich sie einwenig anspornen. »Jungs, was ist los? Ladehemmung?« Als Dank kassierte ich einen giftigen Blick, welcher Jadriel alle Ehre machte. Zum Glück kann sie keine Gedanken lesen. Hoffe ich zumindest, sonst bin ich spätestens in der nächsten Unterrichtsstunde geliefert. »Erinnert ihr euch an den Kunstunterricht? Unsere Lehrerin sagte doch immer, verlasst euch auf die kleinen Striche. Diese haben oft die größte Wirkung.«

John und Trace schienen zu verstehen, doch David schaute mich fragend an. Kein Wunder, denn er war zu dem Zeitpunkt noch kein Schüler an unserer alten Highschool. Ich überlegte, welchen Tipp ich ihm hätte geben sollen. »Denk an dein Lauftraining mit Coach Garry. Es ist besser, wenn du langsam, aber gleichmäßig läufst. Achte gar nicht darauf, einen Fuß nach dem Nächsten zu bewegen. Dein Körper weiß schon, was er zu tun hat.« Er nickte. Sie brauchten drei weitere Versuche, bis es auch unser Grobmotoriker Trace schaffte.

»Gut, da jetzt alle fertig sind, können wir ja endlich weitermachen. Hat ja lang genug gedauert.«, sagte Jadriel ungeduldig mit verschränkten Armen vor uns. »Die neue Aufgabe wird ein Wettrennen zum Hostel sein. Verstärkt eure Beine und Abmarsch. Wir warten bei der Herberge. Wer in einer Viertelstunde nicht da ist, bekommt von mir Nachhilfestunde. Und glaubt mir, dort fasse ich euch nicht mit Samthandschuhen an.« Schon packte sie ihre Tasche, sprintete los und wir standen in einer gigantischen Staubwolke.

»Na toll, hat irgendeiner eine Idee, wie wir die Beine verstärken, wo unsere Essenz eingeschlossen ist?«, stellte Trace die Frage, welche uns allen auf der Seele brannte.

Erotan setzte bereits zu einer Antwort an, jedoch schlug aus dem Nichts ein Blitz neben ihm ein. Er sprang rechtzeitig zur Seite, sonst hätte er die volle Ladung abbekommen. Wir starrten alle die Stelle an, an der der Erdrache bis eben stand. Auf dem grauen Asphalt war in schwarzen Buchstaben »DENK NICHT MAL DRAN!« eingraviert.

»Entschuldigt Meister, aber gegen die oberste der himmlischen Kommandanten, traue nicht einmal ich mich zu erheben. Ich fürchte, ihr müsst allein hinter das Geheimnis kommen.«, bat Erotan um Verzeihung. Die anderen Drachen taten es ihm gleich. Darauf hin nahmen sie uns unsere Koffer ab und sausten davon.

»So, damit wären wir wieder bei der ursprünglichen Frage.«, seufzte mein Freund.

Wir überlegten zehn Minuten. Langsam wird die Zeit knapp. »Argh, warum kann diese Barriere kein Ventil oder Wasser haben?«, stöhnte ich.

John horchte auf. »Das ist es! Wir wissen doch, dass eines der Fundamente unserer Kräfte das klare Bild in den Gedanken ist. Wenn wir die Barriere an einer Stelle mit einer Schiebevorrichtung versehen, sollte es möglich sein, die Stärke des Ausflusses der Essenz zu kontrollieren. Alles, was danach kommt, haben wir schon gemacht. Das Prinzip ist das Gleiche, nur ist unser Treibstoff arg komprimiert und wir brauchen nur ein Bruchteil!«

Ich verstand nur Bahnhof. »John, bitte noch einmal, aber dieses Mal nicht auf Nerdisch.«

Er verdrehte die Augen. »Du stellst dir vor, dass deine Barriere ein Schiebefenster hat. Dann ist es dir möglich, zu bestimmen, wie viel Energie aus der Kugel nach draußen fließen soll.«

»Sag das doch gleich, das hätte uns wertvolle Zeit erspart!«, schimpfte ich und sein rechtes Auge zuckte in einem gefährlichen Tempo. Diesen Blick ignorierend konzentrierte ich mich auf meinen Schild und passte ihn an. Es lief wie geschmiert. Vielleicht hatte ich doch ein Händchen dafür.

Ich drehte den Kopf zur Seite und schaute nach meinen Freunden. »Bereit?«

»Bereit.«, antworteten die drei zeitgleich.

»Dann los!«, ich hatte nicht einmal das letzte Wort ausgesprochen, da lief ich schon los. Trotz des rauschenden Fahrtwindes hörte ich die Proteste der Jungs. Doch es war mir egal. Das Einzige, was wichtig war, war der Wind. Er verfolgte mir auf jeden Schritt, flog an meiner Seite, beflügelte und trieb mich an. Schneller, schneller, immer schneller! Ich wollte dieses Gefühl nie wieder missen.

Immer weiter rannte ich die Straßen des Wicklow-Nationalparks entlang. In der einen scharfen Rechtskurve kam mir ein Auto entgegen, doch anstatt auszuweichen, stieß ich mich kräftig vom Boden ab und sprang über das Fahrzeug hinweg. Mit der Geschwindigkeit, mit welcher ich lief, war es dem Autofahrer unmöglich, etwas zu erkennen. Und selbst wenn, war es mir egal. Für mich gab es nur den Rausch der Schnelligkeit.

Im Augenwinkel entdeckte ich David. Aber so einfach würde ich es ihm nicht machen. Ich öffnete das Schiebefenster und ließ mehr Essenz durch die Beine fließen. Er hatte keine Chance. Ich war in meinem Element. Vielleicht sogar etwas zu viel. Vor mir tauchten zwei Gebäude auf. Die Herberge.

Mir gelang es im letzten Moment rechtzeitig, die Notbremse zu ziehen, sonst wäre ich vermutlich einen Kilometer weiter gerannt. Als ich anhielt, sprang ich in die Luft und schrie. »Erste!« Kurz darauf kamen die Jungs ans Ziel.

»Da seid ihr ja endlich. Und ich hatte mich schon auf die Nachhilfestunden gefreut.«, motzte unser Lieblingsengel. Ich denke, dass sie sagen wollte, dass sie sich auf die Folter freute. Allerdings saß sie mit den Drachen und einer weiteren Person auf einer der Bänke, welche vor einer Fensterfront standen. »Darf ich euch vorstellen, das ist Jenny.«, sie deutete auf die Frau neben ihr. Diese stellte sich hin und lächelte uns an. »Sie ist die Managerin des Hostels und für die nächsten Wochen eure Chefin!«

Kapitel 11 »Der Zerstörer«

>>Chris<<

Marxael erklärte mir nach dem Gespräch im Garten, welche Regeln ich in der Gegenwart seines Vaters unbedingt zu beachten hatte. Regel Nummer eins: Zeige keine Emotionen der Schwäche. Regel Nummer zwei: Sprich nur wenn du aufgefordert wirst. Regel Nummer drei: Mach ihm die Hölle heiß, wenn er versucht, dich umzubringen. Als er mir von diesem Prinzip berichtete, schluckte ich die Angst herunter. Worauf hatte ich mich hier nur eingelassen. Mein Herz zog sich bei dem Gedanken zusammen. Hatte ich die richtige Wahl getroffen? War es das wirklich wert?

Ich schüttelte meinen Kopf und schlug mir zweimal sanft auf die Wange. Das ist alles für Mica. Wenn ich das überstehe, werden sie und ich endlich zusammen sein und nichts und niemand wird in der Lage sein, uns aufzuhalten.

Die Standuhr in meinen Gemächern riss mich aus den Gedanken. Es war an der Zeit für die Audienz bei der wohl mächtigsten Person, welcher ich je begegnet bin. Ich schaute in den Spiegel mit dem goldenen Rahmen. Victoriel hatte ganze Arbeit geleistet. Die Augenringe von heute Morgen waren gänzlich verschwunden und die schwarze Uniform stand mir ausgezeichnet. Eine in goldgefärbte Kordel war an der rechten Schulter befestigt und verlief unter dem Arm entlang, wo sie auf der Rückseite der Jacke endete. Drei Weitere fielen von der Schulter an über meine Brust und waren mit den Knöpfen der Uniform verknotet. Die schwarzen kurzen Haare trug ich hochgestylt.

Es klopfte an der Tür. »Herein.« Vici betrat das Zimmer. »Es ist so weit, folge mir bitte.« Damit drehte sie sich wieder um. Mit etwas Abstand folgte ich ihr durch die prachtvollen Gänge des Schlosses. Wenn mich jemand fragen würde, würde er mir mit Sicherheit nicht glauben, dass der Zerstörer in so einem Luxus lebte. Normalerweise dachte bestimmt jeder, er lebe in einem apokalyptischen Albtraumschloss. Aber das war nicht der Fall und je näher wir dem Thronsaal kamen, desto prunkvoller wurde die Ausstattung.

Wir erreichten ein aus schwarzem Holz bestehendes Tor. In der Mitte ragte ein Siegel, dieses erinnerte mich stark an das Siegel des Willens, welches ich auf einem Buch von Zed gesehen hatte. Jedoch stimmte die Reihenfolge der Elemente nicht überein. Bei diesem ragte das Feuer an oberster Stelle, danach die Luft, dann das Wasser und schließlich die Erde. Umschlossen wurde das gesamte Siegel von dem Symbol der Quintessenz.

»Ab hier müsst ihr alleine weiter. Ich wünsche euch viel Erfolg.«, sagte Vici und versuchte ein Lächeln, auf ihr Gesicht zu zaubern.

Ein Funken Freude breitete sich in meinem Inneren aus. Dieses wurde aber sofort von dem flauen Gefühl überschattet. Jedem Moment würde es so weit sein, die Tore würden aufschwingen und ich stünde dem gefährlichsten aller magischen Wesen gegenüber. Für einen Augenblick dachte ich, dass mir mein Frühstück noch einmal durch den Kopf gehen ließ. Bevor es dazu kam, öffneten sich die Flügel mit einem schrecklichen Knarren, welches durch das gesamte Schloss zu hören war.

Ich schloss die Augen und atmete tief ein. Dann betrat ich den größten Raum, den ich je in meinem Leben betreten hatte. Die Decke war mehr als zwanzig Meter hoch. Getragen wurde sie von gigantischen Säulen, die mich stark an die griechische Mythologie erinnerten, nur dass diese nicht weiß, sondern schwarz waren. Ein roter Teppich führte mitten durch den Säulengang zu einer kleinen Empore. Auf dieser stand ein einsamer Thron, welcher aus golden Dämonenfratzen geformt war.

Nachdem ich die Halle betreten hatte, hörte ich, wie die schweren Türen hinter mir zu fielen. Jetzt gab es kein Entkommen mehr. Als hätte ich eine andere Wahl.

Immer weiter ging ich den langen Gang entlang, bis kurz vor dem Podest. Leicht irritiert schaute ich mich um. Ich war allein. Was sollte ich jetzt tun, abwarten? Da sich nichts rührte, blieb ich einfach stehen. Dazu verschränkte ich die Arme hinter meinem Rücken und versuchte, eine stolze Haltung einzunehmen. Was hätte Marxael gesagt? Ich durfte keine schwachen Emotionen zeigen. So verharrte ich. Irgendwann war mir nicht mehr bewusst, wie viel Zeit vergangen war. Mit einem flüchtigen Blick zuckten meine Augen Richtung Fenster. Nach dieser Einschätzung dürfte es, jedem Moment anfangen zu dämmern.

Eine tiefe Stimme ertönte im Thronsaal. »Du bist also der Unruhestifter, welcher die Unterwelt auf den Kopf stellt.« Ich drehte mich schlagartig um, jedoch konnte ich sie nicht ausmachen. »Ich bin hier drüben.«

Aus meinem Augenwinkel sah ich, wie eine tiefschwarze Schattenwolke vor dem goldenen Thron schwebte. Immer wieder zuckten rote Blitze zwischen den Wolkenfetzen hin und her. Auf der einen Seite war ich extrem fasziniert von dem Schaubild, welches sich mir bot, auf der anderen Seite wäre ich jetzt gerne um mein Leben gerannt. Es kostete, mich die größte Anstrengung diese Emotionen in mir zu halten.

»Ich hätte gedacht, du wärst etwas ... wie sage ich das jetzt am besten? Eindrucksvoller.« Auch wenn ich etwas darauf erwidern wollte, gehorchte mir mein Mund nicht. »Sag mir, wer oder was hat dich überzeugt, die Seiten zu wechseln?« Wieder gelang es mir nicht, zu antworten. »Sprich du Wurm! Oder ich vernichte deine lächerliche Existenz gleich und erspare mir dieses jämmerliche Antlitz!« Die roten Blitze zuckten diesmal wie wild durch die schwarzen Wolken.

»Es war Marxael.«, brachte ich mit der stabilsten Stimme hervor, welche mir möglich war.

»Interessant.«, sprach die Stimme nun wieder ruhiger. »Hat der Kronprinz also zum ersten Mal in seinem Leben den Arsch von der Couch hochbekommen und verschleppt eine Mischlingsbrut in den dämonischen Palast.« Wie hatte er mich genannt? Ein Hauch von Wut breitete sich in mir aus. Ich presste die Fingernägel in meine Handfläche. »Sag mir, glaubst du, dass du all den Ärger wert bist, welchen du bereits seit deiner Ankunft verursachst hast?«

»Nein.«, sagte ich nach einer kurzen Pause. Erneut knisterten die Blitze in gefährlich roten Farbe. Bevor deren Energie sich in mir entlud, fuhr ich fort. »Ich *weiß* sogar, dass ich sämtlichen Ärger, welchen ich verursache, wert bin. Denn immerhin ist es mir gelungen, einen Erzdämon in ein Häufchen Asche zu verwandeln. Und wenn ich eins in meiner kurzen Anwesenheit hier gelernt habe, dann ist es, dass es in der Unterwelt nur um Stärke geht. Und die besitze ich.« Keine Ahnung, wo ich diesen Mut hernahm. John hätte mich für todesmutig erklärt. Bei den Gedanken an einen meiner alten Freunde, spürte ich ein kurzes Ziehen in der Brust. Ignorierte dieses jedoch.

»Oho, du besitzt ja doch so etwas wie Rückgrat. Und dennoch hast du mit deiner Aktion mehr Chaos angerichtet, als es Marxael in den letzten zehntausend Jahren. Nenn mir also einen Grund, warum ich dich am Leben lassen sollte?«

Ich hätte schwören können, dass gerade zwei rote Augen in der Wolke aufblitzten. Bevor ich ihr antwortete, überlegte ich einen Augenblick. »Im Moment gibt es keinen, aber in der Zukunft wäre ich mit Sicherheit eine hervorragende Waffe. Ich meine, derzeitig bin ich nicht vollständig ausgebildet, besitze trotz alledem schon die Kraft eines Erzdämons, wozu wäre ich wohl in der Lage, wenn ich den höhe Punkt meiner Macht erreicht habe?« Wir schwiegen uns an.

Es war die Wolke, welche das unerträgliche Schweigen brach. »Nun, wir werden sehen. Fürs Erste lasse ich dich am Leben. Du wirst in der Infernalengarde dienen und deine Ausbildung erhalten. Nenn es eine Probezeit. Solltest du in der Lage sein innerhalb einer Woche den Vizekommanden zu besiegen, dann darfst du leben. Wenn nicht, na ja, ich würde ja sagen, es war nett, dich kennengelernt zu haben, aber das wäre so stark gelogen, dass es die Himmelspforte aus ihren Angeln fallen würde. Und jetzt verschwinde, bevor ich mich vergesse!« Die letzten Worte waren mehr ein Zischen.

In meinem Gesicht brannte mir ein heißer Wind, welcher mich in Richtung Tür zurücktaumeln ließ. Kurz bevor ich gegen das Tor prallte, schwangen dieses auf und ich wurde aus dem Thronsaal geschmissen. Kaum war ich draußen, fiel ich zu Boden und saß vor der verschlossenen Pforte. Erleichtert atmete ich aus.

Nach einem kurzen Augenblick richtete ich mich auf, schlug mir den Staub von der schwarzen Hose und brach zu meinen Gemächern auf. Dort angekommen, öffnete ich die Zimmertür und mir fiel unmittelbar die Gestalt, welche in einem der Sessel saß, auf. »Bist du hier, um zu überprüfen, ob ich noch am Leben bin, Marxael?«, sagte ich in einem bissigen Ton, denn ich war nicht gut auf ihn zu sprechen. Immerhin wäre ich seinetwegen vor ein paar Minuten gestorben. Kaum hatte ich diesen Gedanken beendet, zweifelte ich zum ersten Mal, ob meine Entscheidung die Richtige gewesen sei.

»Keineswegs, mir war von vorneherein klar, dass du das Treffen mit dem Zerstörer überlebst. Er mag zwar nicht der beste Vater der Welt sein, aber er wusste schon immer, wann er eine Gelegenheit zu nutzen hatte. Ich will nur wissen, was seine Bedingungen sind, damit ich dich darauf vorbereiten kann. Denn schließlich wirst du gebraucht.«

Na klar, aus reiner Nächstenliebe war er nicht gekommen. Ich versuchte meine Gefühle, so gut es ging, zu verbergen. »Er hat mir eine Woche gegeben. Dann soll ich mich gegen den Vizekommandanten irgendeiner Garde behaupten. Versage ich, bedeutet das den Tod.«

Marxael lachte daraufhin los. Mit dieser Reaktion habe ich ehrlich gesagt nicht gerechnet. »Das ist alles? Ich hatte so etwas erwartet wie die Eroberung einer himmlischen Festung oder die Vernichtung einer Menschenstadt. Aber dass er dich gegen den Sohn des Statthalters, welchen du pulverisiert hast, antreten lässt. Was zum Zerstörer hast du im Thronsaal gesagt, dass er es dir so einfach macht?«

Einfach? Das nennt er einfach? Ich meine, er ist der Vizekommandant. Obwohl, ich habe auch die Prüfung der Leidenschaft bestanden. Schon wieder durchzog mich ein stechender Schmerz durch die Brust. Diesmal war er stärker als die Bisherigen. Ich vermisste Emioras. Sein Abbild tauchte in meinen Gedanken klar auf. Mir blieb jedoch keine Zeit, wenn ich die nächste Woche überleben will, musste ich mich auf das Hier und Jetzt konzentrieren. »Ehrlich gesagt, hat die ganze Zeit über nur diese schwarze Wolke über gesprochen. Und der Rest hat sich so ergeben.«

Irgendetwas an meiner Wortwahl schien Marxael stutzig zu machen. Denn er legte seine Stirn in tiefe Falten. »Mein Vater hat sich nicht in seiner dämonischen Gestalt gezeigt?«

»Ich dachte, dass dieses seine normale Form ist.«, erwiderte ich etwas verwirrt.

»Nein, normalerweise nicht. Diese Gestalt hat er zuletzt in der.«, weiter sprach er seine Gedanken nicht aus. Er schien fieberhaft über etwas nachzudenken, bis er mich urplötzlich anstarrte. »Was bist du bloß?«

Kurz darauf verließ Marxael mein Zimmer und ich rief Victoriel. »Lass mir bitte ein Bad ein? Der heutige Tag war zu viel des Bösen.« Sie eilte umgehend ins Badezimmer. Und ich hörte das Wasser in die Badewanne plätschern.

Während sie das Bad vorbereitete, legte ich mich auf das Bett und ließ meine Beine über der Bettkante baumeln. Jetzt wo Marxael weg war, gelang es mir endlich über all das, was in den letzten Stunden passiert ist, nachzudenken. Weit kam ich nicht, den Vici riss mich aus meinen Gedanken. »Das Bad wäre fertig, gibt es noch etwas, was ich für dich tun kann?«, fragte sie.

Ich richtete mich auf und blickte sie kurz an. »Bitte bring mir das Abendessen heute aufs Zimmer. Ich habe keine Lust, mit dem Kronprinzen zu essen.«

»Gerne. Wünschst du dir etwas Besonderes?«

Einen Moment überlegte ich. »Ich würde gerne Burger essen.« Sie schaute mich etwas irritiert an. »Jetzt sag mir nicht, dass du nicht weißt, was Burger sind.«

»Es tut mir leid. Bitte verzeiht mir!«, sagte sie schon fast panisch und schmiss sich auf den Boden, um sich zu verneigen.

Auch wenn es nicht angebracht war, gelang es mir nicht, ein Lachen zu unterdrücken. »Das macht doch nichts. Vielleicht habt ihr hier in der Unterwelt ein anderes Wort dafür.« Ich wischte mir ein paar Tränen aus den Augen. Schließlich versuchte ich, ihr zu erklären, was Burger waren. Erschreckenderweise stellte ich fest, dass dieses Gericht in der Hölle nicht existierte. »Dann wirst du heute Abend deinen ersten Burger essen.« Schnell suchte ich einen Zettel und einen Stift, listete sämtliche Zutaten auf und bat sie diese, in einer Stunde, hierher zu bringen. Sie überprüfte die Liste und verabschiedete sich dann.

Nachdem sie das Zimmer verlassen hatte, zog ich mich aus, schmiss die Uniform auf den nächstbesten Sessel und ging ins Badezimmer. Kaum tauchten die Zehen in das heiße Wasser, entspannten sich meine Muskeln, als würde sämtliche Spannung von ihnen weichen. Ich sank mit dem Kopf unter Badewasser und genoss die Hitze, welche das

Gesicht umströmte. Stille. Ich hörte nichts und schaltete ab. Wann war das letzte Mal, dass ich mich so entspannte.

Nichts. Alles, was ich sah, war nichts. Alles um mich herum war schwarz. Also zog ich die Beine an meinen Oberkörper und trieb in einer unendlichen Leere. Es war so friedlich, ich wünschte, dass dieses Gefühl nie aufhören würde.

Doch nach einer schier endlosen Ewigkeit zog ein aschgraues Licht meine Aufmerksamkeit auf sich. Ich drehte mich in die Richtung der flackernden Flamme, welche sich mir offenbarte. Still und ruhig brannte sie in der Dunkelheit. Hin und wieder brach ein rot goldener Strahl aus ihr heraus. Ich versuchte, näher an sie heranzugleiten und nach ihr zu greifen. Allerdings bemerkte ich einen Sog, welcher mich in die entgegengesetzte Richtung zog und von einer Sekunde zur anderen wurde es gleißend hell. Schließlich öffnete ich die Augen und holte panisch Luft.

»Mein Lord, geht es dir gut?«, es war die Stimme von Victoriel, welche mich in die Realität zurück.

Was war das eben? Diese Harmonie war das Unglaublichste, was mir in meinem Leben widerfahren war. Moment. Halt stop. Die Badewanne. Ich brauchte einen Augenblick, um zu begreifen, dass ich noch immer in der Wanne war. Und das komplett nackt. Schnell zuckten meine Hände über den besten Freund des Mannes. »Dreh dich um!«, befahl ich ihr in einem peinlich berührten Ton.

Sie tat, wie ihr befohlen. »Ich schwöre dir beim Zerstörer, ich habe deine Kronjuwelen und das Schwert, welches sie beschützt, nicht gesehen!«

Obwohl sie dieses beteuerte, sah ich, wie ihr Gesicht im tiefsten Rot leuchteten. »Gib mir bitte ein Handtuch.«, nuschelte ich ins Wasser. Ohne mir ihr Gesicht zu zuwenden, reichte sie mir eins der schwarzen Badetücher. Ich stieg aus dem nun kühlen Nass und wickelte mir das Tuch um die Hüfte. »So jetzt kannst du dich umdrehen.«

Vici drehte sich um, hatte ihre Augen aber weiterhin geschlossen. Nur langsam öffnete sich diese. Kaum waren sie ein Stück geöffnet, so schloss sie sie bereits wieder und quiekte auf und rannte dabei ungeschickt aus dem Bade-zimmer. Hierbei stieß sie einen kleinen Tisch neben der Tür um.

Sie sah schon irgendwie süß aus, bei ihrem Versuch aus dem Bad zu flüchten. Ich drehte mich zu dem an der Wand hängenden Spiegel um. Erst jetzt fiel mir auf, dass sich mein Körper erneut verändert hatte. Nachdem ich zuerst mindesten fünf Kilo verloren hatte, traten nun Ansätze eines Sixpacks auf. An diesen flossen einige kleine Wassertrop-fen hinab und das sonst so struppige Haar hing mir triefend-nass ins Gesicht. Das Faszinierendste war jedoch die graue Augenfarbe. War das wirklich ich?

Schnell trocknete ich mich ab, zog mir etwas Bequemeres an und verließ das Bad. Als ich in den Hauptraum zurück-kehrte, sah ich, wie Victoriel sämtlich Zutaten, welche sie besorgen sollte, auf dem Couchtisch ausbreitete. »Sehr schön, dann setzt dich jetzt auf das Sofa und genieß die Show.« Sie wirkte sehr unsicher, als ob sie nicht wüsste, ob sie das durfte. »Nun setzt dich schon, das ist ein dämoni-scher Befehl.«, sagte ich mit gespielter Strenge.

Vici unterdrückte ein Lächeln, allerdings gelang es ihr nicht, ein kurzes Grinsen zu verbergen. Also ließ sie sich in die schwarzen Kissen fallen.

Ich nahm das zu Rindermett verarbeitete Steak und formte eine Bulette. Diese legte ich mit etwas Öl in eine gusseiserne Pfanne. Die Essenz floss wie von allein in meine Hand und erzeugte eine aschfahle Flamme. Es hat schon seine Vorteile, über das Feuer zu gebieten. Jetzt hieß es nur nicht zu übereifrig werden. Ich will ja nicht, dass sie mir wieder verkohlen. Als hätte die Essenz meinen Gedanken nur zur Hälfte mitgehört, verstärkte sie sich und mir gelang es im letzten Moment, den Burger zu retten. Zumindest halbwegs. Er hatte nur leichte Röstaromen. Mit etwas mehr Ketchup würde es ihr hoffentlich nicht auffallen. Ich stellte die Pfanne zur Seite und kreierte ihr den wohl besten Cheeseburger, den sie je gegessen hat. Zu gegeben es war ihr Einziger, aber trotzdem war es der Beste.

Am Anfang war Vici zögerlich, doch dieses änderte sich nach dem ersten Bissen. »Oh Zerstörer. So etwas Köstliches habe ich noch nie gegessen!«

Ha, nimm das Zed! Ich kann doch kochen, triumphierte ich in meinen Gedanken. Kaum hatte ich seinen Namen ausgesprochen, übermannten mich die Schuldgefühle und mir verging das Lächeln. Natürlich war das alles seine Schuld. Er hatte uns in diesen Konflikt hineingezogen. Ohne ihn wäre ich jetzt an Micas Seite. Aber war der Preis es wert? Mein ehemaliger bester Freund lag gefesselt einige Stockwerke tiefer im schlimmsten Kerker der Schöpfung und ich habe ihn dort hineingebracht.

Victoriel schien den Stimmungswechsel nicht bemerkt zu haben. Sie aß weiterhin genüsslich ihren Burger.

Da ich mit den Gedanken nicht bei der Sache war, verwandelte ich mein Abendessen in ein Stück Kohle. Und doch erinnerte er mich an unsere Zeit in Angel Falls. An die Zeit, in der wir alle die besten Freunde waren. Ich beschloss, Zeriel aufzusuchen. Hoffentlich würde dieses mir etwas Klarheit verschaffen.

Kapitel 12 »Das Geständnis«

>>David<<

Vor uns stand eine hochgewachsene Frau mit blonden Haaren, welche ihr in einem langen Zopf über den Rücken fielen. Mit ihrem typisch irischen Akzent begrüßte sie uns. »Hi, ihr seid dann also die Schüler, die mir Merlin zur Verstärkung geschickt hat?«

»Das stimmt.«, sagte ich etwas außer Atem, »Das sind John, Trace, Mica und ich bin David.« Der Reihe nach zeigte ich auf meine Freunde.

»Großartig. Gary und ich können jede Hilfe gebrauchen. Besonders jetzt in der Hauptsaison. Ich würde sagen, dass ich euch erst einmal das Hostel zeige und dann eure Zimmer. Danach gibt es Abendessen.«

Habe ich sie gerade richtig verstanden? Der Coach ist hier? Bitte lass das ein Scherz sein. Bevor mir das Lächeln verging, trat er aus dem Haupteingang.

»Na, wenn das nicht meine Champions sind. Wenn ihr schon hier seid, können wir jeden Morgen trainieren. Damit werdet ihr richtig fit für das kommende Schuljahr! Ich erwarte keine Widerrede. Wir fangen um sechs Uhr an.« Ich weiß nicht, ob er Spaß daran hatte oder ob er uns nur Foltern wollte. Auf jeden Fall kämpfte ich gegen den starken Drang an wegzulaufen. Mit einem kurzen Blick zu John und Trace war ich mir sicher, dass es ihnen ähnlich erging. Jetzt hatten wir gleich zwei Folterstunden auf dem Tagesplan, dann noch die Arbeit im Hostel. Wann sollen wir jemals nach Allura suchen. Wenn wir Zed aus der Unterwelt befreit haben, schuldet er mir einen all-inclusive Urlaub, nein am besten sogar zwei.

In meinen Gedanken versunken, bemerkte ich nicht, wie Jenny mit den anderen im Inbegriff war, das Hostel zu betreten. Mit schnellen Schritten lief ich hinterher. Das Foyer war ein lang gestreckter Raum. Die Rezeption befand sich in der rechten Ecke, direkt neben einer Treppe, welche in die erste Etage führte. Jenny erklärte uns, dass sich dort ein Großteil der Hotelzimmer befand. Einige waren im Altbau. Dieses war ein separates weißes Gebäude, welches sich direkt neben dem Hostel in die Höhe erstreckte. Dort waren wir die nächsten Wochen eingelagert. Sie zeigte uns außerdem den Speisesaal, den Fernsehraum, den Aktivitätenraum und die Waschküche. Das war fürs Erste unser neuer Zuhause.

Mica, Jadriel und Almatora hatten ihr eigenes Zimmer. Wir Jungs waren im Raum neben an untergebracht. John und Nessie hatten ebenfalls eine separate Bude erhalten, schließlich waren sie verheiratet. Kurz darauf läutete Jenny zum Abendessen. Sie hatte uns, weil es der erste Abend war, Spagetti mit Tomatensoße gekocht. Ab dem morgigen Tag mussten wir aber für uns selbst kochen. Was vermutlich damit zusammenhing, dass unsere Drachen drei Mägen besaßen. Mir war klar, dass sie einiges verdrücken können, aber jeder von Ihnen aß mindestens fünf Kilo Nudel!

Nach dem Abendessen setzten wir uns zusammen in den Fernsehraum und besprachen, wie wir die Suche organisieren sollten. Während wir alle auf den Sofas Platz nahmen, stand Jadriel vor dem Kamin. »Jenny erwähnte vorhin, dass wir uns um acht Uhr morgen zum Frühstück treffen. Eine Stunde später beginnt euer eigentlicher Job. Ihr werdet das Hostel reinigen und für die neuen Gäste herrichten, welche morgen anreisen. Sobald ihr damit fertig seit, habt ihr frei.«, erklärte uns Jadriel, »Mit anderen Worten, je schneller ihr das Hostel gereinigt habt, desto schneller können wir mit der Suche nach meiner Schwägerin anfangen.«

»Und was machst du in der Zwischenzeit?«, fragte meine Freundin.

»Ich, als Engel erster Ordnung, werde mir mit Sicherheit nicht die Hände schmutzig machen, indem ich für diese schwächlichen Sterblichen putze. So weit kommt es noch!«, spottete sie drauflos.

Oh Schöpfer gleich ging es los. Mica verstärkte ihren Griff um meine Hand. »Also lebst du quasi auf unsere Kosten, während wir anderen hart arbeiten?«

»Seht es als die Bezahlung dafür, dass ich euch ausbilde. Irgendwas muss ja bei dem ganzen Schlamassel für mich herausspringen.«, sagte sie mit der gleichgültigsten Stimme, die mir je untergekommen war. Um dieses zu unterstreichen, zuckte sie mir ihren Schultern.

Bevor der Streit zwischen den beiden erneut ausbrach, wechselte ich das Thema. »Wir wissen zwar, dass sich Allura hier irgendwo aufhält. Aber wo fangen wir an zu suchen? Es macht ja keinen Sinn, dass wir wahllos durch die Gegend laufen? Hast du eine Idee?«

Mica löste ihren festen Griff und die Situation entspannte sich für den Augenblick.

Alle Anwesenden waren in tiefe Gedanken versunken, aus denen sie durch Johns Stimme geweckt wurden. »Ich denke, wir gehen die Situation zu genau an.« Nachdem niemand dazwischen sprach, fuhr er fort. »Ich meine, warum hat sich Allura überhaupt nach Irland zurückgezogen? Sie hätte auch an jeden anderen Ort der Welt untertauchen können. Warum ausgerechnet hier?«

»Ihr sagtet doch, dass Irland mit der sicherste Ort auf der Welt ist, vermutlich ist sie deshalb hier. Immerhin versteckt sie sich vor Marxael.«, sagte Trace.

»Wenn es nur das wäre, hätte sie sich genauso gut in den Himmel zurückziehen können.«, meinte Jadriel, »Du hast Recht, John. Es muss einen Grund geben, warum sie ausgerechnet hier ist. Ich meine, immerhin haben Sie und Zeriel hier geheiratet. Und ich stelle mir was Schöneres vor, als an dem Ort, wo ich meinen Geliebten verloren habe, über mehrere tausend Jahre alleine zu leben. Das würde mich jeden Tag daran erinnern, dass ich ihn nie wiedersehen würde. Und für uns bedeutet es wirklich nie wieder, da wir unsterblich sind.«

Ich horchte auf. »Hast du gesagt, dass sie hier geheiratet haben?«

»Hört ihr mir eigentlich nie zu? Sie haben ungefähr fünfzehn Kilometer von hier, auf einem Berg in der Nähe der Klippen von Bray, geheiratet. Die Hochzeit war ein Traum. Ich habe meinen Bruder selten so glücklich erlebt. Das lag vermutlich daran, dass Allura ihm an dem Tag gesagt hat, dass sie schwanger war.«

Bitte was? Hatte sie so ganz nebenbei die größte Bombe der Woche platzen lassen? Ich stand völlig neben mir. Zed hatte ein Kind, welches er nicht einmal kannte. Doch so schnell wie sich der Gedanke eingeschlichen hatte, verflog er auch wieder. »Das kann nicht sein, Grandpa meinte doch, dass ich sein einziger Enkel sei?«

Ihre Miene verfinsterte sich drastisch. In diesem Moment wirkte sie schon fast verletzlich. »Das stimmt auch. Es geschah direkt nach dem Hochzeitskuss. Der Himmel zog sich zu und rote Blitze durchzogen ihn. Uns allen war bewusst, was dieses zu bedeuten hatte. Die große Schlacht hatte begonnen. Der Zerstörer hatte die Tore zur Unterwelt vollständig geöffnet und Heerscharen von Dämonen drohten die Erde zu überrennen. Wir kämpften tapfer. Seite an Seite mit dem Orden des Lichts. Einer Gruppe von mutigen Sterblichen, welche sich nicht dem Willen der Finsternis beugen wollten. Mein kleiner Bruder bat mich, dass ich auf seine Frau und Kind aufpassen sollte. Auch wenn ich lieber an seiner Seite geblieben wäre, so wusste ich, dass er nur dann mit voller Stärke kämpfen könne, wenn er seine Geliebten in Sicherheit wog. Also flüchtete ich mit Allura in diesen Wald.« Sie hielt kurz inne. Es war ihr anzusehen, dass es ihr schwerfiel, über dieses Thema zu sprechen. »Wir flogen so schnell, wie uns die Flügel trugen. An einer kleinen Lichtung machten wir Rast. Das Baby zerrte an den Kräften von Allura. Sonst wären wir in den Himmel geflogen, wo sie in Sicherheit war. Während sie sich darauf konzentrierte etwas von ihrer Magie zurückzugewinnen, beobachtete ich das Kampfgeschehen über einen Fernsichtzauber. Zeriel und Marxael, dieser Bastard von einem Dämon, kämpften ununterbrochen. Keiner von beiden war gewillt, auch nur für eine Sekunde nachzugeben. Zu diesem Zeitpunkt beging ich den größten Fehler meines Lebens.«

Niemals wäre ich auf den Gedanken gekommen, dass ich die, sonst mit einem feurigen Temperament gesegnete,

Generälin des ersten himmlischen Korps weinen sah. Die Tränen flossen über ihre geröteten Wangen und fielen zu Boden. Niemand im Raum rührte sich. Bis Mica von der Couch aufsprang und Jadriel in den Arm nahm. Sie war offenbar so überrascht von der Geste, dass sie sich nicht einmal gegen die Umarmung wehrte.

»Du musst nicht weiter erzählen, wenn es zu schmerzhaft ist.«, tröstete Mica ihre Erzfeindin. Ich bewunderte sie für ihre Selbstlosigkeit. Sie würde sich für jeden aufopfern, der ihre Hilfe bräuchte.

»Doch, das muss ich. Möglicherweise hilft es uns, Allura zu finden.«, brachte sie krampfhaft heraus. »Vom Kampfgeschehen abgelenkt, entging mir die Person, welche sich an uns herangeschlichen hatte. Erst als diese ihren Angriffszauber entfesselte, realisierte ich, was jeden Moment passieren würde. Also formte ich einen magischen Schild um Allura. Jedoch kam der Angriff so plötzlich, dass ich völlig überrumpelt war. Der Schild hielt dem Angriff nicht stand und zerbarste in seine Einzelteile. Allura wurde daraufhin von der Druckwelle getroffen und gegen einen Baum geschleudert. Bevor ich ihr zur Hilfe eilen konnte, setzte der feindliche Hexer seinen Angriff fort. Er war unglaublich stark. Immer wieder feuerte er mit seiner kosmischen Magie auf Allura und mich, bis es mir schließlich gelang, ihn mit einem Überraschungsangriff den Kopf vom Körper zu trennen. Noch bevor dieser zu Boden ging, rannte ich zu Allura, doch es war zu spät. Ein Ast hatte sich durch ihren Bauch gebohrt. Wären meine Heilkräfte nur stärker gewesen! Dann hätte ich sie beide retten können. Indes musste eine Entscheidung getroffen werden. Ich schrie um Hilfe, aber niemand hörte mich. Also heilte ich

Allura, so gut es ging, in der Hoffnung, dass dieses dem Baby ebenfalls helfen würde, trotz alledem es war zu spät. Sie hatte das Kind verloren.« Die letzten Worte waren mehr ein Schluchzen. »Was ich erst danach erfahren habe, war, dass Allura für einen kurzen Augenblick tot war. Mein kleiner Bruder spürte ihren Tod und setzte den Plan um, welcher der letzte Ausweg gewesen wäre. Er sang das verbotene Lied, dieses gab im Zugriff auf die gesamte Macht der Schöpfung. Er nutze diese Energie, um die Dämon in die Unterwelt zu verbannen und zu versiegeln. Der Tod von Allura und ihrem Kind, zerstörte die letzte Barriere, die ihn davon abhielt, sein Leben für die Menschen zu geben. An diesem Tag verlor ich die Hälfte meiner Seele, um die Inkarnation des Willens von den Toten zu holen. Ich hätte mit Freude die andere Hälfte gegeben, um meine Nichte zu retten. Doch in dem Moment ging alles so schnell. Ich wurde in den Himmel gesogen, weil Vater diesen versiegelte, damit das Gleichgewicht abermals hergestellt war. Da Allura kein schöpferisches Wesen war, blieb sie auf der Erde. Seitdem habe ich sie nie wieder gesehen. Auch nicht dann als ich genügend himmlische Essenz zurückerlangt hatte, um das Weltentor zu passieren. Ich habe mich zu sehr geschämt, ihr unter die Augen zu treten.« Jadriel ließ ihren Tränen freien Lauf. Die ganzen Emotionen, welche sie über die Jahre zurückgehalten halten hatte, strömten regelrecht aus ihr heraus. Für einen Augenblick schien es, als hätte sie sich beruhigt. Die himmlische Generälin erhob sich. »Danke.«, flüsterte sie Mica zu, bevor sie losrannte. Ohne zurückzublicken, lief sie durch das Foyer, durch den Haupteingang und sobald sie draußen war, breiteten sich ihre weißen Engelsschwingen aus und sie flog in die Abenddämmerung hinein.

»Sollten wir ihr nicht hinterherfliegen?«, fragte ich in die Runde.

»Lasst sie. Sie braucht jetzt etwas Zeit für sich. Diese Geschichte über so viele Jahrhunderte für sich zu behalten, war keine leichte Aufgabe.«, hielt mich Abraxis zurück. Woraufhin ich wieder auf das Sofa Platz nahm. Diese Erzählung offenbarte einige Details vom Leben meines Freundes, von denen ich mir wünschte, sie nicht zu wissen. Aber sie löste auch das Gefühl in mir aus, Zed noch dringender zu helfen. Er hatte so viel durchgemacht, jetzt war es an der Zeit ihm etwas zurückzugeben. Ich würde seine Bitte erfüllen, koste es, was es wolle.

»Ich schlage vor, dass wir morgen zurück nach Bray fahren und uns dort einmal umschauen.«, durchbrach ich den Moment der Stille.

»Und was soll das bringen? Nur weil sie da vor tausenden von Jahren war, heißt das nicht, dass sie immer noch dort ist.«, sagte Emioras mit seiner brummigen Stimme. Ging es nur mir so oder verschlechterte sich seine Stimmung von Tag zu Tag?

»Da hast du Recht. Aber irgendwo müssen wir ja mal anfangen. Vielleicht entdecken wir ja irgendwelche Hinweise, die Allura hinterlassen hat, falls sie jemanden finden muss. Oder eventuell gibt es eine alte Legende, welche uns weiterhilft. Das ist leider der einzige Anhaltspunkt, den wir haben. Wenn einer von euch eine bessere Idee hat, nur raus damit.«, erklärte ich meinen Standpunkt, »Nein? Gut. Was haltet ihr davon, dass wir jetzt ins Bett gehen? Nach diesem Tag freue ich mich nur noch auf den Schlaf.« Wir verabschiedeten uns und gingen auf die Zimmer.

Bevor Mica ihren Raum betrat, umarmte ich sie. »Denkst du, dass alles gut wird? Dass wir wieder in unser altes Leben zurückkönnen?«, fragte sie mich, während sie ihr Gesicht an meine Brust drückte.

»Es wird auf jeden Fall alles wieder gut. Davon bin ich felsenfest überzeugt. Aber ich glaube auch, dass es für uns nicht mehr möglich ist, als normale Menschen in unser bisheriges Leben zurückzukehren. Dafür ist zu viel passiert. Wir können nur immer weiterlaufen und hoffen, dass wir eines Tages am Ziel ankommen.«

»Ich vermisse die Zeit, in der ich mir nur darüber Sorgen machte, wie ich die kommende Tankfüllung bezahle. Und jetzt? Jetzt denke ich nur nach, wie wir den Untergang der Welt verhindern. Das ist doch nicht fair.« Mein T-Shirt sog ihre Tränen direkt auf.

»Ich weiß, aber im Vergleich dazu, was Zed gerade durchmacht, haben wir es deutlich besser.«, versuchte ich sie zu trösten.

»Musst du mich jetzt an dieses schreckliche Detail erinnern?«, nuschelte sie mir gegen den Brustkorb. »Wenn ich daran denke, dass Zed allein in der Unterwelt gefangen ist und sich jetzt womöglich an alles erinnert, bedeutet das, dass er mit all diesen furchtbaren Ereignissen mutterseelenallein ist. David, er hatte eine Tochter! Er durfte sie nicht einmal kennenlernen.«

Mir fielen die passenden Worte nicht ein, welche ich brauchte, um ihr Trost zu spenden. Aber eine Erkenntnis traf mich wie ein Blitz. »Jetzt verstehe ich auch, warum die Tränen meiner Mutter ihn aus seinem Schlaf geweckt haben. Durch sie empfand er denselben Schmerz, welchen er vor Äonen verspürte. Sein Unterbewusstsein erinnerte sich und ließ ihn erwachen.«

»Das macht schon Sinn. Aber lass uns jetzt bitte reingehen. Ich kann nicht mehr.« Sie hatte ihren Satz kaum beendet, da hob ich sie auf meine Arme und trug sie in ihr Zimmer und legte sie in eins der zwei Stockbetten. Almatora lag im Bett und hat uns den Rücken zugekehrt. Ich zog ihr ihre Jeans aus und deckte sie dann zu. Bevor ich den Raum verließ, küsste ich sie auf die Stirn. »Schlaf schön. Ich liebe dich.«, flüsterte ich ihr ins Ohr. Sie antwortete mir nicht, denn sie war bereits eingeschlafen.

Ich betrat mein eigenes Zimmer und schmiss mich nur noch auf das letzte freie Bett. Bevor ich einen weiteren Gedanken fassen konnte, war ich schon in das Land der Träume übergetreten.

Leider sollte die Nacht nicht so erholsam werden, wie ich es mir wünschte. Immer wieder tauchten grausame Bilder vor mir auf, wie Zed gefoltert wurde. Wie er gefesselt in einem nassen Kerker lag. Sein Körper war von zahlreichen Wunden übersät. Er wog sich ständig hin und her, als würde er nur so die Schmerzen aushalten.

Bevor sich die Szene ein weiteres Mal veränderte, wachte ich schweißgebadet auf und richtete mich ruckartig auf. Mein Atem hing schwer im Raum. Ich brauchte eine Sekunde, um mich wieder zu fangen. Langsam sank ich in die Kissen zurück.

Zed, ich werde dich retten und wenn es mich das Leben kostet!

Kapitel 13 »Der erste Flug«

>>David<<

Der nächste Morgen kam viel zu schnell. Ich hatte es gerade wieder geschafft einzuschlafen, da donnerte es gegen unsere Zimmertür. »Jungs, aufgestanden! Der frühe Lindwurm fängt die Kuh! Auf geht's, das Training geht los!«

»Bitte sagt mir, dass ich den schlimmsten Wachalbtraum der magischen Dimension habe!«, stöhnte Trace in sein Kissen.

»Komm, beeilen wir uns lieber, sonst sind die nächsten Strafrunden vorprogrammiert.«, versuchte ich meinen Zimmergenossen zu motivieren. Jedoch schien er mich nicht verstanden zu haben. Was unter anderem an Erotans Schnarchen lag.

Mit geschlossenen Augen trottete ich ins Badezimmer, drehte den Wasserhahn auf und tauchte das Gesicht in die wassergefüllten Hände. Das kühle Nass weckte zumindest ein paar meiner Lebensgeister. Diese verflüchtigten sich aber in dem Moment, in dem ich bemerkte, dass Trace wieder eingeschlafen war.

»Jungs! Zwingt mich nicht, euch auf die Wiese zu schleppen.«, hörte ich die Drohung des Coaches.

Kurzer Hand schnappte ich mir Trace's Arm und schleifte ihn über den Boden zur Tür. Wie konnte jemand nur einen so tiefen Schlaf besitzen?

»Noch fünf Minuten Mami. Ich habe Ferien.«, jammert Trace im Halbschlaf. Schnell unterdrückte ich ein lautes Auflachen. Irgendwie sah er ja doch ganz süß aus, so verschlafen und zur Hälfte in ein Laken eingewickelt. Und jetzt lief ihm auch noch der Sabber aus dem Mund. Ok, es reicht. Ich ging ins Bad, nahm mir den Eimer, welcher im Regal stand, füllte ihn mit Wasser und kehrte ins Zimmer zurück. »Trace, entschuldige bitte, aber du lässt mir keine andere Wahl.« Noch während ich den Satz zu Ende sprach, kippte ich ihm das Wasser über den Körper.

»Ey, was soll das denn?«, beschwerte er sich.

»Der Coach wartet! Und ich werde deinetwegen keine Zusatzrunden laufen, also beweg jetzt deine vier Buchstaben!«, motze ich ihn an und verließ das Zimmer.

Das Training verlief, wie zu erwarten war. Der Coach knechtete uns, bis wir nicht mehr in der Lage waren, auch nur einen weiteren Schritt zu gehen. Dementsprechend schliefen wir beim Frühstück regelmäßig ein. Beinahe wäre John´s Kopf in seiner Schale Müsli gelandet. In Gedanken betete ich nur, dass Großvater den Tag schnell zu Ende gehen lassen würde.

Das Knarren der Tür zog mich aus meinem Gebet, denn Jadriel betrat den Speisesaal. Auf den ersten Eindruck hin, schien sie wieder die strenge Generälin zu sein. Ich hoffte nur, dass dieses der Fall. Sie war unsere beste Chance, Allura zu finden und damit die einzige Aussicht, Zed zu retten.

Sie setzte sich an den Tisch neben uns, wo sie ein Gespräch mit Abraxis anfing.

Um neun Uhr trafen wir uns im Foyer. Jenny verteilte die Aufgaben. Coach Garry würde die Küche aufräumen. John und Trace würden die Betten beziehen. Mica und ich sollten den Aktivitätenraum reinigen. Die Drachen wurden zur Gartenarbeit verdonnert und zu guter Letzt wurde Jadriel dazu verurteilt, die Badezimmer zu putzen. Ihr Gesichtsausdruck war unbezahlbar. Bevor wir anfingen, stellte Jenny uns ihre Tochter Sally vor.

Sie war etwas kleiner als ihre Mutter und trug ihre langen braunen Haare offen über ihrem Rücken. Mit einem kurzen Lächeln und Nicken begrüßte sie uns und war dann schon wieder hinter der Rezeption verschwunden. Und wir gingen an die Arbeit.

Auch wenn wir unser Bestes gaben, dauerte das Ganze doch etwas länger als ursprünglich geplant. Dieses hatte zur Folge, dass wir erst gegen vierzehn Uhr in Richtung Bray aufbrachen. Wir liefen denselben Weg, welchen wir gestern Abend hergelaufen waren. Immerhin existierte nur eine Straße zum Hostel. Dieses Mal hatte ich aber Zeit mir die Gegend anzuschauen. Irland machte seinem Namen alle Ehre. Die Natur erstrahlte im tiefsten Grün und überall tauchten Schafe auf.

Allerdings hielt ich es auf der halben Strecke nicht mehr aus. »Können wir nicht einfach fliegen? Nach heute Morgen halten meine Füße den Fußmarsch nicht aus.«

»Wie stellst du dir das vor? Es ist mitten am Tag? Wir würden gesehen werden.«, sagte Mica, welche ebenfalls ziemlich kaputt aussah. »Außerdem bist du der Einzige, der seine Flügel rufen und fliegen kann. Bei uns anderen hat es nie geklappt.«

Jadriel horchte auf. »Das ist nicht euer Ernst, oder? Engel fliegen, bevor sie laufen können! Gut, wir werden in unserer Erwachsenenform erschaffen, aber Gehen ist viel zu primitiv.«

Trace zog die Augenbraue hoch. »Du läufst doch jetzt auch?«

»Nein, ich tarne meine Flügel und tue so, ob ich laufen würde. Niemals würde ich mich auf dieses Niveau herabsenken.«, argumentierte sie ihre Vorgehensweise.

»Dann hätten wir das ja geklärt, Jadriel wird uns beibringen, wie man fliegt.«, beschloss ich kurzerhand, »Es gibt für alles ein erstes Mal, also warum nicht jetzt.« Die Generälin wollte etwas erwidern, doch ich nahm ihr sogleich den Wind aus den Segeln. »Zwing mich nicht, Grandpa anzurufen!« Gut, ich hatte keine Ahnung, wie ich ihn erreichen konnte, aber das wusste sie ja nicht. Sie murmelte etwas in sich hinein. »Na schön. Nessajael bitte brich das Licht um uns herum, wir wollen ja nicht gleich am ersten Tag auffliegen.« Sie schaute in die Runde. »Das Fliegen ist das natürlichste für uns Engel. Es ist fast wie Atmen. Denkt an eure Flügel und sie sprießen aus dem Rücken.«

Bei mir klappte es auf Anhieb, denn ich hörte das vertraute Reißen des T-Shirts. Ich vermutete, dass dieses damit zusammenhing, dass ich einen größeren Engelsanteil besaß, wie es bei meinen Freunden der Fall war. Sie kniffen die Augen angestrengt zusammen und doch passierte nichts.

»Oh Schöpfer noch eins, wir haben hier ein paar Rosties!«, Jadriel stöhnte angesteckt auf. »Stellt euch in einer Reihe auf.« Ihre Worte verlangten keine Widerworte. Die himmlische Kriegerin trat hinter Trace und holte mit einer großen Schwungbewegung aus. Dabei umschloss eine jadegrüne Aura ihre Hand. »Das tut jetzt gleich etwas weh.«

»Warte was?«, weiter kam Trace nicht, denn er wurde mit solch einer Wucht zwischen die Schulterblätter getroffen, welche einen normalen Menschen getötet hätte. Unser

Freund flog mindestens fünf Meter in die Luft und stürzte dann in Richtung Erde.

Ich wusste nicht, ob er schrie oder jubelte. Auf jeden Fall breiteten sich seine Flügel in aller letzte Sekunde aus. Die weißen Federn schimmerten in der grünen Farbe seiner Aura.

»Yeah!«, schrie er, bis er feststellte, dass er keine Ahnung hatte, wie er seinen Flug steuerte. »Äh Leute, wie lande ich denn?«

»Also ehrlich, entscheidet euch doch mal. Erst wollt ihr fliegen, dann wieder zum Boden zurück. Nie seid ihr zu frieden.«, motzte unsere Lehrerin vor sich hin. Während sie zum nächsten Schlag ausholte. Dieser traf John mitten am Rücken. Allerdings flog er deutlich höher als Trace, da er um einiges leichter war.

Neben mir machte sich Nessie bereit, ihn aufzufangen, aber Jadriel hielt sie ab. »Warte, er schafft das allein.«

»Und wenn nicht?«, fragte sie panisch?

»Ein Sturz aus der Höhe wird ihn schon nicht umbringen, höchstens verletzen. Vielleicht bricht er sich ein Bein.« Nessajaels Augen glühten vor Zorn. »Jetzt reg dich nicht so auf. David wird ihn schon zusammenflicken.«

Hätten sich Johns Flügel nicht genau in diesem Moment entfaltet, hätte Nessie ihr mit Sicherheit den Kopf abgerissen. »Siehst du, habe ich es dir nicht gesagt? Alles ist gut gegangen.« Sie schwieg eine kurze Zeit und drehte sich zu Mica um. »Jetzt zu dir. Für dich habe ich was Besonderes auf Lager.« Damit richtete sie ihre Aufmerksamkeit auf mich und verschwand für den Bruchteil einer Sekunde. Ein leichter Klaps traf mich auf dem Rücken. Dann kam der richtige Schlag und ich wurde in die Luft geschleudert. Zu meinem

Erschrecken stellte ich erst jetzt fest, dass sich die Flügel zurückgezogen hatten. Deshalb hatte sie mir zuerst einen sanften Hieb verpasst. Das Gleiche hatte Zed einmal bei Mica gemacht.

Dank meines verbesserten Gehörs hörte ich, wie Sie sagte. »Wenn du ihn auffangen willst, solltest du dich beeilen, denn sonst wird er gleich eine Gesichtsverschönerung erhalten.«

Fieberhaft versuchte ich, die Flügel zu rufen, doch sie reagierten nicht. Oh Schöpfer, das wird gleich ziemlich weh tun. Ich verschloss die Augen und hielt die Arme vor das Gesicht. Doch der Aufprall kam nicht.

»Das war aber Rettung in vorletzter Sekunde. Ich schwöre dir, dafür werde ich ihr einen Denkzettel verpassen und wenn es das Letzte ist, was ich auf dieser Reise tun werde!«, sprach meine Freundin, während sie mich auf ihren mit Magie verstärkten Armen hielt. Gemeinsam flogen wir in Richtung Erde.

»Gut gemacht. Ich wusste, dass du es schaffst. Dir fehlte nur die richtige Motivation.«, sagte Jadriel und wirkte fast schon stolz.

»Das nächste Mal, wäre eine kleine Vorwarnung nett.«, beschwerte ich mich, indessen setzte Mica uns am Boden ab.

»Jetzt heul mal nicht so rum, wenn deine Freundin dich nicht aufgefangen hätte, wäre Abraxis in letzte Sekunde aufgebrochen, um dir den Allerwertesten zu retten.« Während sie sprach, drückte sie mir ein weiteres Mal zwischen die Schulterblätter und die Flügel breitet sich wieder zu ihrer vollen Größe aus. »Nun da alle ihre Schwingen haben, können wir ja endlich losfliegen.«

Ich musste zwangsläufig seufzen. Sie würde sich nie ändern. In der Zwischenzeit schaute ich nach John und Trace, welche unkontrollierte Kreise am Himmel zogen. Ein kalter Windzug blies mir ins Gesicht. Die Drachen hatten ebenfalls ihre Schwingen beschworen und erhoben sich in die Luft. Nur Erotan schwebte mit einem Levitationszauber, weil er selbst keine Flügel besaß. Mica und ich beeilten uns, damit wir den Anschluss nicht verloren.

Erotan und Nessie stoppten die Loopings ihrer Meister, sodass wir alle in einem großen Kreis in der Luft schwebten. Jadriel erklärte, wie wir unseren Flug steuerten. Es war ähnlich, wie der Einsatz der elementaren Kräfte. Das Wichtigste war die präzise Vorstellung. Sobald wir ein klares Ziel vor Augen hatten, erledigten die Flügel den Rest. Deshalb flogen die Drachen vorweg und wir hängten uns an ihre Fersen.

Mich packte, wie schon beim Matri-Wettkampf, der Rausch der Geschwindigkeit. Das Kribbeln in meinem Bauch verstärkte sich zunehmend. Ich wollte schneller fliegen. Schneller als ich je geflogen war. Instinktiv reagierte die in einer Kugel eingeschlossene Quintessenz. Sie drückte gegen das imaginäre Fenster, bis es schließlich aufsprang. Der Strom aus reiner Essenz bahnte sich seinen Weg zu meinen Flügeln und verlieh ihnen mehr Kraft. Durch diesen Energieschub beschleunigte und überholte Abraxis. Je schneller ich wurde, desto verschwommener nahm ich die Umgebung wahr. Aber nicht, wegen des Fahrtwindes, welcher in den Augen brannte. Sondern weil sich meine Sicht zunehmend silbern verfärbte. Erst jetzt bemerkte ich, wie ich die elementare Gestalt annahm. Aber anstatt zu bremsen, beschleunigte ich erneut. Mehr. Ich wollte mehr.

Doch bevor Rausch intensiver wurde, prallte ich gegen eine unsichtbare Wand. Schmerzhaft pochte mein Kopf und holte mich in die Realität zurück. »Autsch. Verdammt. Wo kommt die denn her?«, jammerte ich, während ich mir die Stirn rieb.

»Das war mein Schild, du Trottel!«, beschimpfte mich Jadriel, »Hätte ich dich nicht aufgehalten, hättest du so eben ein gigantisches Loch in die Barriere, welcher die Inseln umgibt, durchbrochen und aller Welt verraten, dass wir hier sind!«

Erst jetzt realisierte ich, dass ich mitten über dem Ozean war. War ich wirklich so schnell gewesen? »Es tut mir leid.«, ich senkte den Kopf, »Dieses Gefühl war einfach zu berauschend. Ich konnte nicht aufhören.«

»Ich weiß, so ging es jedem von uns mindestens einmal im Leben. Als Zeriel seinen ersten Flug hatte, beschleunigte er so stark, dass er fast in die Sonne flog. Ohne Dragoel wäre er verglüht. Ich will dir keine Vorwürfe machen. Sei einfach etwas vorsichtiger, ok?«

In diesem Augenblick wirkte sie wieder so verletzlich wie am Abend zu vor. »Du und Zed standet euch sehr nah, stimmts?«, fragte ich sie behutsam.

»Ja, das haben wir. Schließlich ist er mein einziger kleiner Bruder. Bevor unser Vater ihn erschuf, war ich der jüngste Engel im Himmel und wurde von allen bevormundet. Als Zeriel kam, war es endlich für mich an der Zeit die große Schwester zu sein. Ich brachte ihm sämtlichen Unsinn bei, welchen ich mir von Armoriel und Uriel abgeschaut hatte. Aber ich bildete ihn in der Kunst des Schwertkampfes aus, die ich zuvor von Michael erlernt hatte. Wir waren unzertrennlich. Selbst nach dem Tag an dem Vater ihm sein Schicksal offenbarte. Als er von seiner Verantwortung erfuhr, flogen ihn seine Flügel, so schnell es möglich war, hinaus in die Galaxis. Wo er dann fast mit der Sonne kollidierte.«

»Zed ist davongelaufen? Bist du sicher, dass wir von demselben Engel reden?«, fragte ich mit einem frechen Grinsen im Gesicht.

»Ja bin ich.«‚Jadriel stimmte in mein Lachen ein. »Bevor er Allura kennenlernte, war er der reinste Wildfang.« Mir gelang es nicht, noch eine weitere Frage zu stellen, denn meine Nachbarin wurde wieder ernst. »Wir sollten zurück zur Insel fliegen, die anderen warten mit Sicherheit schon in Bray.« Damit drehte sie sich um und flog in Richtung Küste. Ich folgte ihr und hatte sie kurz darauf eingeholt.

Gemeinsam gingen wir in den Sinkflug über und landeten hinter dem SuperValue, einem örtlichen Supermarkt. Erst jetzt realisierte ich, dass sie mich magisch getarnt hatte. Auch wenn sie sich uns gegenüber die meiste Zeit kalt zeigte, so wusste ich spätestens jetzt, dass wir ihr wichtig waren. Sonst hätte sie uns schon zu oft ins offene Messer laufen lassen können.

Wir traten auf die Hauptstraße und schauten uns nach unseren Begleitern um. Diese warteten auf einer Brücke mitten im Ort. Mit schnellen Schritten liefen wir zu ihnen hinüber.

John, der Stratege, ergriff das Wort. »Ich schlage vor, dass wir uns aufteilen. Sucht nach allem, was euch wichtig erscheint. Zum Beispiel mystische Symbole. Fragt die Einwohner, ob sie alte Legenden kennen oder eine Person, welche Allura heißt. Jedweder Hinweis zählt.«

Wir teilten uns in Paare auf. Jeder Wächter wurde von seinem Drachen begleitet und Jadriel zog mit Emioras los. Abraxis und ich beschlossen die örtlichen Kirchen abzuklappern, schließlich bewahrten diese oft alte Dokumente auf. Oder es gab Geschichten über eine Heilige, welche in früheren Zeiten den Menschen half. Aber leider entpuppte sich unsere Idee als Sackgasse. Obwohl es in Bray unzählige Kirchen gab, war kein Priester in der Lage uns zu helfen.

Mica und Almatora hatten ebenso wenig Glück wie wir. Sie hatten sich die Friedhöfe angeschaut, vielleicht hatte Allura ihren Tod mal vorgetäuscht. Aber auch hier gab es keinen Hinweis auf ihren Verbleib.

John und Nessie hatten in der Bibliothek nach alten Legenden gesucht. Aber sie hatten ebenfalls wenig Glück bei ihrer Suche.

Trace und Erotan hatten die Restaurants der Stadt abgeklappert. Für diesen Versuch haben sie von John und Abraxis einen kräftigen Schlag in den Nacken bekommen. »Was sollte das bitte bringen?«, fragte John gereizt.

»Na ja, sie muss ja auch was essen. Also haben wir einfach mal nachgefragt. Aber leider kannte sie niemand.«, berichtete Trace, während er sich gleichzeitig den Nacken rieb.

»Du denkst nur mit deinem Magen!«, schimpfte John. Sein Kopf verfärbte sich wieder zu einem ungesunden Rotton. Grandpa sei Dank, beruhigte ihn seine Frau unmittelbar.

Blieben Jadriel und Emioras. Aber die beiden kamen ebenfalls mit schlechten Nachrichten zurück. Sie hatten einige der älteren Anwohner gefragt, ob sie jemanden kannten, der auf Alluras Beschreibung passte oder ob sie ihnen von irgendwelchen Legenden berichten konnten, welche sich über diesen Ort rankten. Aber leider war das eine Fehlanzeige.

Niedergeschlagen begaben wir uns alle auf den Heimweg. Es wäre ja auch zu schön, wenn es einmal glatt ablief. Erschöpft sanken wir in unsere Betten und hofften, dass der morgige Tag erfolgreicher werden würde.

Kapitel 14 »Zweifel«

>>Chris<<

Die Standuhr in meinem Zimmer schlug Mitternacht. Ich stand von dem Sofa auf und legte das Buch zur Seite, welches ich bis eben gelesen hatte. Bevor ich die Gemächer verließ, blies ich sämtliche Kerzen, die den Raum in ein schwummriges Licht hüllten, aus. Mit einer flinken Handbewegung schnappte ich mir die finstere Robe, welche mir zu vor von Victoriel besorgt wurde, und zog sie über die schwarze Uniform. Leise öffnete ich die große Tür und begab mich auf den Weg zum geheimen Gefängnis, indem Zed festgehalten wurde.

Ich kam nicht besonders schnell voran, weil ich mich immer wieder hinter den schwarzen Säulen des Palastes versteckte, damit ich nicht erwischt wurde. Es sollte niemand erfahren, dass ich Zeriel aufsuchte. Es war sowieso schon schwer genug, die Dämonen von meiner Treue zu überzeugen. Da wollte ich ihnen nicht noch mehr Gründe geben, an mir zu zweifeln.

Endlich erreichte den privaten Thronsaal von Marxael. Mit äußerster Vorsicht schob ich eine Seite der Flügeltür auf und blickte in den Saal. Er schien verlassen. Also schlüpfte ich durch den schmalen Spalt und verschloss die Tür. Vor mir lag der in blaues Licht gehüllte Raum. Einzig allein mein Atem war zu hören.

Ein Aufblitzen zog meine Aufmerksamkeit auf die beiden Statuen der Hundedämonen. Waren es die Augen, die kurz aufleuchteten? Aber offenbar spielte mir der Verstand einen

Streich. Flink durchquerte ich den Raum, bis zur geheimen Pforte, welche zu Zed führte.

War das die richtige Entscheidung? Was wäre, wenn ich nach dem Besuch nur noch mehr verwirrt bin?

Vorsichtig legte ich meine Hand auf den Stein, welcher den Gang freigab. Jetzt gab es kein Zurück mehr. Mit jeder Stufe, die ich die Treppe hinabstieg, entfachte sich eine Fackel in einem kühlen Blau. Ich gelangte vor eine schwarze, metallene Tür. Auf der Höhe meines Gesichtes war ein kleines Viereck, welches mit eisernen Stäben durchzogen war, ausgeschnitten.

Während ich durch das Fenster schaute, fiel mein Blick auf den in Ketten hängenden Engel. Zed. Er sah weitaus schlimmer aus, als ich ihn aus dem Traum in Erinnerung hatte. Sein weißes T-Shirt hing in Fetzen an seinem Körper hinab und war an den meisten Stellen mit Blut getränkt. Die einst strahlend blonden Haare glichen mehr reinem Schnee. Im Gegensatz zu seiner weißen Hose, welche von Schlamm verdreckt war.

Bei diesem Anblick blieb mir der Atem im Halse stecken. Was hatte ich nur getan? Zed war immer für uns da. Er was es auch, der mich damals nach dem Unfall rettete. Ohne ihn wäre ich bereits tot und ich habe ihn verraten. Das alles war meine Schuld.

Als spürte er meine Anwesenheit, hob Zed seinen Kopf und unsere Blicke trafen sich. Schnell duckte ich mich hinter der Tür. »Chris, ich spüre, dass du da bist. Du musst dich nicht verstecken.«, flüsterte er mit schwacher Stimme und doch hörte ich ihn ganz deutlich, als stünde er direkt neben mir. Langsam stand ich wieder auf und schaute ihm in seine trüben, blauen Augen.

»Zed, ich... bitte verzeih...«, mir versagte die Stimme.

»Chris, es ist okay. Ich habe aus Liebe schon die verrücktesten Sachen gemacht. Du musst dich nicht entschuldigen.«, seine Stimme schwächte weiter ab und er hustete immer wieder zwischen den Worten. Marxael hatte ihm Übel zugerichtet.

»Warte, ich werde dich gleich hier raus holen. Und dann verschwinden wir von diesem Ort.« Ich suchte schon nach meiner Essenz, um ein Feuer zu erzeugen, welches sich durch die Tür brennen würde. Doch Zed hielt mich zurück. »Tu das nicht. Wenn du deine Kräfte jetzt einsetzt, rufst du jeden Dämon in einem Umkreis von mindesten zwei Kilometern. Dann kommen wir hier nie raus.«

»Aber was soll ich sonst tun? Du hältst diese Folter nicht mehr lange durch!«, beschwor ich ihn.

»Das weiß ich, nichtsdestotrotz wir müssen auf den richtigen Moment warten. Wenn wir jetzt flüchten, würden wir mit großer Sicherheit scheitern. Hör mir nun genau zu. Diese Ketten entziehen mir die magischen Kräfte. Das hat zur Folge, dass ich nicht in der Lage bin, das Weltentor zu öffnen. Ich werde dir den Zauber beibringen. Dann ist alles was wir benötigen eine Sternenwaffe, welches sämtliches Material durchtrennen kann. Leider bin ich nicht in der Lage Cal zu rufen, da das Risiko, dass er in die Hände des Feindes fallen würde, zu groß ist. Die einzige Waffe, die außer Cal in der Lage ist, diese Ketten zu zertrennen, wäre die Hellebarde von Marxael. Meinst du, dass du sie uns besorgen kannst?«

»Ich weiß nicht. Der Höllenprinz ist nicht gerade gesprächig und taucht immer aus dem nichts auf. Ich wüsste nicht einmal, wo ich mit der Suche anfangen soll.«, jammerte ich vor mir hin. Das war unmöglich allein zu schaffen. Ich brauchte Hilfe. Vor Verzweiflung ließ ich den Kopf hängen. »Dann ist da auch noch dieses Duell. Zed, das ist zu viel. Worauf habe ich mich da nur eingelassen?«

»Du hast dich dazu aus freien Stücken entschieden, also hast du dein Schicksal selbstgewählt. Demnach ist es an dir, dieses zu ändern. Reiß dich verdammt nochmal zusammen. Du bist der Wächter des Feuers und der Leidenschaft. Niemand gebietet so über das flammende Element wie du. Wenn es sein muss, brennst du dir den Weg durch die Horden der Dämonen. Und jetzt erzählst du mir von diesem Duell.«

Seine Worte ließen meine innere Flamme etwas heller auflodern. Vielleicht würde ich es ja doch schaffen. »Nach der Ankunft in der Unterwelt habe ich mich mit einem Erzdämon angelegt. Er war im Inbegriff ein junges Mädchen zu töten, da konnte ich nicht wegsehen. Kurz darauf habe ich ihn in ein Häufchen Asche verwandelt. Das fand der Zerstörer nicht so lustig und mich zu einem Duell mit dem Vizekommandanten der Infernalengarde verdonnert. Sollte ich dieses überleben, würde ich seinen Platz einnehmen und so meinen Stand bei den Dämonen festigen. Das Duell wird in ein paar Tagen stattfinden.«

Bevor ich weiter erzählte, unterbrach mich Zed mit tosendem Gelächter. »Jetzt weiß ich, warum Merlin immer so sauer auf mich war, wenn ich mal wieder Unruhe gestiftet habe. Ganz aus Versehen natürlich. Chris, du hast innerhalb von Stunden die komplette Unterwelt auf den Kopf gestellt. Niemand fordert einen Erzdämon auf offener Straße zu einem Duell heraus und tötet ihn auch noch. Das stellt einen massiven Verstoß der Hierarchie des Zerstörers dar. Du hast ihn damit vor der ganzen Unterwelt bloßgestellt.«

Mir blieb die Luft zum Atmen weg. Dass die Lage so ernst war, war mir nicht bewusst. Marxael hatte diese immer als ein leichtes Missgeschick dargestellt. Aber ich steckte verdammt tief in Klemme. »Lachst du jetzt aus Freude oder Verzweiflung? Ich bin mir gerade echt nicht sicher. Denn ich würde vermutlich eher die Hoffnungslosigkeit wählen.« Zeriel lachte ununterbrochen weiter.

»Vergiss die Verzweiflung. Ich bin zum Schöpfer nochmal stolz auf dich. Nicht einmal Marxael hat das geschafft, was du angerichtet hast.« Da war er wieder mein alter bester Freund, mit dem ich durch dick und dünn ging. Wir würden aus diesem Dämonenloch ausbrechen, komme was da wolle.

Schlagartig veränderte sich die Stimmung und Zed wurde wieder ernst. »Hör mir genau zu. Hast du dein Handy dabei?« Ich nickte knapp. »Gut, dann sprich mir jetzt nach und nimm das auf.«

Mit zittrigen Händen griff ich in meine Hosentasche und holte das Telefon heraus. »Alles klar. Bin bereit.« Mit diesen Worten startete ich die Aufnahme und wiederholte die Beschwörung, welche Zed mir vorsagte.

»Porta antiqua mundus lucet in claritate.
Penitusque voco atrae.
Audi me vocatio ad viam sternat.
Hoc datum est mihi in aeternum«

»Du musst dir diese Worte unbedingt merken. Ich werde nicht stark genug sein, um sie mit genügend Magie zu versorgen. So wie ich den Zerstörer kenne, wird er mich während deines Duells aus diesem Verlies schaffen, damit ich zusehen kann, wie du dich ihm für alle Ewigkeit unterwürfst. Ich vermute, dass du mich nach dem Kampf exekutieren sollst. Dort bittest du Marxael um seine Waffe, weil nur sie in der Lage wäre, mich endgültig zu töten und er so seinen Teil dazu beitragen würde. Das wird der Moment sein, in dem wir die Flucht ergreifen.« Bevor er weiter sprach, hörten wir eine Tür. »Das muss Marxael sein. Du musst mich jetzt verlassen. Er darf uns nicht zusammen sehen. Sonst war alles umsonst.«

Ich schluckte die Tränen runter. »Bald ist es vorbei. Halt nur noch ein bisschen durch!« Damit drehte ich mich um und lief die Treppe hinauf. Ohne zurückzublicken erreichte ich die geheime Tür. Jetzt kam der wichtigste Schritt. Wenn schiefgehen würde, wäre alles vorbei. Ich durfte nicht versagen, denn Zed verlies sich auf mich.

Vorsichtig schob ich die Tür einen Spalt auf und sah, wie Marxael sich auf den Brunnen konzentrierte. Um ihn abzulenken, entzog ich einer der Fackeln ihre Essenz, woraufhin sie erlosch. Ausnahmsweise funktionierte mein Plan und der Prinz lenkte seine Aufmerksamkeit auf die leblose Lichtquelle.

Jetzt oder nie. Ich schlüpfte aus der Tür und eilte schon zum Ausgang. Doch offenbar stand das Glück nicht auf meiner Seite. »Chris, was machst du hier? Habe ich ein Treffen versäumt?«, fragte er mich argwöhnisch und zog seine rechte Augenbraue ein Stück hoch.

Oh verdammt. Ok, jetzt hieß es cool bleiben. Langsam drehte ich mich um. »Ähm nein?«, es klang mehr nach einer Frage, als nach einer Antwort, »Ehrlich gesagt, wollte ich dich um einen Gefallen bitten.« Sein Interesse schien geweckt zu sein. »Du weißt ja von meinem Duell und da stellte sich mir die Frage, ob du mich trainieren könntest? Ich habe diese Kräfte erst seit ein paar Wochen und bin mir nicht sicher, ob sie gegen den Vizekommandanten ausreichen werden.« Bitte Schöpfer, lass mich mit dieser Ausrede durchkommen.

Erst schien er wenig überzeugt, doch dann breitete sich sein typisches Grinsen über seinem Gesicht aus. »Wenn es nur das ist. Komm her.« Er winkte mich zu sich heran, also gehorchte ich. Der Schweiß floss mir eiskalt den Rücken hinunter. »Dein Gegner ist ein Meister der Schwertkunst, das ist zum einen seine größte Stärke aber auch seine größte Schwäche. Er wird dich auf jeden Preis in den Nahkampf zwingen. Dort täuschst du an, dass er dich bezwingen kann. Und sobald er siegessicher wird, schlägst du zu.«

»Klingt nach einem guten und einfachen Plan. Er hat nur einen kleinen Haken. Ich habe in meinem ganzen Leben noch nicht einmal ein Schwert in der Hand gehalten.«, erklärte ich ihm die Enttäuschung. Diese spielte ich nicht mal vor. Wenn es zu einem Schwertkampf kam, wäre ich geliefert.

Marxael legte seine Hand auf meine Schulter. »Keine Panik. Padriel wird dir alles beibringen. Aber bevor er das tut, muss ich dir noch ein kleines Geschenk machen.« Seine Hand wanderte zu meinem Bauch und ein stechender Schmerz durchfuhr mich. Solch starke Pein traf mich zum ersten Mal im Leben. Ich war verdammt froh, dass es nach einer Minute vorbei war. Diese fühlte sich aber wie eine Ewigkeit an.

»Was war das?«, fragte ich ihn völlig außer Atem.

»Ich habe dir deine magische Kraft genommen.«, sagte er gleichgültig.

Ich schwieg für den Moment und starrte ihn ungläubig an. Dann brach es aus mir heraus. »Du hast was?!?« Auf meinen Ausbruch reagierte der Kronprinz, indem er sich die Ohren zu hielt. »Jetzt reg dich mal nicht so auf. Du bekommst sie vor dem Duell wieder. Ab sofort konzentrierst du dich nur auf die Schwertkunst. Und nun geh bitte auf dein Zimmer. Ich habe zu tun.« Seine Worte duldeten keine Widerworte. Völlig perplex schlich ich zurück in meine Gemächer.

Kapitel 15 »Der erste Hinweis«

>>*Trace*<<

Seit über vier Tagen trainierte uns der Coach und das Training war himmlisch. Mit jeder Trainingseinheit bemerkte ich unsere Fortschritte. Natürlich war er alles andere als zimperlich, aber das war mir egal. Die Bewegung tat einfach nur gut. Täglich setzten wir die Suche fort, allerdings hatten wir bisher keine besonderen Erfolge erreicht. Wie schwer kann es schon sein eine einzige Frau zu finden?

Ein dumpfer Schmerz am Hinterkopf unterbrach meine Gedanken. »Aua, was sollte das denn?«, fragte ich Coach Garry.

»Du warst nicht bei der Sache! Wenn diese Übung etwas bringen soll, musst du dich besser fokussieren!«, brüllte er mich über die Wiese vor dem Hostel an. Sein Kopf schnellte ruckartig zur Seite, als er John kichern hörte.

»Trace und sich konzentrieren. Guter Witz, Coach.« Mein bester Freund bekam sich gar nicht mehr ein vor Lachen. Jedoch kassierte er sogleich die Retourkutsche.

»Dafür besitzt er dreimal so viel Muskelmasse wie du! Also runter mit dir und gib mir zwanzig. Danach lauft ihr drei weitere Kilometer. Der Letzte, der wieder am Hostel ist, hat heute mit mir Küchendienst!« John stöhnte auf. »Habe ich da ein Stöhnen gehört? Wie hören sich dreißig Liegestütze an?«

John ging in die Vierfüßlerposition und begann mit seiner Übung. Da kam mir die Idee. »Sagen Sie Coach, wie lange leben sie schon Irland?«

Er schaute mich verwirrt an. »Wie kommst du denn jetzt darauf?«

»Mir kam halt der Gedanke, dass sie an der Camelot High unterrichten und trotzdem offenbar hier ihre Familie haben. Das bedeutet für mich, dass sie eng mit diesem Ort verbunden sind. Dieser ist immerhin nicht gleich um die Ecke.«

In der Zwischenzeit hatte David sein Hanteltraining und John seine Liegestütze beendet. Beide gesellten sich daraufhin zu uns. »Na ja, bis vor ein paar Jahren war es deutlich einfacher. Ich meine, die Schule war ja nur im Land neben an. So kam ich fast jedes Wochenende wie der zurück. Allerdings nach dem kleinen Unfall reicht es nur für die Ferien. Aber ich liebe die Schule. Sie ist genauso ein Zuhause für mich, wie es dieses Hostel ist. Hier habe ich Jenny schließlich kennengelernt.«

»Ich wusste gar nicht, dass Sie so ein Romantiker sind.«, sagte ich mit einem Grinsen. Woraufhin sein Lächeln erstarb. »Also, spuck es schon aus, was willst du wirklich wissen? Ich kenne dich erst seit ein paar Wochen, doch ich weiß bereits, dass du kein Softie, wie die beiden anderen, bist.« Er verschreckte seine Arme vor der Brust. Zudem tippte er mit seinem linken Fuß auf und ab, was er immer tat, wenn er nach einer Antwort verlangte.

»Ich dachte mir halt, da Sie sich hier offenbar aus-kennen, könnten Sie uns die ein oder andere Legende über den Park erzählen.«, jetzt schienen auch David und John zu verstehen, worauf ich hinaus wollte.

»Die ein oder andere Geschichte kenne ich. Aber wes-halb interessierst du dich dafür und noch viel mehr, warum sollte ich sie dir erzählen?«, fragte er misstrauisch. So weit hatte ich nicht gedacht. Die Wahrheit zu verraten, war nicht möglich. Na los Gehirn! Jetzt streng dich einmal etwas an.

Bevor meine grauen Zelle explodierten, rette John mir den Hintern. »Wir haben eine Geschichtsaufgabe über die Ferien aufbekommen und suchen jetzt nach alten Legenden aus unseren Urlaubsort. Nur leider waren wir dort bisher nicht sonderlich erfolgreich.« John´s Schauspieltalent war schon oscarreif. Er legte diese kleine Notlüge so aus, dass sogar ich ihr Glauben schenkte. Oder hatten wir wirklich was aufbekommen? Wenn ja, war ich geliefert. Es sei denn, ich überzeuge ihn nachher, dass ich bei ihm abschreiben darf.

»Na schön, ich erzähle sie euch heute Abend. Aber nur unter der Bedingung, dass ihr die drei Kilometer innerhalb zehn Minuten lauft.« Sein Grinsen glich dem des Teufels. Und wir mussten es wissen, wir sahen seinem Sohn direkt ins Auge.

Kaum hatte er zu Ende gesprochen, so rannten wir los. Was für ein Glück, dass er keine Ahnung hatte, dass wir uns mit dem Tempo sogar zurückhielten. Das Verstärken unserer Beine lief wie von alleine. Deshalb gewannen wir die Wette mit Leichtigkeit. Er staunte nicht schlecht, als wir bereits nach neun Minuten zurück am Hostel waren.

Hoffentlich bekamen wir jetzt den Hinweis, den wir brauchten, um Allura zu finden.

Nachdem der Coach das Training beendet hatte, gingen wir drei unter die Dusche. Das kühlende Nass prasselte auf meine Schultern, welche sich unmittelbar entspannten. Ein kalter Schauer war einfach des Beste, nach so einem harten Training. Ich drehte den Hahn zu und stieg aus der

Dusche. Schließlich lief ich in den Speisesaal und setzte mich zu meinen Freunden an den Frühstückstisch.

John und David berichteten ihnen von dem Erlebnis mit Garry. Dementsprechend änderten wir unsere Tagespläne. Das Abendtraining mit Jadriel wurde auf den Nachmittag vorverlegt. Sie würde hierfür extra eine Barriere unten im Tal errichten. So waren wir auch zu dieser Zeit ungestört.

Oh Schöpfer, schon wieder gab es den ganzen Tag lang nichts anderes als Arbeit und Training. Wo waren unsere Ferien? Am besten, ich esse gleich noch ein Stück Bacon. Der Coach wusste, was wir jetzt brauchten. Er hatte für uns extra dicke Scheiben abgeschnitten und für uns angebraten.

»Trace, wie kannst du nur so viel essen und doch nicht fett werden?«, beschwerte sich Mica.

»Tja Darling, wer so viel Sport treibt wie ich, darf auch so viel essen, wie er will.«, erklärte ich ihr mit einem schelmischen Lächeln und schob dabei meine Brust nach vorne. Das Einzige, was ich von ihr erntete, waren ein Augenrollen und eine rausgestreckte Zunge. Ich wusste genau, dass ich sie damit zur Weißglut trieb. Allerdings verspürte ich ein sehr starkes, unangenehmes Kribbeln in meinem Nacken. »Aua, wieso denn jetzt schon wieder?«

»Einfach nur so. Es war erneut an der Zeit«, grinste David, »John, inzwischen verstehe ich, warum du das so gerne tust. Das ist echt stressabbauend! Trace, darf ich noch mal?«

»Das wagst du nicht!«

»Sonst passiert was?«, fragte er mit einem so frechen Grinsen, dass es meinem schon Konkurrenz macht.

Ich sprang ruckartig mit der Gabel in der Hand auf. Dabei hörte ich, wie der Stuhl hinten überkippte. Während ich die Gabel zum Duell bereit ausgestreckt hielt, antwortete ich mit gespielter finsterer Miene »Sonst lasse ich die Erde sich erheben und dich mit Haut und Haaren zum Frühstück verspeisen!«

»Jetzt habe ich aber Angst.«, lachte David aus den tiefen seiner Seele.

»Kostprobe?«, unmittelbar nutze ich einen Funken meiner Essenz und stellte mir vor, wie sich die Erde unter dem Stuhl von David zu einem kleinen Podest verformte und ihn fünf Zentimeter in die Luft hob. So schnell, wie es sich bildete, verschwand es wieder und David schreckte auf, als er sich kurz im freien Fall befand. »Na warte, das bekommst du zurück!«, sagte er mit einem scherzhaften Unterton.

Doch bevor er es mir heimzahlen konnte, betrat Jenny den Speisesaal. »Wie ich sehe, seid ihr alle schon gut gelaunt und voller Tatendrang. Das ist auch gut, denn wir haben heute sehr viel zu tun. Das gesamte Hostel ist ausgebucht und jedes Zimmer muss gereinigt werden. Die Fenster geputzt und die Hecke zurückgeschnitten werden. Ich weiß, dass das ausgesprochen viel verlangt ist, aber dafür habt ihr das kommende Wochenende frei, weil keine neuen Gäste an oder abreisen. Ich bin mir sicher, wenn alle kräftig mitanpacken, dann sind wir schnell damit fertig.«

Nicht noch mehr Arbeit! Ich wollte es heute mal entspannt angehen lassen. Aber nein. Sichtlich seufzte ich und ließ den Kopf hängen. Immerhin hatten wir das kommende Wochenende frei.

Nachdem wir das Frühstück beendet hatten, gingen wir an die Arbeit. John und Nessie reinigten mit ihren Kräften die Fenster, zum Glück waren die nicht magischen Menschen bereits abgereist und wir konnten unsere Magie zur Hilfe nehmen. Sonst hätten wir mit Sicherheit Tage gebraucht, das ganze Hotel zu putzen. Mica schnitt mit ihren stürmischen Winden die Hecke, während ich eine Millimeter-Aufgabe besaß. Unter der Führung von Erotan war ich gezwungen, jedes einzelne Staubkorn aufzuheben, sie zu einem Erdball zusammenzubinden und in den Müll zu befördern. Diese Art der Arbeit ist echt nicht mein Ding. »Warum muss ich das bitte machen? Die Erde ist doch grob und robust. Was nützt es mir, wenn ich Staubkörner bewegen kann?«

Darauf antwortete Erotan. »Genau dieselbe Frage habe ich meinen Vater damals auch gefragt und er konterte, dass es wichtig ist, sein Element in allen möglichen Formen zu beherrschen? Was tust du zum Beispiel, wenn du dich im freien Fall befindest und du keine Erde zur Verfügung hast? Ich antwortete ihm, dass ich mich auf ein Erdbeben vorbereiten würde, wenn ich nämlich auf den Boden aufschlagen würde, würde das die gesamte Erde erschüttern. Darauf hin schlug er mir mit der Pranke auf den Kopf. Aber darauf wollte ich nicht hinaus. Gelingt es dir, diese kleinen Teilchen zu kontrollieren, wirst du zu einem wahren Meister der Erde. Du wärst in der Lage präzise Erdbeben auszulösen, ohne dass du deine Kameraden ebenfalls zu Boden bringst.«

Ohne zu Murren konzentrierte ich mich wieder auf die Aufgabe. Die Sache mit den präzisen Erdbeben gefiel mir.

Vielleicht war dieses irgendwann einmal beim Schmieden ganz praktisch.

Es dauerte etwas, bis ich den Dreh im Ansatz raus hatte. Und selbst dann, gelang es mir nur bei jedem fünften Versuch. Ehe wir uns versahen, waren alle Zimmer bezugsfertig und wir wurden in das wohl verdiente Wochenende entlassen. Wäre dort nicht das Training mit Jadriel. Neben ihren Trainingsmethoden sahen die Methoden von Coach Garry aus, wie die Fitnessübungen meiner Mutter.

Das Erste, was ich spürte, war der dumpfe Schmerz, welcher den Kopf durch zog. »Aua! Musst du denn gleich so hart zu schlagen?«, fragte ich Erotan und rieb mir die besagte Stelle. Während mein Partner mich wieder auf die Beine zog.

»Wenn das ein echtes Schwert gewesen wäre, dann wärst du jetzt tot! Also stell dich nicht so an!«, kommentierte der Erdrache mit einem Schulterzucken.

»Aber wir trainieren nur. Da musst du nicht gleich, auf das Ganze gehe!«, versuchte ich mich zu verteidigen.

»Doch, genau das muss ich! Euch bleibt nicht die Zeit, um in aller Seelenruhe mit ein paar Stöcker herumzufuchteln! Die Dämonen sind frei und können nach ihrem Belieben die Unterwelt verlassen. Wenn ihr nicht schnell lernt, euch zu verteidigen, dann wird dein Kopf rascher von den Schultern rollen, als du Erde sagst. Und jetzt hör auf zu jammern und greif an!«, forderte Erotan mich auf.

Ich fasste den Griff des Holzschwertes fest an. So stark, dass die Knöchel weiß hervortraten. Mein Blick war entschlossen auf den Drachen gerichtet. Der Schweiß brannte in den Augen. Die Schwertspitze deutete auf die mir gegenüberstehende Person. Im Hintergrund hört ich das Stöhnen meiner Freunde. Offenbar nahmen ihre Partner sie genauso hart ran, wir Erotan es bei mir tat. Ich atmete tief ein und jeder Atemzug brannte wie Feuer in der Lunge. Ich wusste nicht mehr, wie lange wir trainierten, aber die Drachen schienen unermüdlich. Woher nahmen sie bloß diese ganze Energie?

Genau in diesem Moment der Unachtsamkeit preschte Erotan nach vorne und holte zum Schlag aus. Seine Kampftechnik basierte nicht auf flüssigen und wirbelnden Bewegungen, wie es die von Nessajael und Almatora waren. Der Erddrache hatte noch damit geprahlt, dass es nur auf die Stärke ankäme. Wer braucht schon elegante Strömungen, wenn er seinen Gegner einfach zermalmen kann.

Jetzt war aber nicht der Zeitpunkt, um darüber nachzudenken. Instinktiv hob ich das Holzschwert in eine Verteidigungsposition. Das hatte jedoch zur Folge, dass es kurzer Hand nachgab und zersplitterte. Da dieses nicht genug war, setzte Erotan zu einem Rundhouse Kick an, welcher mich mitten auf die Brust traf. Ohne irgendetwas dagegen unternehmen zu können, landete ich an einer dicken Eiche und die Luft, welche ich gerade noch gesammelt hatte, wurde mir schlagartig aus der Lunge getrieben.

War das sein Ernst? Wäre mein Körper nicht durch die Essenz verstärkt, hätte ich mir womöglich das Rückgrat gebrochen! Schwer atmend, zog ich mich wieder auf die Beine. Bevor ich etwas sagen könnte, stand der Drache der Erde vor mir und grinste mich schief an. »Auf in Runde ... Wo waren wir stehen geblieben? Egal Mathe war noch nie meine Stärke!« Da spürte ich auch schon den Boxhieb in der Magengegend. Dicht gefolgt vom Mittagessen, welches ich mir soeben durch den Kopf gehen ließ.

»Steh auf! Denkst du deine Gegner auf dem Schlachtfeld werden die Gnade erweisen? Da hast du falsch gedacht!« Seine Worte bekam ich schon gar nicht mehr mit. Vor meinen Augen verschwamm alles. Ich wollte nur noch schlafen. Jede Zelle meines Körpers schmerzte. Bevor ich zu Ende dachte, streichelte das weiche Gras mich im Gesicht. Es roch so herrlich nach frischem Regen.

»Untersteh dich Erotan, wenn er nicht stark genug ist, dann lass ihn einfach liegen. Die Schmach wird ihm der beste Lehrer sein!«, das war die Stimme von Jadriel. In mir brodelte es. Aber irgendetwas pulsierte in meinem Bauch. Dieses etwas beruhigte mich und verlieh mir neue Energie. Die Kraft, welche ich brauchte, um wieder aufzustehen.

»Noch gebe ich nicht auf!« Das Pulsieren verstärkte sich und ein dünner Faden aus Essenz floss den rechten Arm hinauf. Von dort aus ging diese auf den Ring über, welchen ich am Ringfinger trug. Diesen hatte ich am Anfang des Sommers von Zed bekommen, als dieses verrückte Abenteuer anfing. Schon wieder rettete mir mein Freund das Leben und er war nicht einmal anwesend.

Der Smaragd leuchtet in einem intensiven Grün. Eine Sekunde später umschloss ich den Stiel eines gewaltigen Hammers. Der Hammerkopf war verziert mit verschnörkelten himmlischen Runen, welche das Siegel des Willens formten. Einen Ähnlichen hatte ich bereits in einem Videospiel gesehen. Er musste aufgrund seiner Größe mit Zweihänden geführt werden. Jetzt würde Erotan sehen, wozu ich in der Lage war. Den lederumwickelten Griff umklammert, verstärkte ich meine Beine und sprang auf den

Erdrachen zu. Den Hammer über den Kopf zum Schwung ausgeholt, riss ich ihn nach vorne.

Dem Drachen der Erde blieb nichts anderes übrig, als nach hinten auszuweichen. Dabei stolperte er über eine Wurzel und fiel zu Boden. Der Hammer traf mitten zwischen seinen Beinen auf die Erde und erzeugte einen kleinen Krater. Alle Anwesenden drehten sich zu uns um und unterbrachen ihre Kampfhandlungen.

Jadriel klatschte in die Hände. »Na geht doch, warum nicht gleich so. Dann hättest du dir die letzten zehn Prügeleinheiten sparen können.« Es kostete mich sämtliche Willenskraft, ihr nicht eine zu scheuern. Auch wenn ich es liebte sportlich aktiv zu sein, so ging dieses weit über das gesunde Sporttreiben hinaus.

»Seht ihr, wozu ihr in der Lage seid, wenn ihr endlich auf eure Kräfte hören würdet und sie nicht ständig durch den Körper herumkommandiert? Natürlich sind Kampftechniken eine Sache, aber wenn ihr mit der Essenz im Einklang seid, werdet ihr zu wahren Naturgewalten. Abraxis, sei so nett und heile den Trottel, bevor er mir noch aus den Latschen kippt.«

Das war jetzt endgültig zu viel der Schöpfung. Ich öffnete das Fenster zu meiner verschlossenen Essenz und ließ sie sich frei im Körper verteilen. Sie heilte die beschädigten Zellen und gab ihnen neue Energie. Wenn Jadriel eine Naturgewalt sehen wollte, dann sollte sie eine bekommen. Ich nutzte vermutlich etwas zu viel Erdessenz, aber das war mir egal. Mir gelang es nicht mehr, den lodernden Zorn zu unterdrücken.

Ich riss die Arme nach vorne und ließ den Kräften freien Lauf. Sie steuerten meine Gliedmaßen wie von Geisterhand. Mit kurzen, scharfen Bewegungen ließ ich die Erde beben und erzeugte einen tiefen Spalt, welcher sich unaufhaltsam auf die himmlische Generälin zu bewegte. Diese versuchte, mit ihren aus dem Rücken sprießenden Flügel den Boden zu verlassen, doch das verhinderte ich. Ich und meine Kräfte waren so synchron wie nie zuvor. Sie reagierten bereits, als ich der Gedanke in mir bildete. Oder vielleicht zeigten sie mir auch, was ich zu tun hatte, um Jadriel einen Denkzettel zu verpassen.

Doch eine plötzliche Kälte riss mich aus meinen Gedanken. »Verdammt, was war das denn?«, fragte ich in die Runde und wischte mir durch das Gesicht, um das Wasser aus den Augen zu vertreiben.

»Bist du wieder du selbst?«, fragte mich mein bester Freund. Irritiert blickte ich ihn an. »Natürlich bin ich ich selbst, wer soll ich denn sonst sein?«, konterte ich mit einer Gegenfrage.

»Eben warst du voll im Tyrannenmodus!«, sagte Mica mit einem ängstlichen Unterton, »Deine Augen haben in einem intensiven Grün geleuchtet und wolltest Jadriel in einem Abgrund reißen. Wäre Nessie nicht dazwischen gegangen, dann würde sie sich jetzt die Erde von unten anschauen!«

»Ach quatsch, daran würde ich mich doch erinnern.«, lachte ich die Aussage von Mica ab, nur stimmte keiner mit ein. »Wartet, bin ich gerade komplett durchgedreht?« Alle nickten. »Verdammt, was war dass denn?«

»Das, Muskelprotz, war ein Essenzrausch! Wenn deine Gefühle zu stark werden, löst dieses einen Verteidigungsmechanismus aus, welcher dich mit ungeahnten Kräften ausstattet. Es ist wie bei den Menschen, wenn diese unter Todesangst beachtlicher Stärke entwickeln, nur dass dieses bei Engeln nicht durch Angst vor dem Tod ausgelöst wird. Es ist uns mit jeder Emotion möglich, nur muss diese stark genug sein.«, klärte uns Jadriel auf, während sie sich die letzten Erdkrümel von ihrer Jeans abklopfte. »Tu uns allen eingefallen und übe dich in der Meditation, damit du deine Emotionen unter Kontrolle bringst. Sonst verhilfst du beim nächsten Mal wirklich jemanden ins Grab! Genug für heute. Wir machen morgen weiter. Möchtegern-Herkules hat Küchendienst!«

»Nicht schon wieder Pasta!«, protestierte David, »Ich kann es nicht mehr sehen.«

»Ich versuche das jetzt mal nicht als Beleidigung aufzunehmen. Meine Spagetti sind Weltklasse!«

»Trotzdem! Nachdem wir die letzten vier Tage nichts anderes gegessen haben, schmecken selbst deine spitzen Nudeln, wie die abgelaufenen Wanderstiefel meines Vaters!«, jammerte David und alle lachten.

»Woher weißt du denn bitte, wie die Schuhe deines Vaters schmecken?«, brachte John unter Tränen heraus.

»Die Not macht erfinderisch.«, sagte David todernst.

»Warte, du meinst das ernst?«, fragte Mica panisch.

»Natürlich.« Er hielt kurz inne. »Nicht.« Wieder verfielen alle in ein tiefes Gelächter und wir stiegen aus dem Tal, welches wir für unser Training benutzen zum Hostel auf.

Da sich so jeder aus der Gruppe gegen Pasta aussprach, durchsuchte ich den Kühlschrank und entschied mich dann dafür, dass ich Pizza backen würde. Ich schaffte es sogar, sie nicht zu verbrennen. Wie eine gewisse andere Person, welche es immer wieder vollbracht hatte, sämtliches Essen schwarz werden zu lassen. Bei dem Gedanken an Chris durchzog mich ein tiefer Schmerz. Ich hätte es nie für möglich gehalten, dass er so einen Verrat begehen würde. Was er jetzt wohl macht?

Schnell schob ich den Gedanken zur Seite und holte die fertigen Pizzen aus dem Gasofen.

Wir beeilten uns mit dem Abendessen, denn wir waren gespannt auf die Geschichte von Coach Garry. Dieser kam gegen kurz nach acht in das Fernsehzimmer. Wir saßen alle auf unseren Plätzen und knabbert an ein paar Salzstangen. »Also schön, welche Legende wollt ihr denn hören? Ich kenne eine über die Laprechauns, eine über die Elfen, die einst hier zu Hause waren und eine über eine Geisterfrau, die immer zu Neumond auf dem Malin erscheint. Entscheidet euch bitte, die Camelot Knights treten heute beim Matri gegen die ewigen Wandler an und das will ich um nichts in der Welt verpassen.«

Wir wechselten einige Blicke und stimmten uns mit Jadriel ab. »Die Geisterfrau, bitte.«, antworteten wir im Chor.

Er murmelte etwas, was sich anhörte wie, warum nie jemand einiges über die Laprechauns wissen wolle. Die tranken schließlich wie die Zwerge. »Diese Legende ist angeblich so alt wie die Insel selbst. Vor vielen hunderten von Jahren, wenn es nicht sogar Jahrtausende sind, trafen sich hier am Gipfel zwei mächtige Magier. Der eine gebot über die Erde, während die andere Magierin die Luft befehligte. Sie gehörten beide unterschiedlichen Clans an, welche diese Insel für sich beanspruchten, da sie aus ihrem alten Land vertrieben wurden. Wie es halt so üblich war, sollte der Konflikt in einem Duell entschieden werden. Bevor es zu dem besagten Kampf kam, tauchte ein schwarzer Drache aus dem Meer auf und griff beide Clans an. Die Hexer und Hexen kämpften tapfer Seite an Seite, bis schließlich der Erdmagier den entscheidenden Schlag setzte und den Drachen besiegte. Siegessicher drehte er sich um und wollte den Sieg verkünden, da stieß der Feuerdrache einen letzten Flammenstoß aus. Dieser traf den Magier und briet ihn ordentlich durch. Aus Angst, dass die Clans sich jetzt wieder bekriegen könnten, anstatt fortan gemeinsam zu leben, wandte die Magierin einen verboten Zauber an und übertrug ihre Lebensenergie auf den Gefallenen. Sie starb daraufhin und holte ihn aus dem Reich der Toten zurück. Seitdem erscheint sie zu jedem Neumond auf dem Malin und schaut, ob die Clans weiterhin den Frieden wahren.« Das Telefon unterbrach seine Erzählung. Der Coach stand auf und ging ins Büro.

»Ich befürchte, dass das eine Sackgasse ist. Kein Teil dieser Geschichte deutet auf Allura hin.«, seufzte John.

Emioras antwortete. »Das stimmt, denn der schwarze Drache war ich. Und euer Trainer hat nur eine Kleinigkeit ausgelassen. Bei dieser Schlacht handelte es sich eigentlich um einen Kampf zwischen dem Kult der Finsternis und dem Orden des Lichts. Die Frau, die die damalige Anführerin des Ordens war, opferte sich nicht um den Kerl von den Toten wiederzuerwecken, sondern ihren Sohn, welcher ebenfalls in meinem Feuerstrahl erwischt wurde.« Wir schauten den Feuerdrachen erschrocken an. »Was denn? Mit Verlusten ist zu rechnen, was steht der Kerl da auch rum.« Er zuckte nur mit den Schultern.

Mein Blick fiel auf Abraxis, denn dieser schien von dem Teil der Unterhaltung überhaupt nichts mitbekommen zu haben. Viel mehr sah es so aus, als hätte er einen Geist gesehen. »Abraxis ist alles in Ordnung?«, fragte ich ihn.

Er drehte seinen Kopf leicht zu mir. »Alles ok. Oder auch nicht. Das kann nicht sein.«

»Was kann nicht sein?«, fragte David seinen Seelenpartner. Jedoch kam Coach Garry zu diesem Zeitpunkt wieder ins Zimmer.

»Entschuldigt bitte die Unterbrechung aber die Geschichte war ja eh schon fast zu Ende.«, Garry schaute auf seine Uhr, »Ach Mist, jetzt habe ich die Nationalhymne verpasst. Ich muss los!«

Abraxis hielt ihn auf. »Bitte warten Sie einen Moment, wer war das am Telefon?«

Der Coach zog seine rechte Augenbraue nach oben, was er immer tat, wenn er etwas hinterfragte. Stellte dann aber seine Frage doch nicht, weil er vermutlich zu seinem Sportevent vor dem Fernseher in seiner Wohnung wollte. »Das war eine der zwei Damen, welche morgen anreisen werden. Sie kommen jedes Jahr zur selben Zeit in dieses Hostel. Also seht zu, dass die Zimmer in einem Topzustand sind!« Damit verabschiedete er sich.

»Kannst du mir mal sagen, warum du dich so sehr für dieses Telefonat interessierst?«, hakte ich nach.

»Habt ihr die Stimme nicht erkannt?«, fragte Abraxis seine Geschwister.

»Ich habe nicht wirklich zugehört, wenn ich ehrlich bin.«, erklärte Nessie. Den anderen ging es ähnlich. »Aber was hast du denn? Du siehst aus, als würdest du jeden Moment aus dem Sessel fallen.«

»Die Stimme am Telefon.«, er machte eine lange und dramatische Pause, als wüsste er nicht, wie er die nächsten

Worte aussprechen sollte, »Gehörte zu unserer Mutter, zu Aluna dem Drachen des Willens!«

Kapitel 16 »Folter«

>>Zeriel<<

Immer wieder hörte ich das leise Tropfen von Wasser. Ich wusste nicht, wie lange ich mittlerweile in diesem von Vater verlassenen Loch hockte. Die Zelle besaß kein Fenster, abgesehen von den Gitterstäben in der Tür. Der Schmerz in den Handgelenken ließ ebenfalls nach. Die Versuche, die Ketten mittels Magie zu sprengen, beziehungsweise überhaupt ihren erneuten Einsatz, hatte ich eingestellt.

Ein dumpfes Auftreten ließ mich aufhorchen. Mein klägliches Essen hatte ich heute bereits erhalten. Wenn ich jetzt ein weiteres Mal Besuch erhielt, bedeutete dieses nichts Gutes. Ich schluckte die Befürchtungen hinunter. Unter keinen Umständen würde ich vor diesen Barbaren Schwäche zeigen.

Die Geräusche wurden lauter. Die Tür öffnete sich mit einem schrillen Quietschen, das jeden Menschen aus dem Koma hohlen würde. Ich hob den Kopf. Offenbar hatte ich mich geirrt. Vor mir stand nicht nur eine Person, die eine schwarze Kapuze und eine rote Hose trug, den restlichen Körper aber frei ließ, sondern auch Marxael und Chris.

Oh Vater im Himmel. Mein Freund sah aus, als wäre er durch die Hölle gegangen. Genau genommen tat er dieses auch. Aber in einem solch schlechten Zustand hatte ich ihn noch nie gesehen. Seine Augen hatten tiefe Augenringe. Er war ein Schatten seiner selbst und die Krönung war ein tiefblaues Veilchen, welches mit einer Platzwunde dekoriert war. Hatte Marxael doch von unserem Plan mitbekommen? Auf jeden Fall durfte ich mir nichts anmerken lassen.

»Was verschafft mir die Ehre von solch einem hohen Besuch?«, spottete ich Marxael entgegen und spuckte ihm vor die Füße.

»Na na na, jetzt sei nicht gleich so empfindlich. Du warst doch sonst keine Dramaqueen. Sei froh, dass wir dir ein wenig Gesellschaft leisten. Immerhin ist diese stille Einsamkeit mehr Fluch als ein Segen. Aber du bist diesen Zustand ja schon gewohnt. Abgesehen davon warst du über tausende von Jahren einsam und allein. Wobei, so allein warst du in den letzten Tag nicht.« Chris horchte auf und wich einen Schritt zurück. Ohne ihn eines Blickes zu würdigen fuhr der Prinz der Hölle fort. »Glaubt ihr ernsthaft, dass mir euer heimliches Treffen nicht aufgefallen ist? Für wie blöd haltet ihr mich?«

»Erwartest du eine Antwort darauf?«, fragte ich ihn mit der größten Selbstsicherheit, welche ich aufbrachte. Innerlich schnürte mir die Panik die Luft ab. Nicht da ich Angst hatte, dass mir etwas zustieß, sondern weil Chris anwesend war.

»Du brauchst dich gar nicht so aufplustern. Es gibt nur einen einzigen Grund, warum ich Chris am Leben lasse und das ist, weil ich ihn noch benötige. Du hingegen bist entbehrlich.« Sein selbstgefälliges Grinsen zog sich über das gesamte Gesicht.

Mein Blick fiel auf Chris, welcher nicht im Stande war, sich zu rühren, da wie mir jetzt auffiel, auch er Ketten aus Dämonium trug. Der Wächter der Leidenschaft schien wie erstarrt. Einzig und allein ein leichtes Klimpern deutete darauf hin, dass er zitterte. Schnell richtete ich den Blick wieder auf Marxael. »Du bist offenbar noch dämlicher, als ich mir jemals hätte vorstellen können? Wir zwei sind

Gegenstücke! Du kannst mich nicht töten, ohne dass du dich selbst gleich mit in die Luft sprengst! Wenn mein Licht deine Finsternis nicht im Einklang hält, wird sie dich verschlingen und du hörst auf zu existieren.« Mir war es nicht möglich, das Lachen zu unterdrücken. Vielleicht wurde ich doch langsam aber sicher verrückt. In so einer Situation sollte ich ihn nicht reizen. Mir fiel allerdings keine andere Lösung ein, welche seine volle Aufmerksamkeit auf mich zog.

Marxael verdrehte seine Augen. »Natürlich ist mir das bewusst. Das bedeutet jedoch nicht, dass ich dir keine Schmerzen zufügen kann. Und weißt du, was das Beste ist? Wenn du dich unter deinem Leid windest und um Gnade flehst, dann wird der Geist von Chris von selbst brechen, weil er genau weiß, dass es seine Schuld war. Allein seinetwegen sitzt du hier unten und wirst nie wieder das Licht der Sonne erblicken!«, er drehte sich zu Chris und dem Dämon um. »Na los, fang an! Und du schaust gefälligst zu, dass passiert, wenn du dich mir widersetzt!« Er packte Chris am Oberarm und zog in direkt vor mich. Mit einem zweiten Handgriff zwang er ihn, mir ins Gesicht zu schauen.

Mittlerweile lief es mir kalt den Rücken hinunter. Würde es doch so enden? Sofern es keinen Ausweg für uns gibt, bleibt mir keine andere Wahl! Und wenn ich meinem Freund damit eine Chance zur Flucht ermögliche! »Chris, ich will, dass du weißt, was auch immer jetzt gleich passiert, es ist nicht deine Schuld. Versprich mir, dass du dich nicht aufgibst!«

Der Kerkermeister kam mit langsam Schritten auf mich zu. Ich schloss meine Augen und zog die Luft tief in die

Lunge und atmete sie wieder aus. So würde es jetzt also enden. »Qui excitare!« Weiter kam ich nicht, weil eine Hand mich am Kiefer packte und am Weitersingen hinderte. Ich starrte in das diabolische Gesicht meines Erzfeindes.

»Als würde ich das zulassen! Du hast mich bereits einmal mit diesem Lied überrumpelt. Ein weiteres Mal gelingt dir das nicht! Na los, fahr fort. Ich habe nicht den ganzen Tag Zeit!« Kaum hatte er geendet, traf ein dumpfer Schlag meine Wirbelsäule. Nein er würde doch nicht! Jetzt gelang es mir nicht mehr, die Panik zu unterdrücken. Wie ein Fisch auf dem Trockenen wand ich und versuchte, mich frei zu kämpfen, jedoch erfolglos. Aus dem Augenwinkel sah ich, wie die pechschwarze Klinge niedersank.

>>David<<

Nachdem uns die Nachricht von Abraxis aus der Bahn warf. Beschlossen wir, auf den morgigen Tag zu warten. Wenn es die Stimme von Aluna war, welcher er gehört hatte, dann war die Wahrscheinlichkeit groß, dass die zweite Person vielleicht Allura war. So oder so hatten wir endlich einen ersten Anhaltspunkt und kamen ihr einen Schritt näher. Doch was dann? Kannte sie einen Weg, wie wir Zed retten konnten. Sollten wir sie nach Camelot bringen?

So viele Gedanken schwirrten mir durch den Kopf und verhinderten, dass ich einschlief. Dazu kam das ständige Schnarchen von Erotan. Also wälzte ich mich von einer Seite auf die andere und fand nicht den Schlaf, den ich dringend nötig hatte. Das Training mit Abraxis hatte seinen Tribut gefordert.

Wie aus dem Nichts tauchte ein glühend heißer Schmerz an meinem Rücken auf. Ich schrie auf. Die Qual war unerträglich. Den anderen ging es genauso wie mir. Ich hörte die Stimme von Trace aus dem oberen Bett. Sogar die Schreie von Mica und John, welche in weiteren Zimmern lagen. Bei unserer Lautstärke weckten wir mit Sicherheit das gesamte Hostel auf. Ich quälte mich aus dem Bett, hatte aber nicht die Kraft aufzustehen. Mir brachen die Beine weg und ich landete auf dem Teppichboden.

»Meister, was ist mit euch?«, fragte Abraxis panisch und seine heilende Energie durchströmte mich. Allerdings linderte sie die Schmerzen nicht im Geringsten.

Mit aller Kraft stemmte ich meinen Körper hoch und er war sofort zur Stelle, um mich aufzufangen. »Mica, ich muss zu ihr!«

»Ich glaube nicht, dass das in eurem Zustand eine gute Idee ist!« Das war mir egal. Jeder Schritt war anstrengender als ein Marathon. Dennoch kämpfte ich mich vorwärts. Trace schloss sich uns an und wir kamen zeitgleich mit John und Nessajael im Zimmer der Mädchen an. Emioras brach die Tür auf, weil niemand die Schlüsselkarte mitgebracht hatte. Kaum war der Weg frei, fiel der Blick auf meine Freundin, welche sich vor Schmerzen auf dem Boden wand. Almatora kniete dicht neben ihr. »Mica!« Es kostete mich sämtliche Reserven an Energie, die ich aufbrachte, trotz der Hilfe von Abraxis. Bei ihr angekommen, schloss ich sie fest in meine Arme.

»Was zum Vater noch eins ist denn hierlos?«, fragte Jadriel mit einem Hauch von Panik in der Stimme. Offenbar hatte sie keinen blassen Schimmer, was soeben mit uns passierte.

Ein erneuter Schub von intensiven Seelenschmerzen durchzog uns und ein weiterer Aufschrei schallte durch das Knockree Youth. Mir lief der Schweiß über die Stirn. Die Schmerzen waren unerträglich.

Die Tür zu unserem Gebäude wurde aufgestoßen. »Was zum Weltenbaum ist denn hier los?«, fragte eine aufgebrachte Jenny, welche in ihrem Nachthemd in der Tür stand. »Habt ihr eine Ahnung, wie spät es ist? Die ersten Gäste beschweren sich schon.« Erst jetzt schien sie zu bemerken, dass es uns nicht gut ging. Wie es auch sein musste, folgte ein dritter Aufschrei. Dieser war um einiges lauter als seine Vorgänger und zu allem Übel, breiteten sich unsere Flügel zu ihrer vollen Größe aus. Die sonst immer so gelassene Elfe erstarrte. »Beim Yggdrasil! Die Engel existieren.« Daraufhin kippte sie in Ohnmacht und wurde von Emioras in letzter Sekunde aufgefangen.

»Na toll, jetzt haben wir ein weiteres Problem an der Backe!«, jammerte der Drache des Feuers.

»Dafür haben wir keine Zeit. Unseren Meistern geht es mehr als schlecht! Und nichts, was wir bisher versucht haben, scheint ihnen zu helfen.«, sagte Nessie, welcher es ebenfalls mies ging. Durch die magische Verbindung zu John fühlte sie sein immenses Leid.

Emioras legte Jenny vorsichtig ab und eilte zu seiner Schwester, um ihr Halt zu geben. Diese drängte ihn aber weg, damit sie John zur Seite stand.

»Ok, dann muss es eben so sein. Ich kenne nur eine Person, die uns in solch einer Situation helfen kann.«, sagte Jadriel und holte dabei ihr Smartphone raus. Wäre mir nicht so übel von den Schmerzen, würde ich mich jetzt vermutlich fragen, woher sie ein Telefon hatte. Als hätte sie meinen fragenden Blick gespürt, drehte sie sich um und sagte. »Was denn? Glaubst du, ich habe die letzten Jahrzehnte auf dem Saturn verbracht?« Sie tippte mit gezielten Bewegungen auf das Display und rief jemanden per Videochat an. Prompt wurde der Hörer abgenommen. »Jadriel, das ist der wohl schlechteste Zeitpunkt, in dem du anrufst! Ich bin gerade sehr beschäftigt. Irgendetwas ist gewaltig schiefgelaufen. Zeriel hat das Lied der Schöpfung angestimmt und dessen Energie angerufen. Aber er sang es nicht zu Ende und ich muss mich um den Rückstau dieser gewaltigen Masse an Magie kümmern.«, fluchte der Schöpfer.

»Er hat was?!?«, kam es völlig schockiert aus den Mündern der Drachen und der Generälin.

Bevor ich die Chance hatte, nachzufragen, was mit Zed passiert war, durch zog uns ein vierter Schmerz, welcher wie ein Stromschlag durch unsere Nerven floss. Mir fiel es schwerer, bei klarem Verstand zu bleiben. Immer wieder verschwamm das Bild vor meinen Augen. Es fehlte nicht mehr viel und ich würde das Bewusstsein verlieren.

»Was ist denn bei euch los?« Jadriel drehe ihr Smartphone um und zeigte ihrem Vater, das schmerzverzerrte Bild, welches wir ihm boten. »Verdammt!«, selbst Grandpa schien besorgt. »Die Lage ist schlimmer als bisher angenommen. Es ist ihre Verbindung zu Zeriel. Jetzt wo er im vollen Besitz seiner Kräfte ist, intensivierte sich die Verbundenheit zu den Kindern. Das Resultat ist, dass sie seine Schmerzen teilen. Vermutlich geht es sogar darüber hinaus. Sämtliche überwältigenden Emotionen werden auf sie übertragen. Mir fällt aber kein Weg ein, wie wir diese trennen können.«

Das Atmen fiel mir mit jedem Atemzug schwerer. Mein Rücken brannte wie Feuer. Als hätte mir jemand ein glühendes Stück Eisen aufgedrückt. Mica riss mich aus den Gedanken. »David, was geschieht mit uns?«, Ihre Stimme war gebrechlich. Sie lehnte sich bei mir an. Ich zuckte zusammen, als ich ihre Hitze wahrnahm. Sie glühte förmlich. »Ganz ruhig. Alles wird gut. Abraxis, tu doch etwas. Sie verbrennt von innen!«

Der Drache der Quintessenz legte ihr seine glühende Hand auf die Stirn und versuchte, ihr Fieber zu heilen. Gerade als sie sich etwas beruhigte, durchfuhr uns ein fünfter Schmerz. Dieser war der Schlimmste von allen und kaum war er vorbei, so fiel ich in Ohnmacht.

»*David.*« Jemand rief meinen Namen. »*David.*« Schon wieder. »*David!*« Die Stimme wurde lauter und ich schreckte auf. Ich lag im Bett. Offenbar hatte mich irgendwer zurückgetragen. Irgendetwas war anders. Eine Art Trance ergriff Besitz von mir, als wäre die Folter der letzten paar Stunden nie passiert. Mein Körper trotzte vor Energie.

»*David, komm zu mir!*« Wer rief da? Ohne etwas dagegen zu unternehmen, stieg ich aus den Federn und zog mich an. So leise wie möglich schlich ich nach draußen. Die Sonne war noch nicht aufgegangen. Es stand nicht eine Wolke am Himmel und mein Blick fiel auf die tausende Sterne. Ich schloss die Augen und atmete tief durch. Die frische Morgenluft strömte in mich und gab mir einen Teil der Sinne zurück. »*David, es ist an der Zeit. Folge dem Ruf.*« Die weibliche Stimme war nun deutlich zu verstehen. Aber wohin sollte ich ihr folgen. Wer rief mich zu sich? Als hätte sie den Satz gehört, ertönte sie erneut in meinem

Kopf. »*Lass die Quintessenz dich leiten und du wirst uns finden.*« Sie klang so sanft und vertraut, als wäre sie jemand, den ich bereits das ganze Leben kennen würde.

Also beschloss ich, ihr zu vertrauen und öffnete das Tor zu meiner Kraftquelle. Unmittelbar bahnte sich die Essenz ihren Weg durch den Körper. Wie ein zweiter Herzschlag pulsierte sie in der Brust. Ohne das ich etwas tat, erschienen die weißen Schwingen.

»Tragt mich fort.«, flüsterte ich in den Wind. Kaum endete der Satz, verließ ich den Boden und flog in Richtung des Maulins. Der Fahrtwind trieb mir die Tränen in die Augen. Und trotzdem befreite mich jeder Meter von einer Last meines Herzens.

Es dauerte nur fünf Minuten, bis ich die Spitze des Berges erreichte. Oben angekommen setzte ich sanft zu Landung an und die Flügel verschwanden. Am Horizont waren die ersten Sonnenstrahlen zu erkennen. Von dieser Position aus war es möglich, bis zu den Klippen zu blicken. Ich wünschte, die anderen wären hier, um das zu sehen.

»Es ist doch jedes Mal wieder atemberaubend. Nicht wahr?« Schlagartig drehte ich mich um und schaute in das Gesicht einer jungen Frau mit platinblonden Haaren, welche ihr in langen Wellen über die Schulter fielen. Sie besaß ebenfalls diese unnatürlich blauen Augen.

»Wer?« Mir blieben die Worte im Halse stecken.

»Ach David, hast du es immer noch nicht erraten?« Sie legte den Kopf leicht schief. »Ich bin deine Mutter.«

Das Rattern in meinem Schädel müsste eigentlich bis nach Amerika zu hören sein. Erst dann machte es klick.

»Halt Stopp, bitte WAS?« Um der Fassungslosigkeit Ausdruck zu verleihen, fiel mir die Kinnlade hinunter.

Die Frau starrte mich weiter todernst an, bis sie sich vor Lachen auf den Boden krümmte. »Wenn du dein Gesicht sehen könntest. Schnell ein Foto. Das muss ich für die Nachwelt festhalten!« Ihr Gekicher wurde immer intensiver.

Endlich gelang es mir wieder, einen klaren Gedanken zu fassen. »Finden Sie das etwa lustig? Wer sind Sie?«, fragte ich leicht empört.

Sie stoppte ihren Lachflash und wurde schlagartig ernst. »Na schön. Dann eben so.« Sie hielt kurz inne. Auch wenn es nur Sekunden waren, schien es als bliebe die Zeit stehen. »Ich bin Allura, die Inkarnation des Willens!« Mit dem Ende ihres Satzes offenbarten sich zwei gigantische weiße Schwingen, welche sich hoch in den Himmel streckten. Diese Flügel waren mit lauter kleinen Juwelen durchzogen. In ihnen brach sich das Licht der Morgensonne und hüllte die Spitze des Maulins in ein bezauberndes Farbenspiel.

»Findest du nicht, dass das geringfügig übertrieben war?«, eine weitere weibliche Stimme riss mich aus dem erneuten Schock. In ihr erklang etwas Altes und Erhabene.

»Jetzt lass mir doch den Spaß.«, maulte Allura. »Weißt du, wie lange es her ist, dass wir uns jemanden offenbart haben? Wann war das noch gleich Aluna? Vor etwa tausend Jahren?«

Kapitel 17 »Allura«

>>David<<

Das Einzige wozu ich in der Lage war, war zu lachen. So absurd war diese Situation. Die Person, welche wir seit Wochen suchen, stand wie aus dem Nichts vor mir?

»Siehst du? Aus genau diesem Grund wollten wir uns doch auf normale Art und Weise vorstellen. Und nicht wie die Dramaqueen höchstpersönlich.«, wies Aluna ihre Begleitung zu Recht. Erst jetzt fiel mir die zweite Person auf. Sie war eine hochgewachsene schlanke Frau, die einige kleine Falten im Gesicht aufwies. Diese ließen sie jedoch nicht geringer schön aussehen. Ihr Gesicht wurde von langen weißen Haaren umrundet. Wie auch unsere Drachen hatte sie einige verschnörkelte Runen, welche ihr Antlitz verzierten. Das blumenverzierte Sommerkleid legte sich sanft um ihre Hüften.

»Wer ist denn hier die Dramaqueen? Er wird schon nicht gleich in Ohnmacht kippen. Außerdem bin ich ja in gewisserweise seine Mutter. Auf jeden Fall ist mein Ehemann zu einem Drittel sein Vater. Wobei, wenn wir seine Blutlinie betrachten, wäre ich eigentlich.« Allura legte ihren Zeigefinger gegen ihr Kinn und schien zu überlegen. »Herr Schwiegervater noch eins, das kann jetzt aber auch kompliziert werden.«

»Entschuldigen Sie bitte, ich begreife weiterhin nicht, was hier los ist.«, stammelte ich hervor, denn ich war mit dieser Begegnung mehr als überfordert.

»Siehst du, was du angerichtet hast? Jetzt verzögert sich alles. Nur weil Madam ihren großen Auftritt hatte.«, der Drache des Willens redete sich in Rage. Offenbar war dieses nicht das erste Mal, dass Allura so eine Nummer durchzog.

»So eilig haben wir es nicht. Uns bleib etwas Zeit. Sie sind eh noch nicht so weit. Wenn wir sie jetzt in den Kampf schicken, würde der erstbeste Dämon sie töten.«

»Entschuldigen Sie bitte, aber ich glaube, dass ich jeden Moment umkippen werde.« Und das tat ich auch. Mir wurde schwarz vor Augen. Während ich fiel, hörte ich, wie Aluna Zeds Frau die Leviten lies. Oh Großvater, wie sich das anhört. Zeds Frau.

Ich wurde von lauten Stimmen und einem dröhnenden Knall geweckt. »Was zum? Was ist denn jetzt los? Kann ich nicht einmal in Ruhe in Ohnmacht fallen?«, klagte ich, als ich mich von der Bank hochdrückte.

»Du bist wach?«, fragte Mica. Offenbar hatte ich ihren Schoß als Kopfkissen benutzt. Da wurde mir klar, dass wir wieder beim Hostel waren.

»Bei dem Krach ist es ja nicht möglich, seinen Schönheitsschlaf abzuhalten.«, scherzte ich und hielt mir den Kopf, welcher heftig pochte, als wäre ich auf einen Stein gefallen. »Erklär mir bitte, was passiert ist, es fühlt sich so an, als würde ich träumen.«

»Die lange oder die kurze Version?«

»Kurz, bitte.«

»Als Erstes sind wir durchgedreht, weil du unauffindbar warst. Nebenbei bemerkt, dafür bekommst du noch eine

Strafe. Einen Tag keine Küsse!« Meine Freundin verschränkte ihre Arme und tat beleidigt.

»Oh nein! Können wir das vielleicht auf einen Vormittag beschränken?«, flehte ich sie gespielt an.

»Nein, Strafe muss sein.« Während sie dieses sagte, zwinkerte sie mir zu, also kam ich mit einem blauen Auge davon. »Na ja, während des Frühstücks tauchten dann die beiden auf und Aluna trug dich auf ihren Armen. Du kannst dir hoffentlich vorstellen, wie besorgt ich war. Mach das nie wieder!«, Sie tippte mir mehrfach auf die Brust. »Sie legte dich dann hier auf die Bank und es ging auch schon los. Unsere Drachen prügeln sich mit ihrer Mutter. Und das.« Mica schaute auf ihre Uhr. »Seit circa dreißig Minuten. Das Apartment von Garry liegt schon in Schutt und Asche. Aber Allura meinte, dass sie das Ganze reparieren würde, wenn es vorbei ist.« Sie zuckte mit den Schultern. In solchen Momenten wurde mir bewusst, wie absurd unser Leben doch war.

»Ok und warum prügeln sich die sechs?«, fragte ich sie, als wäre ebendieses wirklich das Wichtigste in diesem Augenblick.

»Offenbar ist diese eine Art der Begrüßung, wenn man ein Familienmitglied nach langer Zeit wieder sieht.«, erklärte mir John, welcher aus der Küche kam. »Wie geht es dir?«

»Wird schon. Weiß einer, wie lange das da noch geht?« Ich deutete auf den Straßenkampf vor uns.

»Schwer zu sagen. Sie haben sich eine Zeitlang nicht gesehen.«, die Stimme gehörte zu Allura. »Kaffee?«

»Danke, aber ich trinke lieber Tee oder Kakao.«, erklärte ich ihr.

»Kein Problem, ist gleich fertig. Achtung runter!«, schrie sie und duckte sich, ohne dabei einen Tropfen ihres Kaffees zu verschütten. Wie befohlen, schmissen wir uns alle auf den Boden und das keine Sekunde zu spät, denn Almatora flog im hohen Bogen auf uns zu, krachte in das Fenster hinter uns, rollte in die Küche weiter und kam dort zum Stillstand. Ich wollte ihr zur Hilfe eilen, doch da rappelte sie sich wieder auf und stürzte sich zurück in den Kampf.

»Verrückter kann der Morgen nicht werden. Apropos verrückt. Wo ist unsere Generälin abgeblieben?«, fragte ich in die Runde und schaute nach ihr. Der Blick von Allura verfinsterte sich. »Sobald sie mich sah, flog sie davon. Sie gibt sich also wie bisher die Schuld. Wieso ist diese Familie bloß so nachtragend? Sie gab mir nicht einmal die Gelegenheit zu erklären, was passierte, nach dem sie in den Himmel gerufen wurde. Tja was solls. Sie wird schon zurückkommen. Trace rannte ihr hinterher. Ihr solltet echt lernen zu fliegen, das ist viel praktischer.« Sie trag einen großen Schluck aus ihrer Kaffeetasse.

»Ok, letzte Frage. Zumindest fürs Erste. Was ist mit Jenny und dem Coach passiert?« Immerhin hatte die Elfin unsere Engelsform gesehen und wir sollten ja um jeden Preis unerkannt bleiben.

»Die habe ich in den Urlaub geschickt. Sie sind vor einer Viertelstunde abgereist. Für den Rest der Ferien gehört das Hostel uns.«, klärte Allura mich auf.

Sie hatte gerade geendet, da hörte der Kampf endlich auf und unsere Drachen lagen tief schnaubend auf dem Boden. »Mutter, du kämpfst schlichtweg, als wärst du nicht älter wie zweitausend Jahre.«, japste Erotan. Dafür packte sie ihn am Kragen und schleuderte ihn gegen die Wand, hinter der sich unser Zimmer befand. Diese gab augenblicklich nach und brach zusammen.

»Wie war das?«, fragte sie mit den Händen in die Hüfte gestemmt.

»Sagte ich zweitausend? Ich meinte natürlich tausendzweihundert Jahre!«, damit kippte der Erdrache nach hinten über.

»Na geht doch!« Aluna klatschte sich den Staub von ihren Händen. »Ah, wie ich sehe, ist Dornröschen aufgewacht, dann fangen wir jetzt endlich an?«

Hätte sie nicht gerade einen zwei Tonnen schweren Drachen in Menschengestalt durch eine Wand geschleudert, hätte ich vermutlich gegen diesen Kommentar Einspruch erhoben. Aber so schluckte ich ihn lieber herunter. Ich hoffte, dass Allura auch meinen Laptop wieder zusammenflickte, denn das Ding war nicht mal zwei Monate alt.

»Aluna, jetzt entspann dich doch einmal, es ist ja nicht so, als könnten wir an der jetzigen Situation irgendetwas ändern. Natürlich will ich meinen Mann zurück, aber wir können nicht schnurstracks in die Unterwelt marschieren und ihr den Krieg erklären, wenn sie Zeriel nicht rausrücken!«, sagte Allura und streckte ihre Hand in Richtung Hostel aus. »Restitutio« auf ihren Befehl erhoben sich die Trümmer des Hauses und flogen zu ihrer ursprünglichen Stelle. »Das Wichtigste ist jetzt, dass wir euch auf das Kommende vorbereiten. Denn so wie die Dinge stehen, wird es nicht lange dauern, bis es Krieg geben wird.«

Ihr Kommentar traf uns mitten in den Magen. »Krieg?«, flüsterte ich mehr für mich selbst.

Allura und Aluna nickten. »Nach dem Kampf mit Zeriel hat Trivarius eine Sondersitzung des magischen Rates einberufen. In dieser überzeugte er fast alle Mitglieder, dass von den himmlischen Wesen eine unüberschaubare Gefahr ausginge. Es müssen seiner Meinung nach Vorkehrungen getroffen werden, um die magische Gemeinschaft zu schützen. Glücklicherweise habe er bereits vor einigen Jahren einen Pakt mit jemanden geschlossen, der ihnen in Zeiten dieser Not zur Seite steht. Drei Mal dürft ihr raten, wer dieser Gönner ist.« Bei ihren letzten Worten verdrehte sie genervt die Augen.

»Auf die Gefahr hin, dass ich falsch liege, aber ich befürchte, dass es sich dabei um einen Kerl handelt, der mit M anfängt und arxael aufhört. Richtig?«

»Sehr gut John! Ich wusste, dass es eine gute Idee von Zery war, dich zum Wächter des Wissens zu ernennen! Deine Kombinationsgabe ist ausgezeichnet.«, lobte ihn die Inkarnation des Willens. »Ich vermute, dass er bei seinen Recherchen über die magische Vergangenheit auf einen Beschwörungszauber gestoßen ist. Und dabei habe ich mir nach der Schlacht von Camelot so viel Mühe gegeben, alle Aufzeichnung zu vernichten.«

»Du warst in Camelot?«, fragte ich sie. Meine Verblüffung stand mir regelrecht ins Gesicht geschrieben.

»Natürlich war ich in Camelot dabei. Die Stadt war himmlisch. Also für seine Zeit selbstverständlich. Zwar nicht ganz so nett wie Atlantis, aber wir hatten unseren Spaß. Außerdem war ich so in der Lage, über die mir wichtigsten Personen zu wachen.« Für einen Augenblick huschte ein dunkler Schatten über ihr Gesicht, als würde sie eine unschöne Erinnerung heraufbeschwören, sie dann aber gleich wieder vergraben.

»Du meinst bestimmt Merlin und Arthur und Co?«, fragte Mica, um sie wieder auf das Thema zu bringen.

»Zum Teil ist das korrekt, schließlich waren sie der letzte Rest des ehemaligen Ordens des Lichts, welchen mein Mann und ich gegründet haben, um die Menschheit zu beschützen. Aber es gab einen anderen Grund. Meine Tochter Niriel lebte zu dieser Zeit am Hofe von Arthur.«

Es dauerte einige Sekunden, bis diese Nachricht in unseren Köpfen angekommen war, doch dann brach sie aus uns heraus. »WAS?«, schrien wir synchron,

»Nicht was, sondern wie bitte. Hat euch das niemand bei gebracht? Herr Schwiegervater noch eins, bei solchen Ausdrücken läuft es mir eiskalt den Nacken hinab. Es gib nur eine Sache, die schlimmer ist und das ist *einzigste*. Wer kam nur auf diese Schnapsidee.«

»Könntest du bitte beim Thema bleiben! Du bist Zed fremdgegangen! Ich kann das schlichtweg nicht glauben! Er hat sich geopfert, weil er nicht in einer Welt ohne dich leben wollte und so dankst du es ihm. Ich fasse es nicht, dass du unseren Freund so hintergangen hast!«, ich redete mich förmlich in Rage. Mit jedem Wort unterdrückte ich eine aufkeimende Welle der Quintessenz, welche gegen das magische Gefäß schlugen. Es wäre ein Leichtes diese Kraft hinauf zu beschwören und ihnen freien Lauf zu lassen. Aber ich zwang mich sie zu unterdrücken und nicht in einen Essenzrausch zu verfallen. Denn ich war mir sicher, dass ich in diesem Moment mehr Schaden als eine Naturkatastrophe verursachen würde. Mit einem Blick auf meine Freunde stellte ich fest, dass sie dasselbe empfanden. Ich verstärkte den Griff um die Micas Hand. Dabei wehten mir eiskalte Wind über den Handrücken. Oh ja, sie war stink-sauer!

»Halt Stopp! Wie kommst du denn auf diese hirnrissige Idee?« Der Schock stand Allura regelrecht ins Gesicht geschrieben.

Alunas Beschützerinstinkt aktivierte sich und sie stellte sich schützen vor ihre Herrin. Ihre Augen glühten in einem gefährlichen Gelb.

»Jadriel sagte uns, dass sie eure Tochter nicht retten konnte! Fazit, du bist mit einem anderen in die Kiste gesprungen!« Kaum zu glauben, jetzt stellt sie sich auch noch dumm. Was fällt ihr ein? Ein Tropfen der Essenz bahnte sich einen Weg aus der mentalen Öffnung und strömte durch den Körper und überzog meine Haut mit einem matten silbernen Schimmer.

»Jetzt verstehe ich! Wenn es so ist, kann ich dich beruhigen. Ich habe Zeriel nicht betrogen. Als ich wieder zu mir gekommen bin, bemerkte ich, was geschehen war. Zum Glück hatte er mir eine Phiole mit seinem Blut für den Notfall überlassen. Hastig schluckte ich den Inhalt hinunter. Ihr wisst bestimmt, dass das Blut eines Engels magische Eigenschaften besitzt. Durch diese gelang es mir, das Kind zu retten. Es hat zwar etwas gedauert, aber unsere Tochter trat mir nach einem Tag wieder fröhlich gegen den Bauch. Und nach einigen Monaten erblickte sie das Licht der Welt.«

Bevor wir irgendetwas erwiderten, zog ein bekannter Tonfall unsere Aufmerksamkeit auf sich. »Sie hat über-lebt?« Jadriels Stimme war wie ein Zittern. Als wolle sie nicht glauben, was ihr soeben offenbart wurde. Ihre Beine gaben nach. »Wieso hast du denn niemanden etwas gesagt?«

Allura ging auf sie zu, kniete sich vor ihr hin und nahm sie in den Arm. »Direkt nach ihrer Geburt sprachen Aluna und ich den Zauber, welcher uns vor jedem magischen Wesen schützen sollte und zerstörten alle Aufzeichnung über diesen. Niemand durfte von der Existenz meiner Tochter erfahren. Sonst schwebte sie in höchster Gefahr. Ihr wurdet in den Himmel zurückbeordert und konntet uns nicht helfen. Wir waren ganz alleine. Der Orden war zerschlagen und der Kult auf der Suche nach den Überbleibseln. Dadurch blieb uns keine andere Wahl. Vor allem weil wir vermuteten, dass es einen Verräter unter uns gab.« Sie horchte auf. »Wie sonst hätten wir in diesem Wald gefunden werden können? Die Rute war durch machtvolle Elfen und Feenmagie geschützt. Keiner wäre ohne deren Kenntnisse an den Sicherheitsmaßnahmen vorbeigekommen.«

Oh Schöpfer, heute platzte eine Bombe nach der Nächsten. Ich brauchte dringend Urlaub.

»Was passierte dann?«, wollte Trace völlig außer Atem wissen.

»Seit wann bist du denn wieder da?« John schaute seinen besten Freund verwirrt an. Da keiner von uns mitbekam, wie er beim Hostel aufkreuzte.

»Na ja, ungefähr.« Er holte kurz Luft und stütze sich auf seinen Oberschenkeln ab. »Seit der Babybombe. Jadriel hau doch bitte beim nächsten Mal etwas langsamer ab. Selbst mit verstärkten Beinen konnte ich nicht mit dir mithalten.«

»Das ist nur ein Zeichen dafür, dass du mehr Training benötigst!«, forderte sie ihn heraus und wischte sich eine Träne weg, bevor sie einer von uns sah.

»Aber nicht mehr heute! Mir tut, von der Folter in den vergangenen Tagen, alles weh!« Bei den letzten Worten er stöhnte regelrecht.

»Könnten wir bitte zurück zu der Frage kommen, was mit Niriel passiert ist? Wo ist sie denn jetzt? Warum ist sie nicht bei euch?«, wollte Mica wissen. Ihr Zorn war komplett verflogen und wurde durch Sorge ersetzt. Wieso reagierte sie auf dieses Thema so empfindlich. Aber das würde ich sie ein anderes Mal fragen.

Allura richte sich auf. Wieder tauchte ein tiefer Schatten auf ihrem Gesicht auf. »An dem Tag, wo Camelot fiel, entschied sich Niri, an der Seite ihres Geliebten zu kämpfen und ihn mit all ihrer Macht zu helfen. Sie war eben die Tochter ihres Vaters. Nie würde sie Menschen, welche ihren Schutz benötigten, zurücklassen. Als ich anbot, dass ich ebenfalls bleiben und sie unterstützen würde, bat sie mich stattdessen, auf ihre Tochter aufzupassen und sie in Sicherheit zu bringen.«

Da ließ sie doch glatt die nächste Bombe hochgehen. Zed war Großvater, aber das würde ja bedeuten, dass ich eine Nichte hatte.

Alle anwesenden Personen, welche noch standen, setzten sich hin. »Ich glaube, ich brauche jetzt keinen Kakao, sondern einen Schnaps!«, sprach ich den Gedanken aus.

»David! Du bist noch nicht volljährig!«, sagte meine Freundin empört. »Aber ja ich nehme auch einen.«

»Wartet damit lieber bis zum Ende der Geschichte, sie ist noch lange nicht vorbei.«, erklärte uns der Drache des Willens. Diese hatte ihren Beschützermodus abgestellt und sich ins Gras gesetzt.

Mittlerweile kamen unsere Drachen wieder zur Besinnung und gesellten sich zu uns.

»Aluna hat Recht, das war erst der Anfang. Da Niri wie Zeriel und ich unsterblich war, brauchten wir uns keine Sorgen machen. Aber die Schlacht verlief anders als erwartet. Mit ihren Fähigkeiten über die fünf Elemente riss sie Schneide für Schneide in die Reihen der Kultisten, welche von Morgana angeführt wurden. Merlin und Arthur kämpften Seite an Seite mit ihr und die Schlacht schien so gut wie gewonnen. Bis Morgana einen Erddämon beschwor.

Dieser verwundete sie schwer und schuf für die Pendragon-Hexe die Gelegenheit, sie und Arthur mit dem Fluch des ewigen Schlafes zu belegen. Sollte sie jemals wieder erwachen, würde das Ende der Welt eingeläutet.« Ihre letzten Worte zwang sie förmlich über ihre Lippen. Der Schmerz saß tief in ihrer Brust. »Aber die Geschichte ist nicht zu Ende. Wie ich es meiner Tochter versprach, beschütze ich ihr Baby. Wir lebten fortan in Rom. Sie war ein so unbeschwertes Kind mit dem gleichen Temperament, wie es auch schon ihre Mutter und ihr Großvater besaßen. Sie verliebte sich eines Tages in einen jungen Adligen aus Verona. Sein Name war Romeo.«

»Romeo? Der Romeo aus Romeo und Julia?«, fragte John begeistert. Für ihn war diese Geschichtsstunde wie die Frucht der Erkenntnis. Er erfuhr die Geschichte der Menschheit aus einem komplett neuen Blickwinkel. Selbstverständlich saugte er dieses Wissen wie ein Schwamm auf.

»Ach Quatsch. Das war bestimmt nur ein Zufall.«, sagte Trace und seine Ungläubigkeit war glasklar. Er winkte die Aussage schlichtweg ab. Aber Allura widersprach ihm deutlich. »Genau der und wie deren Geschichte Ausgang, dürftet ihr bei William im Unterricht gelernt haben. Da Julia nicht mit der Unsterblichkeit ihrer Mutter gesegnet war, weil ihr Vater ein Sterblicher war, starb sie durch den Dolch.« Allura war den Tränen nahe. Ihre Stimme wurde immer heiserer.

Es war ihr deutlich anzusehen, wie schwer es ihr fiel, über ihre Vergangenheit zu sprechen. Wie viel Leid sie über die Jahrhunderte durchgestanden hatte, mag ich mir gar nicht vorstellen. Ohne nachzugeben, sprach sie weiter. »Der erneute Verlust eines Familienmitgliedes riss mich förmlich aus dem Leben. Ich verschwand aus der Welt der Menschen und überließ sie ihrem Schicksal. Nie wieder wollte ich etwas mit ihnen zu tun haben. Aber so einfach war es dann doch nicht. Was niemand wusste, war, dass Julia ein Kind unter ihrem Herzen trug. Romeo jedoch wachte wieder auf, weil das Gift, welches er zu sich nahm, von Lorenzo vertauscht wurde. Als er sie bestattet, spürte er wie durch ein Wunder den Tritt seines Sohnes. Wäre es ein reines menschliches Baby gewesen, wäre es mit seiner Mutter gestorben, aber so hatte er dennoch eine Chance. Leider erfuhr ich zu spät von diesem Wunder. Ich hatte die Menschenwelt bereits verlassen. Ihr glaubt gar nicht, wie überrascht ich war, als ich dem Jungen irgendwann in der magischen Dimension über dem Weg gelaufen bin. Ich erkannte ihn sofort. Diese blauen Augen waren einmalig. Allerdings beschloss ich, mich von ihm fernzuhalten. Immerhin war auch er ein Sterblicher und das bedeutete, dass ich gezwungen war ihm irgendwann beim Sterben zu zusehen. Aber ich schwor, über seine Blutlinie zu wachen und das tue ich bis heute.« Ihr Blick fiel auf mich.

»Oh nein, das kann nicht sein. Das ist unmöglich! Keiner meiner Eltern ist oder war magisch begabt. So etwas wäre mir nicht entgangen!« Ich war leicht hysterisch. Heute prasselte einfach zu viel auf einmal auf mich hinein. Die Last wurde immer größer. Langsam, aber sicher fiel es mir schwerer, zu atmen.

»Du hast Recht. Keiner deiner Familie besitzt magische Fähigkeiten. Der Grund liegt darin, dass ich diese vor einigen Generationen versiegelte. Dadurch waren die kommenden Erben nicht in der Lage ihre Begabungen auszubilden. So war es euch möglich, ein Leben außerhalb der magischen Dimension zu führen. Ihr wart in Sicherheit! Aber durch einen Wink des Schicksals brach deine Mutter das Siegel, das sich immer auf die folgende Generation übertrug. Das war in dem Moment deiner Geburt. Die immense Trauer löste einen Essenzrausch aus, welcher ihre Ketten sprengte. Gesammelt in einer einzigen Träne, rief sie instinktiv die alleinige Person, die ihr helfen konnte. Zeriel. Und den Rest der Geschichte kennt ihr.« Kaum endete sie mit der Erzählung, welche mein Leben erneut auf den Kopf stellte, sank sie neben Aluna zu Boden. Sie wirkte außerordentlich müde.

Keiner der Anwesenden war im Stande etwas zu sagen. Eine gefühlte Ewigkeit saßen wir da und schwiegen uns an. Bis Jadriel aufstand und vor ihr auf die Knie fiel. »Bitte verzeih mir! Wäre ich stärker gewesen, wäre dir und unserer Familie so viel Leid erspart geblieben.«

Die Inkarnation des Willens legte ihr eine Hand auf die Schulter. »Ach Jade, wie kann ich dir etwas verzeihen, an dem du keine Schuld trägst. Im Gegenteil ich sollte dir danken, dass du mich ins Leben zurückgeholt hast. So war es mir vergönnt, viele schöne Erinnerungen zu sammeln. Natürlich waren Schlechte mit dabei. Aber das gehört zum Leben. Du weißt doch. Alles steht immer im Gleichgewicht.« Sie erhob sich und schlug sich einige Grasfetzen von ihrem weißen Sommerkleid. »Jetzt ist aber genug mit dem ewigen Trübsalgeblase! Wir haben noch viel vor. Der Krieg steht vor der Tür, mein Mann liegt in Ketten und ohne Flügel in der Unterwelt und ich bin am Verhungern. Also was gibt es zu essen. Danach beginnen wir das Kampftraining und glaubt mir, wenn ich sage, dass mein Training deutlich härter ist als das von Jadriel.«

»Sagtest du gerade, Zed besitzt keine Flügel mehr?«, fragte Trace verwundert.

Alluras Miene blieb unverändert. »Ja, in der vergangenen Nacht, schlug ihm jemand die Flügel ab. Das war der Schmerz, welchen ihr verspürtet. Ich schlich mich hin und wieder in sein Bewusstsein. Natürlich immer nur kurz, da ich sonst Gefahr lief, entdeckt zu werden. Aber so wusste ich immer, wie es ihm ging. Deshalb weiß ich auch, dass der fünfte Wächter, der Wächter der Leidenschaft seinen Verrat aus tiefsten Herzen bereut und mit Zeriel an einem Plan arbeitete, aus der Unterwelt zu entkommen. Leider flog dieser auf und das Ergebnis durftet ihr vor ein paar Stunden am eigenen Leib erfahren.« Und schon wieder lässt sie so ganz nebenbei eine Bombe platzen. Was stimmte mit dieser Frau nicht?

Aber sie brachte auch gute Nachrichten mit sich. Chris war wieder auf unserer Seite. Das bedeutete, dass es doch noch Hoffnung für uns gab. Vielleicht wendete sich das Blatt jetzt zum Guten.

Was aber mit Trivarius und seinen Plänen geschah, stand in den Sternen. »Wir sollten Merlin kontaktieren. Er wird uns bestimmt mehr zur aktuellen Lage berichten können. Wir waren so mit der Suche nach dir beschäftigt, dass wir gar nicht mitbekommen haben, wie sehr sich das Geschehen außerhalb von Irland verschlechtert hat.«, schlug John vor. »Hat jemand seine Handynummer?« Er blickte in die Runde, aber niemand antwortete ihm. Bis auf Allura. Das war ja mal wieder klar. »Ich habe sie, trotz allem ist er mein Schwiegersohn.«

Erneut klappte mir die Kinnlade herunter und alles, was ich hervorbrachte, war. »Allura, bitte keine Überraschungen mehr, zumindest für heute!«

Jadriel schien noch mehr aus der Fassung zu sein, wie ich es war. »Das ist jetzt nicht dein Ernst, oder? Was in Vaters Namen hat meine Nichte an diesem Rüpel nur gefunden? Außerdem, wenn er euch bereits kennt, warum diese ganze Sache mit der Suche? Hätte er dich nicht anrufen können? Dann hätten wir uns diese Reise erspart! Weißt du, was ich durchgemacht habe? Ich war Stunden lang mit diesen Trottel von Menschen in einem primitiven Fluggerät unterwegs, ich war gezwungen Toiletten zu reinigen, nur um dich zu finden und dabei hätte ein Anruf gereicht?«, jammerte Jadriel. Irgendwie verstand ich sie. Das hätte alles um einiges vereinfacht.

»Nur weil ich seine besitze, heißt das ja nicht, dass er auch meine eingespeichert hat. Außerdem weiß er nicht einmal, wer ich bin. Ich habe mich ihm nie vorgestellt. Nicht einmal in Camelot. Nur weil ich gezwungen war unterzutauchen, wollte ich zumindest meiner Tochter ein halbwegs normales Leben ermöglichen. Sie sollte sich ebenfalls verlieben und ihren eigenen Weg gehen. Sie besitzt wie jeder andere einen freien Willen und sie hat sich für ihn entschieden. Also unterstützte ich sie, so gut es eben ging.«, erklärte sie das Missverständnis und wählte eine Nummer.

»Merlin am Apparat. Wer spricht da bitte?« Merlins Stimme klang erstaunlich ruhig.

»Deine Schwiegermutter. Ich finde, nach einem Millennium, ist es an der Zeit, dass wir uns kennenlernen. Familiendinner morgen um zwölf bei mir im Knockree Youth Hostel. Ich hoffe, du magst Steak.« Damit legte sie auf. »So, das wäre geklärt. Beginnen wir mit dem Kampftraining.«

Kapitel 18 »Die lebende Hölle namens Allura«

>>*Chris*<<

Das vor Schweiß triefende T-Shirt klebte auf meiner Haut. Völlig erschöpft lehnte ich gegen die kalte Steinwand. Die letzten Stunden waren die Schlimmsten, die ich je erlebte. Zed lag mir bewusstlos gegenüber. Und mich kostete es, alle Kraft die Augen offen zu halten.

Warum war ich nur so naiv gewesen? Wie kam ich bloß auf die Idee, Marxael an der Nase herumzuführen. Hätte ich mich nur nicht auf ihn eingelassen. Dann wäre es nie so weit gekommen. Ich atmete einmal tief aus und zog die nasskalte Luft scharf in meine Lungen. Ich schwöre beim Schöpfer, wenn ich je hier rauskäme, werde ich Marxael eine Hölle zeigen, die schlimmer war als das Fegefeuer.

Meine Fingerspitzen bohrten sich in die Handinnenfläche und eine warme Flüssigkeit lief an ihr herab. Der Zorn gab mir Kraft und ermöglichte es, die Wut zu kanalisieren. Er mag mir durch eine List die Magie geraubt haben, aber noch würde ich nicht aufgeben.

So wie ich Iden Prinzen der Hölle kannte, wird er mich dennoch zwingen, gegen den Kommandanten anzutreten. Ich sollte besser anfangen zu trainieren. Mit aller mir zur Verfügung stehenden Kraft stemmte ich mich auf die Füße. Ein kleiner Aufschrei entfuhr mir.

»So weit so gut.«, sagte ich zu mir selbst und ließ meinen Kopf kreisen, dabei hörte ich ein leichtes Knacken. Ich führte den rechten Arm gestreckt zur linken Schulter. Unmittelbar durchzog mich ein seichtes Ziehen. Das Gleiche wiederholte ich mit dem anderen Arm. Danach beugte ich den Oberkörper nach vorne über und versuchte, meine Zehen zu erreichen.

Nachdem ich mich ausreichend gedehnt hatte, fing das Krafttraining an. Zuerst ein paar Liegestütze, dann Sit-ups, darauffolgend die Kniebeugen. Zum Abschluss tat ich etwas für meine Ausdauer und lief im ständigen Wechsel zwischen den Wänden hin und her.

»Was tust du da?« Zed versuchte sich aufzurichten, aber er war zu geschwächt. Der Verlust seiner Flügel hatte ihm übel zugerichtet.

»Trainieren!«, erklärte ich schwer atmend und lief weiter.

»Das sehe ich, aber wieso?« Er schaffte es sich, mit seiner Schulter, gegen die Zellenwand zu lehnen. Sein Blick war vollkommen leer. Dieses Mal hatte Marxael Erfolg. Er hatte den Hüter gebrochen.

Langsam lief ich aus und ging auf meinen in kettenliegenden Freund zu. »Ich habe uns in diesen Schlamassel gebracht, also hole ich uns auch wieder heraus. Und wenn ich jeden einzelnen Dämon vermöble, um uns zu retten.«

»Es hat alles keinen Sinn. Wir kommen hier nie raus. Nicht ohne ein Wunder.« Zed ließ seinen Kopf sinken und Tränen flossen aus über die Wangen und fielen zu Boden.

Was soll ich nur tun? Niemals hatte ich ihn so niedergeschlagen erlebt. Die Situation war aussichtslos, aber schlichtweg aufzugeben, war nicht seine Art. »Zed, sieh mich an!«, forderte ich ihn harsch auf. »Was ich jetzt tun werde, tut mir leid.« Mit dem letzten Wort hob er den Kopf leicht an und meine Hand scheuerte ihm eine, welche John alle Ehre gemacht hätte.

»Aua!«, schrie Zeriel und hielt sich die Wange.

»Jetzt reiß dich zusammen! Wir geben nicht auf! Hast du mich verstanden! Wir kommen hier wieder raus und wenn ich dafür dieses dämliche Lied singen muss, welches du vorhin angestimmt hattest.«

Schlagartig kehrte sein Lebenswille in seine Augen zurück. »Nein, du wirst dieses Lied niemals singen! Hast du mich verstanden! Es würde dich vernichten!«

»Ach und dich nicht?« Er schwieg. »Hör zu, abgesehen davon, dass seit diesem Zeitpunkt ständig irgendwelche Phrasen im Kopf habe, die keinen Sinn ergeben, bin ich mir ziemlich sicher, dass es einen Weg hieraus gibt. Es ist mein freier Wille, dieses hier zu überleben und ich werde alles Mögliche tun. Also entweder hilfst du mir oder hältst dich raus!« Keine Ahnung, wann zuletzt so eine Leidenschaft in mir brannte. Sie gab mir die Sicherheit und das Vertrauen, dass wir das überlebten.

»Da ist es wieder.« Zed lächelte mich.

»Was denn?«, fragte ich ihn, da ich nicht verstand, worauf er hinaus wollte.

»Dieses Feuer in deinen Augen, welches der Grund war, warum ich dich zum Wächter der Leidenschaft ernannt habe. Wenn du dir etwas in den Kopf gesetzt hast, dann ziehst du es bis zum Ende durch. Einige mögen dich für einen Dickkopf halten, ich jedoch nenne es Leidenschaft. Komm ein Stück näher und reich mir deine Hand.« Ich war zu perplex, um zu antworten. Also tat ich, wie mir befohlen und reichte sie ihm. »Die Andere, mit dem Ring.« Zed verdrehte leicht die Augen. Dieses tat er immer, wenn ihn jemand falsch verstand. Schnell wechselte ich die Hand. Er hielt sein Gesicht direkt über den Edelstein und eine seiner Tränen fiel mit auf das Schmuckstück. Kaum traf es die

Oberfläche, da erstrahlte es in einem grellen roten Licht und ich hielt den Flammenspeer in der Hand.

»Wie ist das?« Ich war zu perplex, um meinen Satz zu beenden.

»Die Ketten mögen unsere Kräfte blockieren, aber wenn ich sie in einem von mir abgegebenen Körperteil speichere, werden sie nicht absorbiert. Ich werde dich in der Speerkunst unterweisen. Ein Schwert passt nicht zu dir. Du brauchst etwas mit mehr Reichweite, mit mehr Effekt. Und jetzt stell dich hin. Beide Hände fest um die Waffe.«

Ein Lächeln huschte über mein Gesicht. Marxael warte nur ab. Dir werde ich zeigen, wo der Speer sticht.

>>*John*<<

Nessie trieb mich an meine Grenzen. Ununterbrochen schleuderte sie mir gigantische Flutwellen entgegen, welche ich ihr wieder zurücksendete. Ziel der Aufgabe war es, die Kraft des Gegners gegen ihn zu verwenden. Sie nannte es das Prinzip der Ebbe und Flut. Was kam, ging wieder zurück. Auf den ersten Blick sah es simpel aus, allerdings endete Versuch Nummer eins kläglich in einer Baumkrone.

»John konzentriere dich! Lass deine Essenz fließen wie das Wasser. Sie wird sich mit der fremden Kraft verbinden und dir die Kontrolle geben. Danach heißt es nur zurück an den Absender!«, erklärte mir die umwerfende Drachin, welche seit einigen Tagen meine Frau war. Mir fiel es weiterhin schwer, zu glauben, dass ich bereits mit 16 geheiratet hatte. »John!«

Im letzten Augenblick riss sie mich aus dem Tagtraum und ich sandte die Essenz des Wassers aus und schaffte es instinktiv, ihre Welle zu übernehmen. Allerdings gelang es mir nicht, mit dieser großen Menge an Magie umzugehen. Die Wassermassen rasten direkt auf David zu, welcher in den nächstgelegenen Fluss gespült wurde. »T´schuldige, mein Fehler.«

»Komm schon John. Was ist denn mit dir los? Das war das siebte Mal!«, protestierte der vor Wasser triefende David. »Wenn das so weiter geht, habe ich bald keine Sache zum Anziehen mehr.«

»Wäre das denn so schlimm?«, fragte seine frech grinsende Freundin.

»Wenn ich es mir so überlege. John, ich bin nicht ganz nass, Bitte wiederhole den Angriff doch noch mal!«

»Hört ihr endlich auf das Alles als Scherz anzusehen! Wenn ihr nicht schnellstmöglich lernt, euch zu beschützen, werden wir allesamt draufgehen! Du, David, hast nicht ein einziges Ziel mit dem Bogen getroffen. Emioras Hintern mal ausgenommen. John besitzt keine Kontrolle. Trace haut wie ein Bekloppter mit seinem Hammer in der Gegend herum und Mica kann noch nicht einmal ihre Waffe rufen!« Die sonst so fröhliche und gelassene Allura war wie ausgewechselt. Wie ein Drillsergeant triezte sie uns seit dem Mittag.

»Was erwartest du denn bitte? Bis vor ein paar Wochen waren wir normale Teenager, welche sich nur über ihre Noten und Beliebtheit Sorgen gemacht haben. Jetzt lastet das Schicksal der Welt auf unseren Schultern!« Mica klang echt frustriert. Sie gab ihr Bestes. Wie auch immer, die Luft und sie fanden heute nicht den gemeinsamen Nenner.

»Denkt ihr, das ist mir nicht bewusst? Aber uns bleibt keine andere Wahl. Wenn ich euch wie Zery mit Sanfthandschuhen anpacke, überlebt ihr nicht eine Minute auf dem Schlachtfeld!«

»Uns hat nie einer gefragt, ob wir überhaupt kämpfen wollen! Es hieß ständig nur Schicksal, Bestimmung und keine andere Wahl. Aber wenn ich dich erinnern darf, wir haben immer eine. Sonst wärst du jetzt nicht hier!« Hier war ihr Mundwerk wieder schneller als Jadriel erlaubte. Augenblicklich schlug sie sich mit ihren Händen vor den Mund. »Allura. Ich. Es tut mir leid.«

»Du hast ja Recht. Ihr habt immer eine Wahl, es ist euer freier Wille, diesen Weg zu beschreiten. Aber ihr müsst euch der Konsequenzen bewusst werden. Wenn ihr entscheidet, nicht in den Kampf einzugreifen, werden viele Menschen, Hexen, Vampire, Feen, Werwölfe und Elfen ihr Leben verlieren. Würde ihr sie alle ins offene Schwert laufen lassen? Nein, das würdet ihr nicht. Sonst hätte Zeriel euch nie erwählt. Ich spüre eure reinen Seelen und die Bereitschaft zu kämpfen. Das Einzige, was fehlt, ist das nötige Wissen wie!«

Die Fähigkeit zu kämpfen. Als Wächter, welcher über alle Weisheiten achtgibt, sollte ich Zugriff auf diese haben. Ich ging tiefer in mich als je zuvor. Vor mir tauchte das magische Gefäß mit der elementaren Essenz auf, doch ich schob es zur Seite. Auf der Rückseite floss ein schmaler Rinnsal aus Wasseressenz tiefer in mein Unterbewusstsein. Langsam aber sicher hangelte ich an ihm entlang. An seinem Ende angelangt, wurde es weiß um mich herum.

Als ich die Augen wieder öffnete, war ich umgeben von tausenden Büchern. Vor mir stand eine Person. Sie hatte braune Haare und trug die gleiche Brille wie ich. Nein, es war viel mehr ein Ebenbild meiner selbst.

»Endlich hast du einen Weg hierher gefunden. Ich warte schon so lange. Wie du sicher festgestellt hast, bin ich du und du bist ich, quasi dein Spiegelbild erschaffen von deinem Unterbewusstsein, um dich durch die Bibliothek des Wissens zu leiten. Sämtliches Wissen des Universums befindet sich hier versammelt und steht dir ununterbrochen zur Verfügung. Also sag mir, welches du heute begehrst?«

Ich drehte mich um meine eigene Achse. Der Anblick war atemberaubend. Nicht einmal die Bibliothek in Camelot war im Stande hier mitzuhalten. Es gab zehn Meter hohe Regale, welche alle mit dicken antiken Büchern gefüllt waren. Das war das Paradis. Doch irgendetwas war falsch. »Wieso ausgerechnet ich? Irgendwo gibt es einen Haken?«

»Du bist der Seelenpartner des Drachen des Wissens. Durch eure Verbindung war es dir möglich, auf diesen Ort zu zugreifen. Es gibt kein Kleingedrucktes oder einen Preis zu zahlen. Also welches Wissen möchtest du dir als Erstes aneignen. «

Mmh, ich ließ mir Zeit mit der Auswahl. Es bringt nichts, die fortgeschrittene Techniken zu erlernen, wenn mir die Grundlagen fehlen. »Zeige mir ein Buch über die Basis der Wassermagie.«

»Wünschst du die himmlische, die menschliche, die dämonische oder die verbotene Version zu lesen?«

Diese Antwort verwunderte mich. Gab es wirklich so viele Ansätze zur Magie des Wassers. Als las er meine Gedanken, klärte mich das Spiegelbild bereits auf. »Diese Werke unterscheiden sich im Wesentlichen nur im Bezug zur Beziehung zum flüssigen Element. Die menschlichen

Magier und Hexen, welcher über dieses gebieten, verlassen sich nur auf ihre eigene Essenz. Die Himmelswesen erbitten wiederum die Unterstützung der Natur. Ganz im Gegenteil zu den Dämonen, welche der Umwelt ihrer Essenz berauben, um sie gegen ihre Feinde einzusetzen.«

Hatte er nicht eine Version vergessen? »Und was ist mit der Verbotenen?«

»Wünschst, du wirklich mehr über diese zu erfahren? Allein ein kleiner Teil dieses Wissen gilt schon als Regel verstoß, da es sich gegen das ureigene Prinzip des Willens stellt.« Mein Zwilling schwieg fortan und wartete geduldig auf die Antwort. Ich befand mich wahrlich in ein einer Patt-situation. Auf der einen Seite wollte ich jedes erdenkliche Wissen in mir aufsaugen, auf der anderen Seite wiederum widerstrebte es mir auf dieses zu zugreifen. Was wären die Konsequenzen?

Schlussendlich fasste ich den Entschluss, dass die himmlische Version die Beste für mich war und widerstand der Versuchung, mir verbotenes Wissen anzueignen. Jedoch würde ich Allura diesbezüglich fragen. Wenn es sich dabei um einen Verstoß gegen das Urprinzip des Willens handelte, sollte sie darüber Bescheid wissen. »Gib mir die himmlische Lehre.«

»Gute Wahl!«, sagte er freudig und schnippte mit den Fingern. Augenblicklich flog ein Buch mit blauem Ledereinband auf mich zu. Mit jedem Meter beschleunigte es und wurde schneller. Und noch schneller. »Sollte es nicht langsam mal anhalten?«, fragte ich leicht panisch und bereitete mich darauf, jederzeit auszuweichen.

»Warum sollte es abbremsen? Das Wissen wird per Kontakt übertragen. Wer liest den heutzutage noch?«, sagte er und zuckte mit den Schultern.

In der Zwischenzeit raste das Buch in einer rasenden Geschwindigkeit auf mich zu. Oh Schöpfer, das wird weh tun. Und das tat es auch. Das Wissen traf mich mit voller Wucht und schleuderte meinen Körper zwei Meter nach hinten. Jetzt wusste ich, wie Trace sich fühlte, wenn er ein Buch in die Hand nahm.

Nachdem ich mich aufrichtete, war da mehr in meinem Kopf. Das komplette Basiswissen über die himmlische Lehre der Wassermagie war präsent. Als hätte ich per Drag and Drop etwas auf eine Festplatte kopiert. Während ich die neuen Erkenntnisse durchsuchte, stellte ich fest, dass sämtlich Angriffs- und Verteidigungstechniken mir bekannt waren. Nicht nur theoretisch, sondern ich wusste genau, wie ich sie einzusetzen hatte.

Ein Lächeln tauchte in meinem Gesicht auf. »Als Nächstes gib mir bitte die restlichen Bücher der himmlischen Lehre zum Element des Wassers! Wenn ich schon einmal hier bin, soll es sich auch lohnen!« Mein Wissensdurst war nicht zu löschen. Ich wollte mehr!

»Bist du dir sicher? Die Menge an zu übertragenen Daten würde deine Gehirnkapazität sprengen und dich in eine seelenlose Hülle verwandeln. Ich schlage deshalb vor, dass wir das Wissen nach und nach transferieren. Wie eine Art Gehirnjogging, um die Leistungsfähigkeit deines Geistes zu stärken.«

Da war er also doch noch, der Haken. »Na schön, gibt es wenigsten ein Buch zur Kontrolle über die Essenz? Wenn möglich die himmlische Ausgabe.«

»Dein Wunsch sei mir Befehl!«, mein Klon verneigte sich und schippte erneut mit den Fingern. Dieses Mal flog ein deutlich dickerer Einband auf mich zu. Ich schluckte. Das würde eine große Beule geben.

Wie vermutet wurde ich durch die komplette Bibliothek geschleudert, direkt durch den Ausgang und ich landete wieder in der Realität.

»Hätten wir das jetzt geklärt? Wenn ihr leben wollt, müsst ihr euch mehr anstrengen!« Allura predigte anscheinend weiterhin ohne Punkt und Komma.

Mein Blick fiel auf die Uhr, welche ich am Handgelenk trug. »Das kann doch nicht sein.«, sprach ich die Gedanken aus und alle drehten sich zu mir um.

»Äh John ist alles ok mit dir? Du siehst aus, als wärst du einem Gespenst begegnet.« Trace schaute mich besorgt an. »Ich weiß, dass wir gerade durch die Hölle trainieren und du kein freund von Sport bist, aber ein bisschen Motivation dürftest du schon an den Tag legen.«

»Halt die Klappe!«, fauchte ich ihn an. »Das ist absolut unmöglich! Wie lange war ich weg?« Allen Anwesenden war es deutlich anzusehen, dass sie nicht ein Wort von dem verstanden, was ich sie fragte.

Nessie trat auf mich zu. »John, was ist los. Du hast den Ort nie verlassen.«

»Das ist mir klar und jedoch war ich nicht hier! Für mindestens eine halbe Stunde.«

»Schwesterherz hast du ihn vielleicht doch zu hart gegen den Baum geschleudert?«, flüsterte Erotan seiner Schwester ins Ohr. »Ach Quatsch, das war nur ein kleiner Aufprall.«

Während die beiden darüber diskutierten, ob ich einen an der Waffel hatte, wurde mir klar, was das alles bedeutete. Die Zeit verging im Unterbewusstsein deutlich schneller. Was für mich Minuten waren, waren für meine Freunde Hundertstel an Sekunden. Ich war nicht im Stande ein Lachen zu unterdrücken. Diese Fähigkeit war ja mehr als nur ein Cheat.

Ohne die Anwesenden zu beachten, öffnete ich das imaginäre Fenster und ließ die Essenz sich in mir ausbreiten. Durch die Magie gestärkt, griff ich nach dem Fluss und zog einen Schwall an Wasser zu mir. Mein Körper folgte den Bewegungen, welche ich mir basierend auf dem erworbenen Wissen vorstellte, und das Element leistete mir Folge. Es war ein ewiger Tanz. Am Anfang führte ich das Wasser, dann ließ ich mich von ihm Treiben.

Es war ein berauschendes Gefühl. Um es deutlicher zu fühlen, schloss ich die Augen und ließ mich von meinen Emotionen leiten. Auch wenn ich es nicht direkt sah, so wusste ich, dass sich die Kraft ausbreitete und immer mehr Wasserteilchen mir folgten. Überall in der Luft schwebten kleine Kugel aus Wasser, welche das Licht der Abenddämmerung brachen und die Lichtung in einen mystischen Glanz hüllten.

Mir war nicht klar, wie lange ich dem Weg des Wassers folgte, doch nach einer gefühlten Ewigkeit, waren meine Reserven erschöpft und ich sackte schwer atmend zusammen. »Wow.« Es war vielmehr ein Keuchen, als dass ich sprach. Dennoch war ich überglücklich.

»Wahnsinn, was war das John?«, fragte Mica faszinierend. »Deine Kontrolle über das Wasser war phantastisch. Als hättest du jahrelange Erfahrung!« Ich antwortete nicht auf ihre Frage.

»Stimmt, deine Verbesserung war zu schnell zu gut. Was hast du getan?«, fragte Jadriel mit einem mehr als misstrauischen Blick. Es war die Art, welcher aussagte, na los spuck es aus, sonst prügele ich es aus dir heraus!

»Ich habe ein Buch gelesen.«, scherzte ich und brachte sie damit tierisch auf die Palme. Sie lief tiefenrot an und wollte sich am liebsten auf mich stürzen. Allura allerdings lachte aus tiefster Seele. »Du hast geschummelt! Du warst in der Bibliothek.«

Ich richte mich auf. »Woher?«

»John, wer glaubst du, hat dieses Gebäude erbaut? Es ist die Büchersammlung des Wissens und das Wissen ist eine Tugend des Willens. Dementsprechend besitze ich ebenfalls einen Zugang zu der großen Bibliothek von Alexandria.«

Allura schaute mir direkt in die Augen. »Was denn? Ist es verboten seine kompletten Fähigkeiten auszuschöpfen? Ich dachte, darum geht es, dass wir lernen, unser volles Potential zu nutzen.«

»Das schon, aber zu viel Wissen kann gefährlich sein. Wissen bedeutet immer Macht. Und in dieser Bibliothek gibt es etwas, welches niemals das Licht des Tages erblicken sollte.«, warnte sie mich eindringlich.

»Sprichst du von den verbotenen Versionen?« Sie zog scharf die Luft ein. »Bitte sag mir, dass du der Versuchung widerstanden hast!« Die blanke Panik tauchte in ihren Augen auf. Alluras Stimmung schlug um und sie wurde wieder zum eiskalten Drillsergeant.

»John, nun sag schon! Hast du dir das verbotene Wissen angeeignet?« Ihre Stimme war schärfer als ein Schwert und bohrte sich mir direkt in die Brust. Eine regenbogenfarbende Aura umhüllte die Inkarnation des Willens und streckte sich in Bruchteilen von Sekunden über die gesamte Lichtung. Es war erdrückend und das Atmen fiel mir schwer. Als hätte sich die Gravitation um ein Zehnfaches verstärkt.

»Natürlich nicht. Ich wollte erst mit dir darüber sprechen. Der Bibliothekar hatte mich gewarnt, dass ich dann gegen das Urprinzip des Willens verstoßen würde. Also nahm ich nur das Basiswissen an.« So schnell wie sich die Anziehungskraft verstärkte, löste sich der Druck schlagartig und ich verfiel in einen tiefen Husten.

»Du hast die richtige Entscheidung getroffen. Schwöre mir hier und jetzt bei deinem wahren Namen, dass du dir dieses Wissen nur in der absolut größten Gefahr und einer aussichtslosen Lage beschaffst. Andernfalls will ich, dass du nicht einmal daran denkst. Dieses Wissen sollte die Bibliothek nie verlassen. In den falschen Händen könnte es das Element des Wassers vernichten. Also gelobe es mir John!« Ihr Tonfall ließ keine Widerworte zu.

»Ich schwöre.«

Allura atmete erleichtert aus. »Was haltet ihr davon, wenn wir das Training beenden. In Enniskerry gibt es einen Pub, dort soll es heute Livemusik geben.«

»Allura! Das sind Kinder! Sie können doch nicht einfach in einen Pub marschieren.«, erinnerte sie ihr Drache.

»Ach komm schon. Ich will mal wieder Tanzen gehen. Außerdem sind wir ja quasi ihre Erziehungsberechtigte, was soll denn da schief gehen.« Sie bettelte förmlich. Gut, ich fand es auch ganz gut, einen normalen Abend zu verbringen, weit weg von dem Chaos.

»Jedes Mal, wenn du diesen Satz sagst, endete der Abend in einem riesigen Durcheinander!«

»Nenn mir ein Beispiel!«

»Pompeji, Atlantis, Tír na nÓg, Rom und Jerusalem.« Sie zählte die Orte an ihren Fingern ab. »Soll ich weiter machen? Mir fallen noch ein paar andere ein.«

»Jetzt sei doch nicht so verklemmt. Wir sind mit den mächtigsten Drachen als Beschützer unterwegs. Im Notfall fliegen wir einfach davon. Oder wir löschen die Erinnerungen der Menschen. Das hat auch bei den UFO-Sichtungen 1947 in Roswell funktioniert.«

»Das wart ihr?«, fragte ich skeptisch und zog eine Augenbraue nach oben.

»Wir? Nein. Sie war das.« Aluna deutete auf Allura. »Madam musste ja unbedingt einen Ambrosia-Cocktail zu viel trinken! Daraufhin zeigte sie sich der Menschheit. Es hat mich einen ganzen Tag gekostet, ihre Sauftour zu verschleiern.«

»Dann eben nur tanzen. Und sollte ich die Nähe der Bar kommen, gehen wir direkt nach Hause!« Ok jetzt wurde es peinlich. Sie flehte sie förmlich auf Knien an, dass Aluna uns den Trip erlaubte.

»Na schön! Aber maximal bis Mitternacht! Immerhin kommt morgen dein Schwiegersohn zu Besuch. Und du willst ihm doch bestimmt nicht mit Augenringen begegnen!«

Kapitel 19 »Familienessen«

>>Mica<<

Die warmen Sonnenstrahlen weckten mich sanft aus dem Schlaf. Offenbar hatte Almatora den Vorhang nicht richtig geschlossen. Noch in meine Decke eingekuschelt, dachte ich an gestern Abend zurück. Dieser war eine nette Abwechslung zu unserem »wir müssen die Welt vor dem Untergang bewahren«- Stress. David und ich tanzten die gesamte Zeit über auf der Tanzfläche zu traditionell irischer Musik. Am Anfang war er etwas steif, doch dann stellte sich heraus, dass er absolut kein Talent als Tänzer besaß. Irgendwie war es ganz süß, wie er versuchte sich zum Takt zu bewegen, aber je mehr er es ausprobierte, umso hoffnungsloser wurde es. Da besaß er schon Unmengen an Magie und schaffte es nicht, sich der Musik hinzugeben.

Draußen hörte ich die Jungs bei ihrem täglichen Krafttraining. Vielleicht sollte ich ebenfalls daran teilnehmen. Zwangsläufig fiel mir die Farce von gestern ein. Warum nur gelang es mir nicht, mich auf den Wind einzulassen. Bisher stellte dieses doch kein Problem dar. Das war schlicht und ergreifend frustrierend.

Langsam zog ich mich aus dem Bett, schlüpfte in meine Badelatschen und ging Richtung Badezimmer. Hier war es frisch, da ich gestern vergessen hatte, das Fenster zu schließen. Ich drehte den Hahn der Dusche auf und sofort stieg mir warmer Nebel entgegen. Schnell zog ich meinen Schlafanzug aus und huschte unter das wärmende Nass. Jeder Tropfen war eine Wohltat und ließ mich entspannen.

Nach dem gestrigen Training waren meine Muskeln wie ein Brett.

Zehn Minuten später klopfte es gegen die Tür. »Hey Mica, beeil dich. Ich will vor dem Frühstück auch noch unter die Dusche.« So verschlafen war Jadriel ganz nett. Erst wenn sie jeden Morgen aus dem Bad kam, ist es, als hätte sie sich eine harte Schale angezogen.

Da ich sie nicht reizen wollte, beeilte ich mich. »Bin schon fertig.« In einem Handtuch eingewickelt. Die Haare ließen sich auch im Zimmer föhnen. Ich zog mir hastig meine Klamotten an und stellte fest, dass ich nach dem gestrigen Training kaum noch saubere Sachen hatte. Toll, da steht wohl demnächst der Waschtag an.

Wo war denn jetzt der Föhn? Ich suchte fünf Minuten nach diesem elektronischen Mistvieh. Bis mir einfiel, dass sich Trace diesen gestern Abend ausgeliehen hatte, da seiner den Geist aufgegeben hatte und von den anderen niemand einen Föhn dabei hatte.

Super und wie trockne ich jetzt meine Haare? Mir fiel keine bessere Lösung ein, als es selbst zu versuchen. Oder ich würde mir bei dem frischen Wetter zu hundert Prozent eine Erkältung holen.

»Ok Mica, du schaffst das! Nur ein kleiner Wind. Keinen Tornado.« Ich versuchte, mir Mut zu zusprechen, »Was hatte Almatora gesagt? Lass die Gedanken von der Luft forttragen. Leere deinen Geist. Und sei frei.« In meiner Vorstellungskraft öffnete ich den Zugang zu der Kraftquelle und sofort schoss die Windessenz heraus und ich wurde in die Magie des Windes gehüllt. »Mist, das war zu viel!«

Meine Essenz breite sich über den gesamten Körper aus und schuf eine Kuppel, welche in rasender Geschwindigkeit um mich herum rotierte. Der Vorteil war, dass die Haare nun staubtrocken waren, denn sie standen mir wortwörtlich zu Berge.

»Alles klar, jetzt reiß dich zusammen. Es kann doch nicht sein, dass du als einzige nicht in der Lage bist, die eigenen Kräfte zu bändigen!« Indem ich die Augen schloss, blendete ich alle äußeren Reize aus und konzentrierte mich nur auf mein Inneres. Es dauerte etwas, bis ich es geschafft hatte. Da ich immer wieder von in das Gesicht klatschenden Haaren abgelenkt wurde.

Vor mir sah ich das Gefäß, welches die Essenz des Windes in meinem Körper einschloss. Was ich dort erblickte, setzte mich in blanke Panik. Der Behälter war von Rissen durchzogen. Immer wieder peitschte der Inhalte in Böen gegen die Wand und versuchte auszubrechen. Es war wie ein Kampf ums Überleben. In diesem Moment wurde mir klar, was ich getan hatte. Der Wind wollte frei sein! Er gehört nicht eingesperrt! Also tat ich das einzig Richtige, ich zerstörte die Barriere und ließ die Windessenz frei.

»Es tut mir leid, ich hätte dich nie wie einen Gefangenen behandeln dürfen. Bitte verzeih mir!«, flüsterte ich in die Windsphäre und augenblicklich bebte der Wind ab und schmiegte sich an mich. Also wolle er sagen, es sei alles gut.

Jadriel kam soeben aus dem Badezimmer. »Ich frage erst gar nicht, was passiert ist und warum unser Zimmer aussieht, als hätte eine Essenzbombe eingeschlagen. Aber wie es mir scheint, hat sich jemand mit seiner Essenz vertragen. Gute Arbeit.«

Hatte ich das richtig gehört? Miss. Eiskalt hatte mich soeben gelobt. »Ich fürchte aber, dass ich mir eine neue Methode überlegen muss, um meine Essenz fokussieren zu können. Sie mag es nicht, in einer Kugel eingeschlossen zu werde.«

Die himmlische Generälin lehnte sich gegen den Türrahmen. »Vielleicht solltest du an einer Möglichkeit arbeiten, die Essenz des Windes zu reinigen, bevor du sie benutzt. Ich bin mir sicher, dass mein kleiner Bruder an einem Konzept gearbeitet hat aber, ob er es vollendet hat, kann ich leider nicht sagen. Wir sollten unser wandelndes Lexikon fragen. Immerhin hat er jetzt auf sämtliches Wissen der Welt Zugriff.«

Nach dem Frühstück gab es eine kurze Trainingseinheit, damit wir alles für das Familientreffen vorbereiten konnte. Hier gelang es mir endlich, Fortschritte zu machen. Die Beschwörung der Waffen ging zwar komplett nach hinten los, aber mir reichte es, dass der Wind wieder auf meiner Seite war.

Während wir den Tisch deckten, ging Allura in die Küche und bereitete das Essen vor. Zumindest bis zu dem lauten Knall, welcher uns alle aufweckte.

Von dem Lärm angelockt stürmte der Drache des Willens in die Küche. »Was zum Schöpfer ist denn hier los?«

Trace reagierte ganz trocken. »Allura hat versucht, das Essen zu kochen. Allerdings besitzt sie dafür ein genauso großes Talent wie ihr Ehemann. Und jetzt dürfen wir die Küche schrubben.«

Das linke Auge von Aluna zuckte wie verrückt. »Ihr habt diese Frau in die Küche gelassen? Das letzte Mal, als sie am Herd stand, ist der Vesuv ausgebrochen! Das war's dann mit Pompeji.« Bevor sie sich weiter aufregte, kam Allura aus der verrußten und rauchenden Küche. Ihr Gesicht war komplett mir Ruß, Kartoffel und Käse bedeckt. »Tja, ich würde sagen, das war mal unser Kartoffelgratin. Ich hätte nicht gedacht, dass dieses Gericht eine ebenso explosive Gefahr darstellt, wie Pasta mit Tomatensoße.«

Zu ihrem zuckenden Auge kam eine pulsierende Ader an Alunas Stirn hinzu. »Die einzige hochexplosive Gefahr bist du! Raus aus der Küche, bevor du uns noch alle umbringst! Mica, du bringst sie auf ihr Zimmer und sorgst dafür, dass sie entkäsifiziert wird! Die Herren der Schöpfung beseitigen das Chaos hier und ich besorge das Essen. Er muss ja nicht erfahren, dass es gekauft ist. Im Ort gibt es ein nettes kleines Restaurant. Die haben bestimmt ein paar Köstlichkeiten. Na los, worauf wartet ihr. Zack zack zack! Merlin kommt in nicht einmal zwei Stunden!«

Wir machten uns alle an die Arbeit, denn niemand wollte sich mit Aluna anlegen und gefahrlaufen, in das Tal hinabkatapultiert zu werden.

Es grenzte an ein Wunder, dass wir sämtliche Aufgaben in der erforderlichen Zeit erledigten. Völlig verschwitzt und außer Atem, sanken wir um kurz vor elf auf den Boden. Alles war hergerichtet, das essen war da und keine Sauerei in Sicht. Mit letzter Kraft gaben wir uns ein Gruppen-High-Five.

Jadriel kam die Treppe hinunter, als die Uhr zwölf schlug. »Wie seht ihr denn aus? So könnt ihr nicht am Familienessen teilnehmen!« Wie es ihr Bruder immer tat, schnippte sie mit den Zeigefingern und wir tauschten unsere Klamotten mit ein paar feineren Sachen. Die Jungs trugen Hemd und Jeans, während Jadriel und ich einen kurzen Rock und eine Bluse bekamen.

Der Zeiger sprang auf eine Minute nach. »Na toll, nach über einem Jahrtausend hat er nicht gelernt, die Uhr zu lesen. Wie immer ist er unpünktlich. Selbst bei seiner Hochzeit kam er eine Stunde zu spät!« Die Laune des Drachen des Willens erreichte einen neuen Tiefpunkt.

Allura versuchte ihre Partnerin zu beruhigen. »Er wird schon gleich kommen.« Doch sie schien sich zu täuschen. Nach einer Stunde war Merlin immer noch nicht eingetroffen. »Wieso kommt er nicht? Will er mich etwa nicht kennenlernen?« In ihren Augen sammelte sich Wasser, bis es in einer Träne, langsam über ihre Wange rollte. Bevor diese zu Boden fiel, entzündete sich regelrecht der Zorn des weiblichen Urdrachens. Wenn wir nichts unternahmen, würde sie ihn gleich persönlich her schleifen.

Ich trommelte alle Elementardrachen zusammen. »Haltet eure Mutter nur für fünf Minuten auf. In der Zwischenzeit finde ich heraus, wo unser Supermodell steckt.« Mit flinken Fingern schnappte ich mir Alluras Telefon und drückte die Taste für die Wahlwiederholung. Nach drei langen Pieptönen nahm er ab. »Ich hoffe, du hast einen plausiblen Grund, dafür, dass du nicht da bist. Denn ich habe hier einen äußerst wütenden Drachen sitzen, der dir deine vier Buchstaben aufreißen will!«

»Ich bin ja gleich da. Der Kerl von der Autovermietung wollte meinen Führerschein nicht akzeptieren. Gut, er war auch abgelaufen. Aber so oft brauche ich das Ding nicht.«, verteidigte sich der berühmteste Zauberer der Welt. Ein silbernes Auto fuhr am Hostel vorbei und parkte auf dem oberen Parkplatz. »Ich lege jetzt auf. Bis gleich.«

Flink drehte ich mich auf der Stelle zu Allura um und legte meinen Arm um ihre Schulter. »Siehst du, es war alles nur ein Missverständnis. Er kommt gleich die Treppe runter. Er wurde am Flughafen aufgehalten. Also sei so nett und pfeife deine Freundin zurück, bevor ich wieder den Boden schrubben darf. Bitte. Dankeschön.«

Aluna schaute zu mir auf und wischte sie die Tränen aus dem Gesicht. »Na toll, jetzt ist das Make-up verlaufen.«

Ein Schnippen ertönte hinter meinem Rücken. »Schon erledigt. Auch wenn ich nicht verstehe, warum du dich für diesen Mistkerl von einem Menschen so aufgetakelt hast.« Ich sah es zwar nicht selbst, doch war ich mir sicher, dass Jadriel die Augen verdrehte.

Das Knarren der Treppe zog unsere Aufmerksamkeit auf sich. Mit langsamen Schritten kam das Supermodel die Stufen hinab. In der einen Hand trug er einen Blumenstrauß und in der anderen seine Sternenwaffe. Seine Sternenwaffe??? »Merlin, jetzt steck die Waffe weg! Was soll das denn?«

»Nein, das werde ich nicht tun. Zum einen, weil ich mich vor einem wütenden Drachen notfalls verteidigen möchte und weil es nicht sein kein, dass meine Schwiegermutter nach all den Jahren am Leben ist und mich ausgerecht jetzt kennen lernen will! Und falls doch habe ich Blumen mitgebracht.« Aus mir unerklärlichen Gründen kämpfte ich gegen das Verlangen an, ihn zu schlagen. Bevor es so weit kam, ging Allura dazwischen. »Das ist aber nett von dir. Nessie, sei doch bitte so lieb und stell sie gleich in eine Vase. Hallo Merlin. Es ist schön, dich endlich offiziell kennenzulernen.

Das letzte Mal, als ich dich gesehen habe, war in der Einsatzbesprechung vor der Schlacht von Camelot. Ich muss sagen, du hast dich gut gehalten. Machst du Sport? Eine Freundin sagte mir, das Pilates eine verjüngende Wirkung hat, aber ich habe das für Humbug abgetan.«

Der Drache des Willens hielt sie auf, bevor es zu spät war. »Allura, jetzt hol doch einmal Luft. Ihr seid beide unsterblich, wir haben alle Zeit der Welt, um die letzten tausend Jahre aufzuholen. Vielleicht nicht ganz so viel. Immerhin steht der Krieg vor der Tür, aber danach sollten wir etwas Zeit im Terminplan haben.« Ein Planer und eine Lesebrille erschienen in ihrer Hand und sie blätterte ihn durch. »Wie wäre es mit dem kommenden· Dienstag im Jahre 2024? Wir könnten ihn noch dazwischen quetschen. Direkt zwischen dem Yoga-Kurs und dem drei Uhr Tee mit dem Schöpfer.«

»Ne, da können wir nicht. Dort habe ich neulich unser Treffen mit dem Buchclub hin verlegt.« Erinnerte sie ihre Beschützerin.

»Stimmt, da war ja etwas. Wie wäre es mit Weihnachten 2027. Er könnte den Urlaub auf dem Jupiter mit uns verbringen?« Die beiden tauschten eine ganze Zeit ihre Termine aus, waren jedoch nicht in der Lage, einen zu finden.

Mein Blutdruck stieg so eben in ungeahnte Höhen. »Nun ist es aber mal gut! Lebt doch einfach hier in der Gegenwart. Er ist jetzt hier und nicht erst in ein paar Jahren.« Schöpfer noch eins, ich war wieder auf einhundertachtzig. Auch Merlin schien irritiert. Als überlegte er, ob er sie jetzt angreifen oder ihr Blumen schenken sollte. Immerhin hatte ich in dieser Sekunde die uneingeschränkte Aufmerksamkeit aller Anwesenden. »So, damit wir hier einmal vorankommen.« Ich packte Merlin am Arm, zog in vor Allura und nahm ihm die Waffe ab. »Merlin. Allura. Allura. Merlin. Wollen wir jetzt etwas essen? Mir hängt der Magen in den Kniekehlen.«

Der Zauber bewegte sich keinen Zentimeter, als wäre er eingefroren. »Na toll. Jetzt hast du ihn kaputt gemacht!«, jammerte die himmlische Generälin und fuchtelte mit ihrer Hand vor seinem Gesicht. »Ich persönlich werde zwar nicht um ihn trauern, aber dadurch war dieser Putzrausch heute Morgen echt unnötig.«

»Wartet, das haben wir gleich. John, walte deines Amtes!«

Er horchte auf. »Zu Befehl Chefin!« Er machte sich einen Spaß daraus und salutierte vor ihr. Er ging schnellen Schrittes auf Merlin zu, krempelte sich die Ärmel hoch und holte aus. Klatsch!

Uh, die hatte gesessen. Aber sie holte den Zauberer wieder in die Realität. »Aua, was sollte das denn?«

»Jetzt hab dich doch nicht so. Trace hält viel mehr aus als du!« Während ihm David das sagte, schlug er ihm sanft auf die Schulter. »Das ist die Inkarnation des Willens alias deine Schwiegermutter. Zed ist dein Schwiegervater oh und warte. Mir ist gerade erst aufgefallen, dass du mein Schwager bist. Also, willkommen in der Familie. Jetzt lasst uns endlich essen. Sonst isst Mica alles alleine!«

»Ey, so verfressen bin ich nicht!«, protestierte ich und verschränkte die Hände vor der Brust. Um eine Schippe draufzusetzen, packte ich die schmollende Lippe aus.

»Mica vielleicht nicht. Aber bei mir wäre ich nicht so sicher.« Eine weitere Person in weißer Kleidung und braunen Haaren kam aus der ersten Etage. »Ich habe noch ein

paar Leute mitgebracht. Das geht doch in Ordnung, oder?«
Hinter dem Schöpfer folgten die restlichen himmlischen
Generäle Michael, Gabriel, Uriel, Azrael und Raphael.

»Wie schön, die ganze Familie ist zusammen. Also setzt
euch bitte.«, forderte Allura uns auf. Merlin folgte uns still
und heimlich. Diese Situation war dann doch etwas viel auf
einmal. Ich wusste genau, wie er sich fühlte. Nachdem Allura gestern so viele Geheimnisse offenbart hat, dachte ich,
dass mein gesamtes Weltbild soeben in die Luft geflogen
wäre.

Während des Essens redeten alle sorglos durcheinander. Allerdings sprach niemand von dem bevorstehenden
Krieg. Es war ein schlichtes Familientreffen. Aluna servierte
gerade den Nachtisch, als das Telefon klingelte.

»Entschuldigt bitte, da muss ich rangehen.« Merlin verließ den Raum. Die Stimmung schlug um. Kaum war er
außer Hörreichweite, donnerte der Schöpfer auf den Tisch.
»Allura, wie konntest du mir verschweigen, dass ich eine
Enkeltochter habe! Wir sind doch eine Familie!«

Die Mimik seiner Schwiegertochter wurde ernst. »Was
hätte es geändert? Du hättest uns nicht besuchen können.
Der Himmel war versiegelt und wenn du von ihrer Existenz
gewusst hättest, hättest du alle Hebel in Bewegung gesetzt,
um auf die Erde zu kommen. Dieses hätte das Gleichgewicht gestört und Zeriels Bemühungen wären komplett
umsonst gewesen. All das Leid, was wir durchgemacht
haben, für die Sphinx. Oder du hättest sie nur aus der
Ferne beobachten können und wärst an deinen Sehnsüch-
ten zugrunde gegangen. Ein Essenzrausch bei einem Engel
ist schon katastrophal genug, was passiert also, wenn der

Schöpfer seine Gefühle nicht unter Kontrolle hat. Mir blieb schlicht und ergreifend keine andere Wahl.«

»Trotzdem hättet ihr es mir vor der Schlacht sagen können! Dann hätte ich Zeriel doch nie in den Kampf geschickt. Ich wäre an seine Stelle getreten.« Ihm war es anzusehen, wie er mit seinen Emotionen rang. Er kniff seine Hände zur Faust zusammen. Er schaffte es nicht einmal, Allura in die Augen zu sehen.

»Ach Vater. Wir wollten es dir nach der Hochzeit sagen. Die Einzige, welche neben Zery von meiner Schwangerschaft wusste, war Jadriel. Sie sollte die Patentante werden. Aber bevor wir die Gelegenheit hatten, fielen die Dämonen schon über uns her. Ich vermute, dass dir Jade nichts erzählt hat, weil sie sich zu sehr geschämt hat.«

Der Schöpfer schwieg. In diesem Moment wirkte er förmlich menschlich, als wäre er nicht der Erbauer des gesamten Universums.

David ergriff meine Hand unter dem Tisch und drückte sie leicht. Als wolle er sagen, ich bin da.

»Und was war mit mir? Ich bin hunderte von Jahren davon ausgegangen, dass meine Tochter gestorben ist! Hätte ich nicht das Recht gehabt, sie aufwachsen zu sehen?« Merlin stand in der Tür. »Nach der Schlacht von Camelot habe ich sie überall gesucht und alles, was ich fand, war ein leeres Heim. Und wo wir bei dem Thema schon sind. Warum hatte mir Niriel verschwiegen, dass sie ein unsterblicher Engel ist? Das ist eine Information, die man beim ersten Date erhält und nicht erst nach tausend Jahren!«

Bevor Allura antwortete, trank sie noch einen Schluck Kaffee. »Ich muss mich vor euch nicht rechtfertigen, wieso und warum ich manche Entscheidungen getroffen habe. Das solltest gerade du«, Sie schaute den Schöpfer an,» verstehen. Außerdem haben wir im Moment Wichtigeres zu diskutieren. Die Armee der Dämonen rüstet sich zum Kampf und mein Ehemann befindet sich weiterhin in Gefangenschaft. Es ist an der Zeit, dass wir einige Gegenmaßnahmen ergreifen. Ich werde nicht tatenlos zusehen, wie der Rest meiner Familie ausgelöscht wird. Also bitte, Können wir uns nun einen Plan überlegen, wie wir die Welt retten?« Sie war wie ausgewechselt. In dem einen Moment war sie das verletzliche Mädchen, dass wir nur beschützen möchten und eine Sekunde später, war sie die knallharte Gründerin des Ordens des Lichtes. Entweder hat sie eine gespaltene Persönlichkeit oder war neben der Inkarnation des Willens auch noch die Personifikation des Wortes Kompliziertheit.

»Dafür könnte es schon zu spät sein.« Alle schauten Merlin fragend an. »Ich habe gerade einen Anruf von Guinevere erhalten. Sie sagt, dass Trivarius vor den Toren von Camelot steht und mich auffordert, mein Amt niederzulegen, da ich mit einem Engel im Bunde stehe. Und somit eine Gefahr darstelle. Um seiner Forderung Nachdruck zuerteilen, hat er ein Bataillon von Unbekannten in schwarzen Rüstungen mitgebracht. Entweder will er mich gleich exekutieren oder ich werde in einen Keller gesperrt und gefoltert, bis er aus mir herausbekommen hat, was er schon immer wissen wollte, das Geheimnis hinter meiner Unsterblichkeit. So oder so, meint er es dieses Mal ernst.« Seine Stirn war ein reines Faltenmeer.

»Ich denke, dass es hierbei um die erste Version geht. Da mir meine Spione im magischen Rat mitgeteilt haben, dass er einen Pakt mit Marxael geschlossen hat, weiß er mit Sicherheit einen Weg, wie er zu Immortalität gelangen kann. Vielleicht fürchtet er, dass du den Orden des Lichts zur Hilfe rufst und dich ihm in den Weg stellst?«

»Der Orden existiert schon lange nicht mehr!« Merlin schrie förmlich. Erst die Sache mit seiner Tochter und jetzt trachtet ihm Trivarius nach dem Leben.

»Wer sagt, dass der Orden nicht mehr besteht?« Allura schaute ihn selbstsicher an. Als hätte sie ein Ass im Ärmel. »Er wurde nach der Schlacht von Camelot zerschlagen, aber nicht ausgelöscht. Im Geheimen habe ich ihn wieder aufgebaut und so ein Spionagenetz geschaffen, welches sich über den gesamten Globus erstreckt. Wenn du sie rufst, werden sie dir folgen.«

Also echt, wie schaffte sie es immer wieder, solche Bomben platzen zu lassen? Langsam aber sicher nervt das. Warum erzählt sie nicht einmal die ganze Wahrheit. Auch wenn ich mir wünschte, dass ich ihr dafür eine verpassen könnte, riss ich mich zusammen. Wir haben nun Wichtigeres zu besprechen.

Während die Erwachsenen ausdiskutierten, was wir zu tun hatten, ließ ich meinen Blick in die Runde schweifen. Wo waren wir da nur hineingeraten?

Trace ergriff das Wort. »Jetzt mal ernsthaft. Trivarius will Merlin haben und Merlin ist hier. Wo ist das Problem? Wir verstecken in einfach, bis Gras über die Sache gewachsen ist und alle sind glücklich.«

Die Generäle nickten zustimmend. Nur das Supermodel nahm uns den Wind aus den Segeln. »Das geht leider nicht.«

»Wieso nicht?«, fragte der Schöpfer, »Die Idee ist eigentlich gar nicht so schlecht? Warum zu seinen Bedingungen kämpfen, wenn wir dieses auch zu unseren machen können, nur eben zu einem späteren Zeitpunkt.«

»Der Grund dafür liegt auf dem See von Avalon. Sobald Trivarius die Schule übernimmt, wird niemand mehr da sein, um sie zu schützen.« Es war ihm anzusehen, dass er in einer Zwickmühle festhing. Er kaute auf seinen Wangen herum und überlegte fieberhaft, was er tun sollte. Was war nur von so großer Wichtigkeit, dass er sein Leben riskierte, um es zu schützen. Na klar! Die Erkenntnis traf mich wie ein Blitz.

»Am Grund des Sees von Avalon liegen in einer unterirdischen Grotte die Körper von Arthur und Niriel. Nicht nur, dass ich es nicht ertragen könnte, wenn er sie in seine Finger bekäme, sondern er würde bei dem Versuch sie aufzuwecken das Ende der Welt einläuten!« Nun war es raus. Er hatte just eins der am besten behüteten Geheimnisse der Schöpfung verraten.

Ich wollte schon etwas erwidern, doch so weit kam es nicht. Das Beben der Erde war stärker als alles, was ich je erlebt habe. Die Gläser klirrten, als sie zu Boden fielen und in tausende von Scherben zerbrachen. Den Fenstern erging es ähnlich. Als die zersprangen, duckte ich mich unter den Tisch. Kurz darauf endete das Erbeben. Vorsichtig kam ich wieder hervor. Mir gegenüber stand der Schöpfer umhüllt von einer immensen goldenen Aura. Es war das Licht der Schöpfung. Seine Augen waren nicht mehr zu erkennen. Sie wichen Scheiben aus purer strahlender Energie. Als er sprach, hallten seine Worte durch das gesamte Tal. »Es reicht jetzt. Selbst nach so vielen Jahren bedroht die Finsternis erneut meine Familie! Macht die himmlischen Korps bereit. Wir ziehen in den Krieg und werden erst wieder aufhören, wenn dieser dämliche Bruder seine Lektion gelernt hat. Dieses Mal ist er zu weit gegangen!« Mit dem Ende des letzten Wortes schlug ein Blitz in der Stelle, an der er bis eben stand, ein, aber er war verschwunden und ein gigantisches Loch ragte in der Decke. Einzig und allein blieb ein tiefes Schweigen zurück. Dicht gefolgt von den Trümmern des Daches.

»Was zum Schöpfer?«, fragte ich völlig verdutzt und zittert am ganzen Leib. Noch nie in meinem Leben habe ich einen so mächtigen Druck gespürt.

Jadriel sprang von ihrem Stuhl auf. »Ihr habt ihn gehört. Ruft die Truppen zusammen. Heute ziehen wir in die Schlacht. Wenn der Tag vorbei ist, wurde über das Schicksal der Welt entschieden!«

Kapitel 20 »Das Schicksal nimmt seinen Lauf«

>>*Chris*<<

Während der Zeit in der Zelle trainierte ich ununterbrochen. Es kostete mich Unmengen an Willenskraft, doch der Wille zu überleben gab mir Kraft. Der Schweiß lief mir in Scharen über den Körper. Nach jedem Schwung und Hieb mit dem Speer, war es ein Wunder, dass meine Muskel nicht zerrissen.

Zed war unermüdlich. Im Gegensatz zu seiner bisherigen Ausbildung war diese wie ein Bootcamp direkt aus der Hölle, in unserem Fall eher *in* der Hölle. »Chris, konzentriere dich! Du bist schon wieder nicht bei der Sache! Lass die Bewegungen fließend ineinanderübergehen. Deine Waffe darf nie stillstehen!« Er korrigierte jede meiner Stellungen, bis er zufrieden war. »Gut, es reicht für heute. Ruh dich aus.«, sagte der Hüter und lehnte sich zurück. Seine Ketten klirrten.

Ich ignorierte ihn und fuhr mit dem Kampftraining fort. »Nein, ich kann weiter trainieren. Ich bin noch nicht gut genug.«

»Chris, es bringt nichts, wenn du im entscheidenden Augenblick keine Kraft zur Verfügung hast. Dein Körper muss sich langsam an die Veränderung anpassen, sonst schadest du dir am Ende nur selbst.«

Innerlich wusste ich, dass er Recht hatte und dennoch sagte mir mein Herz, dass ich weitermachen musste.

»Jetzt hör schon auf! Du musst dich erholen. Morgen haben wir die Chance hier herauszukommen und dort brauchst du deine gesamten Kräfte. Ich bin dir in diesem

Zustand keine große Hilfe.« Er deutete auf seine Ketten, indem er sie leicht anhob.

Erschöpft gab ich nach und setzte mich mit ausgestreckten Füßen auf den nasskalten Fußboden. Meine Hose und Oberteil waren durch das Training an einigen Stellen eingerissen und hingen an mir in Fetzen herab. An den offenen Bereichen sah ich den Erfolg. Ich hatte deutlich an Muskelmasse zugelegt und die Formen deuteten einen gut durchtrainierten Körper an. Mit Trace konnte ich nicht mithalten, aber dennoch war ich zu frieden. So sehr, wie wir es in diesem Drecksloch eben sein konnten.

Ein Gähnen entfuhr mir. Ich war wohl doch erschöpfter, als ich dachte. Langsam schloss ich die Augen. Das Letzte, was ich mitbekam, war, wie sich mein Speer in Luft auflöste und ich einschlief ein.

Es war ein unruhiger Schlaf. Ständig wälzte ich mich von einer Seite zur anderen. Ich träumte von einer Schlacht. Die Engel kämpften gegen die Dämonen. Ein Schwert schwang dicht an meinem Kopf vorbei, aber ich wich im letzten Moment aus und rollte über das schlammige Schlachtfeld. Ein ständiges Hämmern im Schädel bereitete mir Kopfschmerzen. Da hörte ich eine weibliche Stimme, die meinen Namen rief. Wer war das?

Unsanft wurde ich aus dem Albtraum gerissen. Vor mir stand der Prinz der Hölle und drückte mit seiner Hand meine Wangen zusammen, sodass er mich zwang, in anzustarren. »Na los Schlafmütze! Dein Ende wartet. Schade eigentlich. Ich mochte dich wirklich. Aber Verrat ist und bleibt ein Todesurteil.« Er ließ von mir ab und der Kerkermeister trat an mich heran. Unsanft packte er mich am

Oberarm und zog mich auf die Beine. Danach griff er zu meinen Händen und legte mir Handschellen aus Dämonium an.

Erst jetzt fiel mir auf, dass wir alleine in der Zelle waren. Panik stieg in mir auf. »Wo ist Zed? Was habt ihr mit ihm gemacht?« Alles, was ich als Antwort erhielt, war ein verächtliches Schnauben. Wenn ich jetzt auf meine Kräfte zurückgreifen könnte, hätte ich den Kerl einfach pulverisiert. Die Kräfte? Verdammt, das hatte ich komplett ignoriert. Das Training hat mich so eingenommen, dass ich vergaß, dass diese von Marxael gestohlen wurden. Mit Sicherheit wusste er damals schon Bescheid und hatte nie vor, sie mir zurückzugeben. In diesem Moment wurde mir bewusst, dass meine Lage viel komplizierter war, als mir bisher klar war. Schwer schluckend folgte ich Arion zur oberen Kammer.

Wir gingen durch die kalten Flure des Schlosses. Zwischendurch erhaschte ich einen flüchtigen Blick auf das ein oder andere Zimmermädchen, welche sich aber immer schnell wegdrehten. Als wollten sie nichts mit mir zu tun haben. Das war vermutlich auch besser so.

Was mit Vici passieren würde? Ich wusste nicht einmal, wo sie jetzt war. Nur ein leichtes Pochen in meiner Brust verriet mir, dass sie lebte. Der Pakt war weiterhin intakt. Nun wuchs die Sorge in mir heran, dass ihr etwas zustoßen könnte.

Ein lauter Knall riss mich aus den Gedanken. Aus dem Fenster sah ich Feuerwerkskörper aufsteigen. War heute ein besonderer Tag für die Unterwelt? Die Raketen stiegen auf und explodierten in den unterschiedlichsten Farben. Dieses Farbenspiel lenkte mich so ab, dass ich nicht bemerkte, wie mein Führer anhielt. Also lief ich in seinen breiten Rücken und verlor das Gleichgewicht, schaffte es aber um Haaresbreite, eine peinliche Situation zu vermeiden, indem mein Hinterteil keine Bekanntschaft mit dem Fußboden machte. Wütend starrte ich den Dämon vor mir an.

»Immerhin hast du dein Feuer in den Augen behalten. Ich hatte mit Anniel gewettet, dass ein paar Tage im Kerker dich brechen würde. Aber ich habe mich wohl oder übel geirrt.« Die Stimme ertönte aus dem Schatten einer schwarzen Säule. Beim genaueren Hinschauen erkannte ich Padriel, welcher mit verschenkten Armen zu mir herüberschaute. »Ab hier übernehme ich. Kehr zu deinem Posten zurück!« Sein Tonfall forderte keine Widerworte. Mit einem leichten Nicken drehte sich der Kerkermeister um und verließ uns.

»Willst du dich jetzt in meinem Leid sonnen oder was verschafft mir die Ehre deiner Anwesenheit?«, fragte ich trotzig und spuckte ihm vor die Füße. Nie mehr würde ich mich einem Dämon beugen.

Er schien völlig unberührt von der respektlosen Geste. »Ob du es glaubst oder nicht, ich bin nur hier, um dir zu helfen. Der Zerstörer hat von Marxaels Spielchen Wind bekommen und hat ihn zur Rechenschaft gezogen. Im Kampf steht dir nicht mehr der Sohn des Statthalters gegenüber, sondern der Kommandant der persönlichen Leibgarde des Herrschers der Unterwelt. Dem Prinzen war klar, dass nur Zeriel in der Lage war, dich auf das vorzubereiten, was unweigerlich vor der Tür stand. Wo wir schon beim Thema sind. Natürlich wusste der Zerstörer auch von Zeriel. Der gesamte Plan hatte sich geändert.« Er seufzte und nahm mir die Handschellen ab.

Das Gewicht fiel drastisch von meinen Arm ab. Misstrauisch blickte ich Marxaels rechte Hand an. Ich war mir ziemlich sicher, dass ich ihm nicht traute aber etwas in meinem
Inneren flüsterte mir zu, dass er die Wahrheit sagte.
»Warum sollte ich dir vertrauen?«

»Das solltest du nicht, aber dank mir musst du nicht mit
den Handschellen in den Tod laufen. So hast du eine kleine
Chance zu überleben. Und jetzt beweg dich. Wenn wir
mehr Zeit vertrödeln, wird die Laune der Zuschauer nur
noch schlechter.«

Ich begriff erst, als ich in der Kampfarena stand. Offenbar
war die gesamte Oberschicht der Unterwelt anwesend. Der
Schauplatz, an dem das Duell ausgetragen wurde, war ein
in einen Berg gehauenes Kolosseum. Das schwarze
Gestein schluckte sämtliches Licht und machte es mir
nahezu unmögliche das Ende der Arena zu sehen. Oben
auf den Rängen tummelten sich junge wie alte Dämonen.
Dennoch waren hauptsächlich Mächtige anwesend, denn
sie besaßen nahezu zu hundert Prozent menschliche
Körper.

Während ich mich weiter umschaute, fiel mir ein großer
Bereich am nördlichen Rand auf. Er war komplett frei von
Dämonen und nur zwei Throne standen dort einsam und
verlassen. Das war bestimmt die königliche Loge.

Eine Fanfare ertönte und ich zuckte zusammen. Die
Geräusche der Trompeten gingen aber unmittelbar unter,
als das Ebenbild von Zed in einer strengen schwarzen Uniform die Loge betrat. Der Zerstörer war eingetroffen. Hätte
Zed mir nicht bestätigt, dass der Herrscher der Unterwelt

und er äußerlich Zwillinge hätten sein können, hätte ich es nie geglaubt.

Einige Schritte hinter ihm lief Marxael. Er trug die gleiche Uniform wie sein Vater. Partnerlook, wie herzallerliebst. Ein wenig wunderte ich mich über die Ruhe in mir, immerhin standen die Chancen gut, dass ich gleich draufging.

So schnell wie der Gedanke kam, schob ich ihn zur Seite. Zed und ich würden hierrauskommen. Das habe ich mir geschworen. Ich werde meinen Verrat wieder gradebügeln. Das war ich ihm schuldig.

»Liebe Dämoninnin und Dämonen, nach so langer Zeit steht uns endlich wieder würdiges Spektakel bevor. Dieser Sklave dort unten hat es gewagt, sich meiner Ordnung zu widersetzen und mich auf das Tiefste zu beleidigen.« Lauter Buhrufe ertönten und hallten durch das Kolosseum. Mit einer kleinen Handbewegung brachte der Zerstörer die Menge zum Schweigen. »Aber wie ihr ja alle wisst, gibt es nur eine Strafe für solch ein Vergehen. Den Tod! Allerdings bin ich auch ein sehr gutmütiger Herrscher und gewähre diesem jämmerlichen Wesen eine Chance.« Die Zuschauer jubelten, als gäbe es keinen Morgen mehr. Sie stampften auf den Boden und pfiffen so laut, dass ihrem Nachbarn hätte das Trommelfell platzen müssen. Und das Einzige, was mir in den Sinn kam, dass ich mich gerne auf ihn übergeben wollen würde. Ich vermute, dass der Todesmut aus mir spricht. Der Herrscher der Unterwelt genoss den Applaus und sprach erst weiter, als die Menge zur Ruhe kam. »Der Verbrecher wird gegen den Hauptmann meiner persönlichen Leibgarde antreten und sich beweisen. Entweder er besiegt ihn und ihm wird die Freiheit geschenkt, oder er wird mit unserem schlimmsten Feind hingerichtet!«

Die letzten Worte spie er förmlich und ich spürte seine Verachtung bis hierher. Auch wenn ich ihm am liebsten den Mittelfinger gezeigt hätte, zog etwas anderes meine Aufmerksamkeit auf sich. Ein lautes Fauchen ertönte über unseren Köpfen und ich blickte hinauf, aber alles, was ich sah, war ein größer werdender schwarzer Fleck.

Ich zwang mich, meinen Blick wieder dem Zerstörer zu zuwenden. Dieser schenkte mir ein diabolisches Grinsen. Oh nein, er hat doch nicht! Mit ungesunder Geschwindigkeit riss ich den Kopf in den Nacken und sah, wie ein gigantischer Drache etwas fallen ließ.

Als dieses Objekt in die Arena krachte, stockte mir der Atem. Was hatten sie dir nur angetan? Zed hing mit Ketten aus Dämonium an einem metallernen Kreuz. Von hieraus, war es nicht möglich zu erkennen, ob er am Leben war. Ein ungutes Gefühl breite sich bei mir in der Brust aus. Wäre ich jetzt in der Lage meine Kräfte zu nutzen, hätte ich alles in Schutt und Asche verwandelt. Meine Emotionen fuhren Achterbahn und das Einzige, was ich mir wünschte, war Rache. Sie sollten leiden, so wie er es getan hatte.

Dem Schöpfer sei Dank bewegte sich der Kopf meines Freundes und unsere Blicke trafen sich. Seine Lippen zuckten kurz nach oben und er zwinkerte mir zu, so wie er es immer machte, wenn er mir mitteilte, dass es ihm gut ging.

Oh Zed, du warst noch immer der schlechteste Lügner, der die Schöpfung je gesehen hat. Aber dank seiner Geste bebte der Zorn in mir etwas ab.

Ich atmete ein bis zwei Mal tief durch, denn das was ich im Inbegriff war zu tun, würde mich zu neunundneunzig Prozent ins Grab bringen. »Entschuldigen Sie bitte oh großer König der Unterwelt.« Kaum das ich die Stimme erhob, hatte ich auch schon die gesamte Aufmerksamkeit der Hölle auf mich gezogen. Jetzt gab es kein Zurück mehr. »Könnten wir endlich anfangen? Ich würde gerne zum Abendbrot zu Hause sein, da ihre Gastfreundschaft doch etwas zu wünschen übrig ließ. Also wenn ich bitten darf.« Um ihn weiter zu reizen, tippte ich mit dem Zeigefinger auf meine nicht vorhandene Uhr. Jupp, ich war definitiv lebensmüde.

Marxael war im Inbegriff draufloszulachen, hielt sich aber rasch die Hand vor den Mund. Dennoch kassierte er einen zornigen Blick seines Vaters. Dieser richtete dann seine Aufmerksamkeit wieder auf mich. »Du hast echt Mut, das muss ich dir lassen. Vielleicht ist es, aber auch die reine Dummheit, die aus dir spricht.«

»Wieso ist es dumm? Ich werde sowieso gleich sterben, also kann ich Ihnen noch gehörig die Meinung geigen, weil anscheinend seit dem Beginn der Schöpfung niemand dazu in der Lage war. Könnten wir jetzt endlich anfangen? Ich habe noch Termine, die ich nur ungern verpassen würde!« Die steinerne Lehne seines Throns brach unter seiner bloßen Kraft. Es fühlte sich gut an, ihn auf die Palme zu bringen. Also setzte ich noch einen drauf. »Ach ja, es wäre sehr nett, wenn ich immerhin eine Waffe bekäme. Immerhin seid ihr ja ein so großherziger Herrscher. Ihr werdet ein so armes Menschlein doch nicht waffenlos in sein letztes Gefecht schicken?«

Er schien, um seine Fassung zu kämpfen. »Na schön, bringt dem Wesen niederer Herkunft eine Waffe seiner Wahl. Es soll ja nicht heißen, ich sei ehrenlos und würde einen unfairen Kampf über sein Schicksal richten lassen.«

Na bitte, ging doch. Jetzt war ich schon einmal im Besitz einer Waffe. Doch aus welchem Grund sah Zed mich mit entsetzten Gesichtszügen an. Hatte ich es vielleicht übertrieben?

Der Zerstörer zog mich zurück in die Realität. »Nun, ich will euch nicht länger warten lassen. Hauptmann!« Ein Koloss aus reiner Muskelmasse trat an die Seite seines Herren und verbeugte sich tief. »Zeigt diesem Sklaven seinen Platz im Reich der Toten!«

Ohne ein Wort zu erwidern, begab er sich in die Arena. In der Zwischenzeit wurde mir ein Speer gebracht. Das schwere Holz in meiner Hand schenkte mir Ruhe. Seine Kälte löschte den in mir brennenden Zorn und ließ mich die Welt etwas klarer sehen. Jetzt war der Moment gekommen, von dem Zed die ganze Zeit sprach, der eine Augenblick, welcher über unser aller Schicksal entscheiden würde. Ich durfte unter keinen Umständen versagen!

Mein Gegner und ich stand uns gute zehn Meter gegenüber. Keiner von uns rührte sich. Um uns herum war es totenstill. Nicht einmal die Zuschauer wagten es, einen Ton von sich zu geben. Einzig allein der Herrscher der Unterwelt streckte seinen Arm schräg in die Luft. An der Fingerspitze des Zeigefingers bildete sich eine Kugel aus schwarzer Energie. Diese schoss wie aus einer Pistole nach vorn und explodierte über dem Herzen des Kolosseums. Das Startsignal.

Noch immer ließ ich den Blick nicht von dem Hauptmann der Leibgarde ab. Doch von einer Sekunde auf den anderen war er einfach verschwunden. Irritiert blickte ich mich um. »Hier bin ich.« Raunte mir eine tiefe Stimme ins Ohr.

Da spürte ich auch schon seine Ohrfeige, welche mich quer durch die gesamte Arena schleuderte. Ich schlug auf dem harten Boden auf und rollte weiter, bis ich mit meinem Rücken gegen die schwarze Wand knallte. Diese bekam nicht einmal einen Kratzer ab, was ich von meinem Kreuz nicht behaupten konnte. Einen normalen Sterblichen hätte dieser Schlag mit großer Sicherheit zweigeteilt. Mit der Hilfe des Speeres stand ich auf. Es fiel mir mehr, als schwer zu atmen. Vermutlich hatte ich mir wieder mindestens eine Rippe und einen Wirbel leicht angeknackst.

Von dem Schauspiel entzückt jubelten die Zuschauer und feuerten den Hauptmann an. Dieser genoss diese Unterstützung und streckte seine Faust in die Luft. Kurz darauf sah er mich an und schenkte mir ein finsteres Lächeln. Im nächsten Augenblick verschwand er wieder und tauchte direkt vor mir auf. Er packte mich am Kragen meines eh schon lädierten T-Shirts und warf mich hoch in die Luft.

Es gelang mir nicht, einen Aufschrei zu unterdrücken. Wild mit den Armen zappelnd flog ich durch die Arena und betete, dass sich meine Flügel jeden Moment ausbreiteten und mir den Allerwertesten retteten. Leider wurden diese Hilferufe nicht erhört. Am höchsten Punkt angelangt schwebte ich für den Bruchteil einer Sekunde und stürze in Richtung des harten Bodens. Während mir der Flugwind die Tränen ins Gesicht trieb, war der einzige Gedanke in meinem Kopf, so endest du also. Ohne deine Magie wirst du diesen Sturz nicht überleben. Somit schloss ich die Augen und ließ mich einfach fallen.

Doch der erwartete Aufprall kam nicht. Stattdessen spürte ich einen starken Griff um meinen Oberkörper, welcher den Fall abbremste. Ok, entweder wurde ich soeben gerettet oder ich bin vom Regen in die Traufe gewandert.

Ich öffnete die Augen und schaute meinem Gegner direkt ins Gesicht. Er hatte beide Arme fest um mich geschlungen. Der Speer steckte ein paar Meter neben uns im Boden. Ich musste ihn im freien Fall verloren haben. Die Frage, die sich mir stellte, war, dass er mich nicht direkt zerquetschte, sondern zu Boden fallen ließ. Nun lag ich da und rang nach Luft, welche mir aber prompt verwehrt blieb, da der Dämon mir seinen Fuß in den Magen rammte. Durch die immense Wucht und den daraus folgenden Schmerz, verabschiedete sich meine Henkersmahlzeit und verteilte sich auf dem Boden der Arena.

Erneut grölte die Menge. »War das schon alles? Bis eben hast du die großen Töne gespuckt, aber jetzt? Jetzt bist du nur ein Insekt unter meinen Stiefel!« Der Hauptmann hatte sichtlich Spaß an dieser Tortur und genoss es in vollen Zügen. »Aber das geht zu schnell, sonst hätte sich der Weg hierher nicht gelohnt.« Er nahm seinen Fuß von mir herunter. »Steh auf! Greif mit der Waffe deiner Wahl an. Ich werde mich nicht von der Stelle bewegen. Damit du den Hauch einer Chance hast!« Sein tiefes Lachen schallte durch das Kolosseum und die Menge schrie förmlich vor Begeisterung!

Mit aller Kraft kroch ich zu meinem Speer. Jeder Armzug brannte wie Feuer. Doch ich zwang mich immer ein Stück weiter. Ich würde nicht aufgeben. Es dauerte eine Ewigkeit, bis ich die im Boden steckende Waffe erreichte und mich halbwegs aufrichtete. Wenn er unbedingt die himmlische Kunst des Speers sehen wollte, dann sollte er sie bekommen.

Wie ich es die letzten Tage trainiert hatte, kreiste der Speer um mich herum. Leider war ich bereits sehr erschöpft und mir fehlte die Geschwindigkeit, um die volle Kampfkunst nutzen zu können. Also führte ich ein paar präzise Hiebe und Stöße aus. Doch der Hauptmann wich diesen spielerisch aus und rührte sich dennoch nicht einen Millimeter vom Fleck.

Minuten vergingen und mich verließ die letzte Kraft, die mir geblieben war. Meine Sicht wurde schwammiger und das Bild verschwamm immer mehr. Das Publikum fing an zu lachen und beschimpfte mich als Schwächling. Wie ein seelenloser Körper schlug ich wild umher. Es war die reine Verzweiflung, die mich auf den Beinen hielt.

»Tsk.« Der Dämon langweilte sich und schnallte mit der Zunge. »Ich werde das jetzt beenden, damit dir ein Funken deiner Ehre bleibt. Sie es als Gnadenakt, welchen du eigentlich nicht verdient hast.« Mit seiner rechten Hand griff er nach dem Schwert, das er in einer Scheide am Gürtel trug. Ein gezielter Schwertstreich reichte aus und der Speer zerbrach in zwei Teile.

Ich sank, mit dem Blick zum Boden gerichtet, auf die Knie. Das Gefühl der Schande und des Versagens war zu groß. So gern ich ein letztes Mal in das Gesicht meines besten Freundes blicken wollte, so schaffte ich zum Schluss nicht einmal das.

»Irgendwelche letzten Worte?«, fragte der Hauptmann und holte zum finalen Schlag aus.

»Chris! Was soll der Mist? Warum nutzt du deine Magie nicht?« Zed schrie mit aller Kraft durch die Arena.

»Ich kann nicht!« Der Hauptmann ließ sein Schwert sinken.

»Wieso denn das nicht? Das ist nicht der Moment zum Scherzen! Jetzt reiß dich zusammen und puste diese Lachnummer weg!« Eine Druckwelle traf ihn mitten in die Brust! »Argh!«

»Halt endlich deinen Mund! Du hast hier nichts zu melden!«, schrie Marxael und die Zuschauer stimmten mit lauten Schreien zu.

Ich nahm meinen letzten Mut zusammen und verriet ihm das Geheimnis, welches ich seit Tagen mit mir herumtrug. »Marxael hat mir die Magie genommen! Ich bin absolut machtlos!«

Ein Raunen ging durch die Ränge. Selbst der Zerstörer schien irritiert und schaute seinen Sohn verwirrt an. Dieser pfiff vor sich hin und wich dem Blick seines Vaters aus. Das Lachen von Zed riss uns alle wieder in die Gegenwart. »Der Trottel soll was haben? Chris niemand kann dir deine Magie rauben. Sie ist ein Teil von dir und das wird sie immer sein. Nicht einmal sein alter Herr wäre zu so einem Werk in der Lage!«

»Aber ich spüre sie nicht! Wenn ich in mich gehe, ist dort nur eine einzige Leere!« Die Tränen liefen mir über die Wangen. Ich konnte nicht mehr weiterkämpfen. Es tat so weh. Jeder Knochen, jeder Muskel und jede Sehne in meinem Körper schmerzte, wie flüssiges Magma auf der Haut.

»Reiß dich verdammt nochmal zusammen. Das ist...« Marxael unterbrach meinen Freund, indem er vor ihn flog und seine Hand auf Zeds Mund legte. »Hältst du jetzt endlich die Klappe! Dich hat niemand nach deiner Meinung gefragt!« Zed biss ihm in den kleinen Finger. »Aua! Was fällt dir ein!« Der Prinz der Hölle schrie auf. Diese Gelegenheit nutze Zed und brüllte zu mir herüber. »Das Geheimnis der Magie ruht in dir.« Weiter kam er nicht, denn Marxael schlug ihm mitten ins Gesicht und er verlor das Bewusstsein. Aber mehr brauchte er auch nicht zu sagen. Dieses waren die entscheidenden Informationen, die ich benötigte. Ein Funken der Hoffnung keimte in mir auf. »Entschuldige bitte. Aber es wird Zeit, dass ich endlich ernst mache.«

»Was laberst du da für einen Unsinn? Halt die Klappe und stirb!« Er holte erneut aus, doch da war es schon zu spät. Meine Stimme hallte durch die gesamte Unterwelt. Jetzt würden sie sehen, wozu der Wächter der Leidenschaft in der Lage war.

»Magnus requiescit in occulto
Omnes enim aeternum, non est tuus.
Quod sit id e caelo revelandum.
Aeterni mysterii voluptatis
Venit tempus adpropinquavit
Igitur tu non intellegis.
Liberum arbitrium esse superaturam.
Quinque combines sunt custodes«

Ich sang mit aller Kraft und die Magie des Feuers loderte in mir auf. Zum ersten Mal seit Tagen empfand ich das vertraute Gefühl der Essenz, in mir aufflammen. Sie erfüllte jede Zelle meines Körpers und heilte ihn.

Es reagierte nicht nur die im Inneren, sondern auch die der Umgebung. Wie Zed es mir beigebracht hatte, zog ich die Essenz der Natur in mir auf und verstärkte so die Eigene. Als ich dieses das erste Mal in der Unterwelt tat, fühlte sie sich unrein an und der Rückstoß dieser mir unbekannten Kraft war enorm. Doch während des Heilungsprozesses zog ich sie mit in meinen Körper und die himmlische Essenz und die der Hölle verschmolzen und wurden zu einer einzigen gewaltigen Macht. So viel Energie strömte zum ersten Mal durch ihn hindurch. Es war einfach berauschend. Nichts und niemand könnte mich besiegen!

»Haltet ihn auf! Bevor er noch mächtiger wird! Ergreift ihn!« Der Zerstörer schrie förmlich seine Wachen an und wechselte seine Gestalt. Das Ebenbild von Zed verschwand und er nahm seine Wolkengestalt an. Seine Leibwächter folgten seinem Befehl und stürmten in die Arena. Selbst aus dem Zuschauerraum flogen einige Dämonen auf mich zu. Während andere fluchtartig das Kolosseum verließen. Der Herrscher der Unterwelt nutzte das Chaos aus und floh in Richtung seines Palastes. Aber ich hatte keine Zeit, mich um in zu sorgen. Als Erstes hieß es, einige Dämonen zu pulverisieren.

Mir war nicht klar, woher ich wusste, wie ich diese neuen Kräfte gezielt einsetzen konnte, also folgte ich meinen Instinkten. Ich nutze die Energien und wechselte in die elementare Form. Aschgraue Flammen trat durch die Haut an die Oberfläche und ich schleuderte dem erstbesten Dämon eine Salve an Feuerbällen entgegen. Meine Arme wirbelten in großen Kreisen durch die Luft und das Feuer folgten mir auf Schritt und Tritt.

In dem Moment, wo die Kugeln ihr Ziel trafen, durchschlugen sie sie. Anstatt zu Boden zu fallen, fraß sich das zurückgebliebene Feuer durch ihre Haut, bis ihre Asche zur Erde rieselte. Es war aber nicht nur die Hülle meiner Gegner, dasselbe galt für jedes andere Material. Alles, was die von mir geschaffenen Flammen berührten, zerfiel zu Staub.

Die Dämonen hatten nicht den Funken einer Chance gegen mich. Jetzt wo ich wieder im vollen Besitz meiner Kräfte war, wandelte das Blatt sich zu meinen Gunsten.

Immer mehr Essenz sammelte sich in mir, bis sie den Punkt erreichte, an dem ich sie nicht zurückhalten konnte. Die in flammengehüllten Flügel erschienen. Ich verließ die Erden und flog durch die Luft. Ich überließ der Magie die Kontrolle und folgte dem Gefühl des Sieges. Tänzelnd wich ich den Angriffen der Dämonen aus und bereitete zeitgleich einen Gegenangriff vor. Aus meinen Händen flossen Unmengen an grauen Flammen, welche sich über mir vereinigten und sich zu einem gigantischen Feuerdrachen formten.

Diesen Drachen hetzte ich den Widersachern auf den Hals. Den Ersten verschlang er in einem ganzen Stück. Das war für die meisten Dämonen zu viel der Zerstörung. Sie versuchten, die Flucht zu ergreifen. Aber das war zwecklos.

Der Drache öffnete sein Maul und beschwor einen überdimensionalen aschfahlen Feuerstrahl. Er schwenkte seinen Kopf und löschte einen Dämon nach dem Nächsten aus. Bis nur der Hauptmann und Marxael übrig waren. Langsam schwebte ich zu Boden.

»Das nenne ich mal einen Auftritt. Könntest du das Feuer jetzt bitte ausmachen. Das Ding ist ganz schön gefährlich.« Der Höllenprinz kam auf mich zu und klatschte dabei in die Hände.

»Lord Marxael ihr solltet besser verschwinden! Ich halte ihn auf, solange ich kann!« Sprach der Hauptmann, doch dieses waren seine letzten Worte. Mit einer raschen Handbewegung schoss eine Flammensäule aus dem Boden, genau an der Stelle, wo der Muskelprotz stand.

»Chris, jetzt mal ernsthaft. Es reicht!« Ich konzentrierte mich und kehrte zu meiner ursprünglichen Gestalt zurück. Meine gesamte Kleidung fiel den Flammen zum Opfer und ich trug nur noch Boxershorts. Und selbst diese hatten schon besser Tage gesehen. »Beeindruckend wirklich beeindruckend. Mit dir an der Seite kann mich...« Ich ignorierte ihn und schritt langsam auf meinen besten Freund zu.

»Hey hörst du mir überhaupt zu? Was hast du vor?« Er klang unsicher. Zum ersten Mal, seit ich dem Prinzen der Hölle begegnet war, schien er nicht der Herr der Lage zu sein.

Ich blieb stehen und drehte den Kopf über die Schulter. »Das was ich hätte von Anfang an tun sollen.« Damit setzte ich meinen Weg fort und erreichte Zed, welcher immer noch bewusstlos an dem Kreuz hing. Er hatte mir zwar gesagt, dass nur eine Sternenwaffe das dämonische Metal zerstören könne, aber ich war mir sicher, dass ich dieses ebenfalls schaffte.

»Das wagst du nicht! Wir hatten einen Deal!« Er klang sowohl wütend als auch panisch. Ich schaute weiterhin in Richtung Zed.

»Diesen Deal hast du in dem Moment gebrochen, als du meinen besten Freund verletzt hast. Und jetzt verschwinde, bevor ich es mir überlege!« Meine Stimme hallte durch das nun leere Kolosseum. Der Prinz schwieg. »Wenn du es so willst. Vielleicht wären die Dinge verschieden gelaufen, sofern wir uns auf andere Art kennengelernt hätten? So lässt du mir keine Wahl.« Mein rechter Arm hob sich bereits, als er mich unterbrach. »Schon gut. Schon gut.

Aber vergiss nicht, der Krieg hat gerade erst begonnen. Diese Schlacht mag ich verloren haben, aber die Kämpfe vor den Toren von Camelot werden an mich gehen.« Damit erhob er sich in die Luft und suchte das Weite.

Was meinte er damit. Waren die anderen in Gefahr? Wenn ja mussten wir uns beeilen. Mit Sicherheit sahen sie mich weiterhin als Verräter an und dennoch würde ich ihnen um jeden Preis helfen.

Doch jetzt galt es Zed zu befreien. Ich rief eine kleine Flamme aus meinem Mittel und Zeigefinger. Diese benutzte ich als Schneidwerkzeug und schmolz die Fesseln des Hüters. Schwerfällig fiel mir dieser in die Arme. Er öffnete seine Augen und lächelte. »Ich wusste, dass du es schaffen würdest. Bringst du uns jetzt hieraus? Entschuldige, wenn ich etwas ungeduldig klinge, aber ich will diesen schrecklichen Ort nie wiedersehen.«

»Klar kein Problem.« Ich hielt eine Sekunde inne. »Wie ging noch einmal der Zauberspruch?«

»Das ist jetzt nicht dein Ernst, oder?« Zeds Stimme war mehr als nur ein bisschen hysterisch. Er hätte jeder kreischenden Oma Konkurrenz gemacht.

»Natürlich nicht. Also lass uns nach Hause gehen.« Ich zog seinen linken Arm über die Schulter und rezitierte die Formel, welche uns zu unseren Freunden brachte.

Kapitel 21 »Die Schlacht beginnt«

>>David<<

Jadriels Worte hallten noch immer in meinem Kopf. Krieg, Schlacht und Schicksal. Wie ein Echo hörte ich sie. Selbst dann, als die restlichen Generäle sich in Luft auflösten. Offenbar waren sie alle nur Astralprojektionen. Wie sonst, hätten sie nach Irland fliegen können. Aber was war mit all ihrem Essen passiert? Ich sollte lernen, mir diese Fragen nicht mehr zu stellen, denn sie bereiten nur Kopfschmerzen.

Ein kalter Schauer lief mir über den Rücken und ich zitterte am ganzen Körper. Angst keimte in mir auf. Nur Micas Hand zeigte mir, dass ich nicht träumte. Sie war der Anker, welcher mich bei Verstand hielt.

»David, ich habe Angst. Sind wir bereit für solch eine Aufgabe? Wir werden vermutlich gezwungen sein, Leute zu töten! Ich bin mir nicht sicher, ob ich das kann?« Mica schaute mir tief in die Augen. In ihren sah ich schwere Zweifel. Bedenken, welche ich mit ihr teilte. Doch fürchtete ich mich vor den Konsequenzen, wenn wir uns nicht beteiligen würden.

»Ich weiß, wie du dich fühlst. Mir geht es genauso. Und doch werde ich kämpfen. Der Grund dafür ist ganz einfach. Meine Familie und alle, die mir am Herzen liegen, laufen Gefahr verletzt, unterjocht oder getötet zu werden. Ich kämpfe nicht mit dem Ziel, die Dämonen zu töten, sondern um euch alle zu beschützen. Und wenn es bedeutet, dass ich mir die Hände schmutzig mache, dann ist es so.«, Erklärte ich meinen Freunden mit all dem Selbstvertrauen, welches mir zur Verfügung stand. Bevor ich in das Zimmer von Trace und mir zurückging, umarmt ich Mica. »Es wird alles gut! Wenn du nicht mit uns kämpfen willst, dann bleib bitte hier. Hier bist du in Sicherheit. So weiß ich zumindest, dass du nicht in Gefahr bist.«

Mica hielt mich fest. »Wenn du gehst, gehe ich ebenfalls. Irgendjemand muss dir ja den Rücken freihalten.« Ein Lächeln huschte über mein Gesicht. »Dann lasst uns dem Schicksal in seine vier Buchstaben treten!«

Wir liefen alle auf die Zimmer und packten eilig zusammen. Als letztes zogen wir uns die schwarzen Trainingsanzüge an, die uns Zed zum ersten Training geschenkt hatte. Sie waren die besten Rüstungen, die wir besaßen. Gemeinsam verließen wir das weiße Gebäude, das uns in den letzten Wochen als zuhause diente.

»Was habt ihr vor?« Ich drehte mich leicht zur Seite und sah Jadriel, wie sie in ihrer goldenen himmlischen Rüstung um die Ecke kam. Auf den Kopf trug sie einen Helm, wie ihn die Walküren aus der nordischen Mythologie benutzten.

»Na was wohl. Wir bereiten uns für den Abflug vor.«, erwiderte ich trocken und ließ meinen Rucksack zu Boden fallen.

»Das sehe ich auch. Aber wieso?«

»Du dachtest doch nicht etwa, dass wir euch allein in die Schlacht ziehen lassen.«, setzte Trace sie selbstsicher in Kenntnis und schlug sich mit der Faust gegen die Brust.

Jadriels linkes Auge zuckte. »Das kommt gar nicht in Frage! Ihr seid noch nicht so weit! Ihr könnt ja kaum euere Kräfte kontrollieren!« Wir ignorierten ihren Kommentar und hielten Ausschau nach unseren Drachen. Diese sprachen gerade mit ihrer Mutter. Es schien eine sehr hitzige Debatte zu sein, leider verstanden wir nicht, was sie sagten. Offenbar schirmten sie sich ab. »Hallo, hört ihr mir nicht zu?«

John verstaute sein letztes Gepäck. »Doch, dass tun wir. Wir haben nur beschlossen, dich zu ignorieren und unserem Willen zu folgen. Du kannst uns nicht aufhalten. Wir würden immer einen Weg finden, wie wir nach Camelot kämen und am Kampf teilzunehmen. Du vergisst, dass mir das gesamte Wissen des Universums innerhalb von Sekunden zur Verfügung steht. Es ist ein leichtes einen Weg zu finden, welcher es uns ermöglicht, jeden deiner Tricks zu überwinden.« Alle Augen waren auf ihn gerichtet. Jadriel fiel die Kinnlade hinab. Mit dieser Aussage hatte sie definitiv nicht gerechnet.

»John, seit wann bist du denn so selbstsicher, dass du der ersten Generälin des Himmels die Stirn bietest. Und das auch noch erfolgreich.« Mica war völlig irritiert.

»Was denn? Bevor wir hier ewig herum diskutieren? So geht es deutlich schneller und uns bleibt mehr Zeit eine Strategie auszuarbeiten.« John zuckte mit den Schultern. »Außerdem müssen wir aus Irland raus. Falls ihr euch erinnert, wir sind von einem sehr starken magischen Schild umgeben. Wir können nicht einfach losfliegen und Kurs auf die Camelot High setzen.«

»Doch, das könnt ihr.« Alluras Stimme erklang hinter uns. Wann hatte sie sich angeschlichen, ohne dass wir es bemerkten? »Ich besitze das Passwort für den Schutzschild. Damit öffne ich eine kleine Passage, durch die wir hindurchfliegen.«

»Dann hätten wir das ja jetzt geklärt. Warte sagtest du wir?«, fragte ich verwirrt.

»Natürlich komme ich mit. Meine Tochter ist in Gefahr. Ich werde alles tun, um sie zu beschützen und wenn es heißt, dass ich gegen das oberste Tabu des Willens verstoße.« Ihre Entschlossenheit brannte in ihren Augen und ihr Tonfall duldete keine Widerworte.

Am frühen Nachmittag brachen wir auf. Unsere Drachen hatten ihre wahre Gestalt angenommen und wir kletterten auf ihre Rücken. Sie hatten es gar nicht erst versucht, uns aufzuhalten, da sie bereits bei ihrer Mutter gescheitert waren. Nessajael legte ihren Unsichtbarkeitszauber über uns, so wurden wir zu mindestens nicht sofort erkannt.

»Seid ihr euch wirklich sicher? Noch könnt ihr hier in Sicherheit bleiben.«, startete Jadriel ihren letzten Versuch, uns zu bewegen, doch hierzubleiben.

Langsam schüttelte ich den Kopf. »Nein, wir haben uns entschieden. Wir kämpfen an eurer Seite, als die vier Wächter des Willens.« Mit leichtem Druck presste ich meine Unterschenkel gegen die Schultern von Abraxis. »Also los Partner. Ziehen wir in die Schlacht.« Wieder stieg Angst in mir auf, allerdings schluckte ich sie herunter und konzentrierte mich auf meinen Drachen. Dieser atmete tief unter mir ein und erhob sich dann in die Luft. Neben mir tauchte Allura auf Aluna auf. Diese hatte sich ebenfalls wieder in einen Drachen verwandelt. Ihr Körper war nun so groß wie der von Dragoel. Allerdings waren ihre Schuppen aus einem sanften Grau und ihr Bauch schimmerte in den verschiedensten Farben des Regenbogens. Sie sah aus wie ein Prisma. »Wo genau ist denn diese Passage?«

»Ich kann sie überall öffnen. Wenn wir uns aber weiter über dem Meer befinden, ist es einfacher, weil die Kraft nach außen abnimmt.« Auf ihrem Gesicht war nicht ein Hauch von einem Lächeln zu erkennen. Sie blickte stur Richtung Ozean.

»Na schön, flieg voraus und wir folgen dir.«, sagte ich und trieb Abraxis weiter an. Mit einem Blick über die Schulter stellte ich fest, dass John und Trace ein paar Schwierigkeiten hatten, sich auf ihrem Drachen festzuhalten. Es war schließlich ihr erster gemeinsamer Flug. Damit wir sie nicht verloren, drosselten wir unser Tempo etwas. Es dauerte etwa zehn Minuten, bis wir den Rand des Schildes erreicht hatten. Dort sprach Allura ein paar Worte in einer Sprache, die ich nicht kannte. Vor uns tauchte ein kleiner Punkt auf. Dieser brannte immer heller und breitete sich aus. Mit gleißendem Rand öffnete sich ein Loch, welches groß genug war, sodass wir hindurchschlüpfen konnten.

Auf der anderen Seite angekommen, ergriff Trace das Wort. »So weit, so gut. Und jetzt? Wie kommen wir zurück nach Kalifornien? Der Hinflug hat ja schon ewig gedauert. Wenn wir in dem Tempo fliegen, haben wir den Kampf verpasst.«

Jadriel flog neben ihn. Auf ihren Flügen spiegelten sich die Wellen des Meeres. »Wir nehmen die Leylinien. So sind wir innerhalb einer Stunde wieder bei der Camelot High. Wenn wir in diese eintauchen, rate ich euch, sich gut an eueren Partnern festhaltet. Der erste Flug durch den magischen Strom ist immer etwas holprig. Vertraut den Drachen. Mehr konnt ihr nicht tun. Und jetzt macht euch bereit, ich öffne das Portal für die Leylinie.«

Das war ja sehr ermutigend. Ich lehnte meinen Oberkörper nach vorne und umklammerte den Hals von Abraxis. »Keine Sorge Meister. Ich werde euch nicht herunterfallen lassen!« Seine Stimme machte mir Mut. Trotzdem verstärkte ich meinen Griff.

Da ich mich voll und ganz auf Abraxis konzentrierte bemerkte ich nicht, wie Jadriel ein Portal erschuf. Während wir hintereinander hindurchflogen, nahm ich eine Art Wackelpudding auf der Haut wahr. Es fühlte sich komisch an, als würde ich durch Gelee laufen. Dann war es aber auch schon vorbei und ein Ruck ging durch meinen Körper. Der Gegenwind wurde immer stärker und es kostet mich sämtliche Kraft, mich an dem Drachen der Quintessenz festzuhalten. Fünf Minuten später ließ der Sog nach.

»Ihr könnt die Augen jetzt auf machen.« Abraxis Stimme ertönte direkt in meinen Gedanken. Zögerlich folgte ich seinem Rat und öffnete langsam ein Auge nach dem anderen. Die Welt, die sich mir auftat, war unbeschreiblich. Wir waren in einem Tunnel, welcher in grünweißen Farben erstrahlte. Mir blieb der Atem im Halse stecken. Viel Zeit blieb mir nicht, um dieses Spektakel zu bestaunen, denn wir mussten uns beeilen. Lange würde Guinevere Trivarius nicht hinhalten können. Also schuf ich eine telepathische Verbindung zu John, Mica und Trace. »Geht es euch gut?«

»Ja.«, kam die gemeinsame Antwort.

»Gut, dann beschleunigen wir noch etwas.« Mit einem kleinen Klopfen auf die Schulter bat ich Abraxis aufs Gas zu treten. Ihm entfuhr ein kurzes Brüllen und er erhöhte seine Geschwindigkeit. Während die anderen Drachen uns folgten.

Merlin flog zwar, mit der Hilfe eines Flugzaubers, selbst, hielt sich aber an den Zacken auf dem Rücken von Aluna fest, damit er mit uns mithielt.

Der Austritt aus der Leylinie war deutlich ruckartiger als der Eintritt. Als hätte Abraxis eine Vollbremsung bei 180 Sachen hingelegt. Fast wäre ich ihm vorn über gefallen, hätte ich mich nicht im letzter Sekunde verstärkt um seinen Hals geklammert.

»Wir sind da.« Merlins Stimme klang kälter wie sonst. Als ich hinabblickte, wurde mir bewusst wieso. Der Kampf hatte ohne uns begonnen. Überall auf dem Schulgelände stieg Rauch auf und hunderte von Kratern zierten den Boden. Einer der Türme von Camelot war in sich zusammen gebrochen. Dennoch schien die Mauer, welche die Schule umrundete, intakt zu sein. Vor dem Haupttor stand eine riesige schwarze Streitmacht. Oh Großvater, worauf hatte ich mich da nur eingelassen.

Der ätzende Klang von Trivarius Stimme erreichte uns selbst bis hoch hier oben. »My Lady, jetzt macht es uns doch nicht schwerer, als es ist. Sagt mir, wo sich der Verräter aufhält und ich werde euch verschonen. Andernfalls werdet ihr mit dieser Schule untergehen!«

»Falls ich euch daran erinnern darf, gehört dieses Schloss immer noch mir! Ich bin die Königin von Camelot und gemäß den alten Gesetzen, welche sich in mir vereinen, werde ich niemals aufgeben, diese Burg bis auf die Grundmauern zu verteidigen! Also zieht Leine! Nie ist es einer Armee gelungen, Camelot zu erobern und dieses Mal wird es genauso enden wie vor tausend Jahren!« Guinevere brüllte förmlich vom Burgtor herab. Die Königin hielt ihr Schwert festumklammert.

»Damals hattet ihr eine Armee, welche euch zur Seite stand und heute? Ich sehe keine. Nur euch und euren Lover aus vergangener Zeit! Sagt Lanzelot, mistet ihr immer noch die Drachenställe aus?«< Auch wenn ich nicht sah, wie der Ritter reagierte, war ich mir sicher, dass er den Vorsitzenden des magischen Rates soeben anknurrte. »Das ist die letzte Warnung. Ich zähle bis drei, dann werden meine Truppen die Festung stürmen und alles niedermetzeln, bis wir den Verräter gefunden haben!«

Es herrschte absolute Stille. Niemand wagte es sich, zu bewegen oder etwas zu sagen. Am liebsten hätte ich sofort das Feuer eröffnet, jedoch wies Jadriel uns schon auf dem Flug daraufhin, dass wir erst eingreifen würden, wenn die himmlischen Korps eintrafen. Um unsere Feinde dann mit geballter Stärke zu zerschlagen.

»Eins!«

Ich verstärkte meinen Griff um die Zügel von Abraxis. Er schien vor Kampfeslust zu brennen. Sein Atem wurde immer schneller und ich erkannte, wie er die Kraft der Quintessenz sammelte.

»Zwei!«

Mein Blick huschte zu Mica, welche rechts neben mir auf Almatora flog. Am liebsten hätte ich ihre Hand genommen, um ihr Mut zu zusprechen. Allerdings war der Abstand zwischen uns zu groß. Also schenkte ich ihr ein kleines Lächeln und nickte ihr zu.

»Drei!«< Er hob seine Hand, um den entscheidenden Befehl zu geben. »Es tut mir leid, es hätte nicht so kommen müssen.« Trivarius setzte an, seinen Arm zu senken, da rührte sich etwas neben mir. Merlin verließ gegen den Befehl von Jadriel die Sphäre, welche uns tarnte. Natürlich war sie außer sich, riss sich aber zusammen, damit wir nicht alle aufflogen.

»Halt! Du willst mich! Lass die Schule in Ruhe!« Merlin verstärkte seine Stimme mit Magie, sodass sie über das gesamte Schulgelände zu hören war. Dem Schöpfer sei dank, dass wir keine Schule hatten und alle Schüler zu Hause waren. Sonst wären jetzt vermutlich einige Trommelfelle geplatzt. Der Schulleiter von Camelot schwebte nun für alle sichtbar gute zwanzig Meter hinter den feindlichen Truppen in der Luft. In seiner Hand erschien seine Sternenwaffe.

»Na endlich! Merlin von Avalon gemäß dem Befehl des Rates stelle ich euch unter Arrest!« Der Vorsitzende klang erfreut, dass ihm dieser Kampf erspart blieb. Allerdings war er nicht im Bilde, wie sehr er sich täuschte.

»Wer hat was davon gesagt, dass ich mich kampflos ergebe? Ich weiß, was ihr vorhabt, Trivarius. Und glaubt mir, wenn ich sage, dass es euch niemals gelingen wird. Nicht solange auch nur ein Funken Magie in mir fließt!« Er hob seine Sternenwaffe und sprach die magische Formel:
»O Vos militibus luminis,
Voca me sequere.
Venit tempus nostrum.
Quod est pugna incipiat.
Quem loquor mittamus in tenebris nihil.
Sit scriptor pugna ad qui testamentum fecit nos!«

Es passierte nichts. Kein Glühen. Kein Wind, der wehte. Einfach nichts. »War das etwa alles?« Trivarius verfiel in einen tiefen Lachrausch. »Ich hätte wahrlich schon etwas mehr erwartet! Na ja was solls. Konzentriert eure Angriffszauber auf den Zauberer!« Mit seinem Befehl drehten sich die Truppen um und richteten ihre Hände in Richtung Merlin.

Bevor sie jedoch ihren Angriff starteten, erstrahlte der Handrücken des Supermodels. Ich kniff meine Augen zusammen, um zu erkennen, was dort geschah. Es war das Siegel des Willens, welches aus goldener Energie erschien. Das Leuchten wurde stärker. Merlins Gesichtszüge verzogen sich vor Schmerz, als würde sich das Siegel in seine Haut brennen.

Als die ersten Angriffszauber auf Merlin zustürmten, riss Allura ihren Arm nach vorne und erschuf eine schützende Kugel um ihren Schwiegersohn. Sämtliche Attacken prallten einfach an ihr ab und wurden zu ihren Besitzern zurückgeschleudert. Diese lösten ihre Formation und sprangen auseinander. Die magischen Kugeln rissen tiefe Löcher in die Erden. Einzig allein Trivarius blieb unberührt stehen.

»Ich dachte immer, dass es den himmlischen Wesen verboten ist, Menschen zu verletzen?«, fragte ich Allura. Diese antwortete ohne ihren Blick vom Schlachtfeld zu wenden. »Es ist alles eine Auslegungssache. Es waren ja schließlich ihre eigenen Zauber, welche sich gegen sie wandten. Außerdem bin ich kein himmlisches Wesen. Zudem kommt, dass sie zuerst angegriffen haben. Wir haben uns nur verteidigt.«

Mit anderen Worten, solange du eine Ausrede findest, darfst du die Regel umgehen. Der Zweck heiligte also die Mittel.

Mittlerweile schwang Merlin seinen Stab. Diesem folgend erstrahlten goldenen Linien auf dem Boden der Camelot High. Nach einem Augenblick erkannte ich, was er zeichnete. Es war das Siegel von Allura.

Als er den letzten Strich zog, glühte die Erde und zwang uns, die Augen zu schließen. Ich zwinkerte mehrmals, bevor ich wieder etwas sah. Und das verschlug mir die Sprache. Eine ganze Legion in weißen und goldenen Rüstungen stand Trivarius und seinen Männern gegenüber. Es waren Angehörige jeder magischen Rasse vorhanden. Die Zwerge waren mit großen Streitäxten ausgerüstet. Die Elfen hatten sich mit Bögen bewaffnet. Die Vampire trugen lange Klauen aus Stahl an ihren Händen und die Werwölfe hatten sich in ihre Wolfsgestalt verwandelt. Wie dieses ohne Vollmond möglich war, wusste ich nicht, aber ich hatte keine Zeit mir über solche Sachen Sorgen zu machen. Denn der Kampf würde jeden Moment beginnen.

»Tja Trivarius, wie du siehst, bin ich nicht allein. Gib auf, du kannst uns nicht alle besiegen!« Merlins Augen glühten weiterhin in ihrem typischen flüssigen Gold.

»Das glaubst auch nur du! Denkst du, ich hätte keine Vorkehrungen getroffen?« Ein unsicherer Blick huschte über Merlins Gesicht. Er wurde aber gleich wieder ernst. »So wie der Orden überlebte, überlebte der Kult!« Und er sprach ebenfalls eine Zauberformel:

»O te est tenebrae militibus,
Voca me sequere.
Venit tempus nostrum.
Quod est pugna incipiat.
Nusquam mittamus in lucem.
Sit scriptor pugna ad exitium, quod fecit nobis!«

Wie es bei Merlin der Fall war, passierte es bei unserem Feind. Auf seinem rechten Handrücken erstrahlte in dunkler Energie ein ähnliches Siegel. Welches sich kurzer Hand auf der Erde widerspiegelte. Kurz darauf war der Orden des Lichts von Gestalten in schwarzen Kutten und Rüstungen umzingelt. »Nun können wir ja beenden, was meine Vorfahren vor so vielen Jahren begonnen haben. Vernichtet den Orden des Lichts!« Unmittelbar nach seinem letzten Wort zogen die Kultisten ihren Waffen und störten auf die goldene Legion zu.

Diese wechselten blitzartig ihre Formation. Merlin brüllte Befehle wie ein erfahrener General, der schon hunderte Schlachten hinter sich hatte. Auf seine Anweisung schossen die Elfen ihre Pfeile ab, welche viele Gegner zu Boden rissen. Die Zwerge bildeten die erste Verteidigungslinie. Mit ihren Äxten drängten sie ihre Feinde zurück, während die Vampire ihre Fähigkeit zu fliegen nutzen, um den Kult der Finsternis von oben anzugreifen. Immer wieder stürzten sie sich mit den langen Klauen auf sie herab. Und dennoch waren sie unterlegen. Sie wurde von sämtlichen Seiten angegriffen. Bereits nach mehreren Sekunden fiel der erste Zwerg und einige Kultisten durchbrachen die Linie. Zum Glück waren die Werwölfe zur Stelle und drängte sie zurück, bevor sie die Elfen und Merlin im Zentrum der Formation erreichten.

»Wir müssen etwas unternehmen! Wenn das so weitergeht, werden sie nicht lange durchhalten!«, schrie ich voller Panik. Vielleicht war es auch nur das Gefühl der Tatenlosigkeit, welches mich langsam aber sicher durchdrehen ließ.

»Noch nicht! Wir dürfen erst am Höhepunkt der Schlacht eingreifen. Wenn wir zu früh sind, verlieren wir den Überraschungsmoment.« Jadriel flog zu mir und hielt mich am Arm fest. Und verhinderte, dass ich mich Blindlings in den Kampf stürzte. Ich wandt mich aus ihrem Griff. »Es nützt aber nichts, wenn es gar nicht zum Höhepunkt kommt, weil der Orden überrannt wurde! Wir müssen ihnen helfen.« Die Magie in mir aktivierte sich von selbst und verstärkte meine Worte. Blöderweise tarnte der Zauber vom Wasserdrachen nur die Gestalt und nicht unsere Stimmen. Also halte sie über das Schlachtfeld und alle Anwesenden rissen ihre Köpfe herum und fragten sich, wo die Stimme herkam.

Der Vorsitzende des Rates jedoch schien genau zu wissen, wo wir waren. Da er mir förmlich in die Augen starrte. »Na wenn haben wir denn da? Ihr müsst die Halbengel sein, von den mir Marxael berichtet hat. Wollt ihr euch nicht zu uns gesellen? Dann wird die Party erst richtig losgehen!« Mit einer gezielten Bewegung schleuderte er einen kosmischen Blitz auf uns. Grandpa sei Dank, waren Alluras Reflexe besser als unsere. Im letzten Augenblick schuf sie einen Energiewall, welcher den Blitz absorbierte.

»Dürfen wir uns jetzt einmischen?« Fragte Trace von hinten.

»Da David soeben unseren Plan zunichtegemacht hat, bleibt uns keine andere Wahl. Wenn ihr merkt, dass ihr euren Feinden unterlegen seid, dann flieht in Richtung des Bergfrieds! Verstand?« Ihre Worte duldeten keinerlei Widerspruch. Sie ließ mich nicht für einen Augenblick aus den Augen, ganz nach dem Motto, wir unterhalten uns später!

Na toll, dass würde ein Spaß werde. Jetzt aber musste ich mich auf den Kampf konzentrieren. »Bist du so weit?«

»Jederzeit Meister!«

»Auf geht es. Beschützen wir den Orden!«, schrie ich und trieb meinen Partner an. Abraxis durchbrach die Barriere und brüllte aus seinem ganzen Leib. Sein Kampfschrei fuhr den Personen direkt ins Mark. Sie drehten sich alle zu dem am Himmel erschienen Drachen, um.

Ohne Zeit zu vergeuden, sammelte Abraxis Energie und feuerte einen breiten Strahl aus purer Quintessenz auf den Kult der Finsternis. Die Anhänger rollten sich zur Seite, erschufen magische Schilde oder rannten davon. Doch es war vergebens. Abraxis Angriff war zu machtvoll. Er durchbrach die Verteidigung des Gegners und pulverisierte alle, die er traf.

Dadurch ermöglichte er dem Orden des Lichts sich in Richtung der Burg zurückzuziehen. Nur Trivarius stand zwischen ihnen und dem schützenden Wall. Dieser feuerte seine kosmische Magie in kleinen Kugeln auf seine Feinde ab. Wie aus einer Pistole durchbohrten sie Merlins Truppen.

Ich musste etwas tun. So schnell ich konnte, verband ich die natürliche Essenz mit der Eigenen, welche mir hier in der magischen Dimension zur Verfügung stand. Sie durchströmte mich und schenkte mir unbegrenzte Kraft. Diese lenkte ich den Ring und beschwor meinen Bogen. Mit Pfeilen aus reiner Quintessenz schoss ich auf Trivarius.

Dieser richte nun seine volle Aufmerksamkeit auf mich und sprach einen Levitationszauber, welcher ihn auf meine Höhe brachte. »Hätte nicht gedacht, dass du deine Kräfte schon so mühelos im Griff hast. Vielleicht wird dieser Tag doch interessant. Aber gegen mich reicht das noch lange nicht. Sieh her!« Der Magier erzeugte vier massiv schwarze Kugel aus dunkler Energie, welche gefährlich knisterten. Als sie die Größe von fünf Metern erreicht hatten. Schmiss er sie auf mich und Abraxis,

»Meister, passt auf. Diese Dinger dürfen uns nicht berühren. Ansonsten fallen wir paralysiert zu Boden.« Seine

Warnung kam zu spät. Ich schaffte es nicht mehr, einen Schild zu erzeugen oder mit Abraxis auszuweichen, da die Kugel schon zu nah waren. Schützend riss ich die Arme vor mein Gesicht. Doch die erwartete Kollision blieb aus.

»Dachtest du er wäre allein? Wir sind auch noch da!«, schrie ihm meine Freundin entgegen. Jedes Wort enthielt ihre gesamte Verachtung diesen Mann. Jetzt wünschte ich mir, dass sie die Fähigkeit besaß, Leute allein mit ihrem Blick umzulegen. Dieses wäre in dieser Sekunde sehr nützlich.

Vor mir flackerte der Schild auf, welcher von meinen Freunden errichtet wurde. Als er erlosch, umzingelten wir ihn auf unseren Drachen. »Gib auf Trivarius! Du kannst nicht gegen uns vier und die fünf Elementardrachen gewinnen!«

»Niemals werde ich mich Grünschnäbeln ergeben! Kommt nur her! Ich zeige euch wahre Macht!«, er forderte uns regelrecht heraus. Die Drachen sammelten ihre Energie. Während Emioras einen Feuerstrahl auf den dunklen Magier abschoss, nutzte Erotan seine Kraft über die Erde und schleuderte ihm Unmengen an Erdspitzen mit blitzschneller Geschwindigkeit entgegen. Almatora beschwor einen Tornado aus schneidenden Winden. Nessie feuerte einen Hagelsturm auf Trivarius ab und Abraxis tat es seinem Bruder gleich und schoss einen Strahl aus reiner Quintessenz ab. Die fünf Elemente trafen sich genau in dem Punkt, wo unser Gegner schwebte.

»Jawohl! Das wäre ein Problem weniger!« Trace jubelte, als hätte er soeben die Weltmeisterschaft gewonnen. Allerdings unterbrach ihn ein lautes Klatschen.

»Nicht schlecht, aber das reicht noch lange nicht!« Trivarius schwebte über uns. Wie war das möglich? »Jetzt schaut doch nicht so doof aus der Wäsche. Es war von Anfang an klar, dass ihr nichts gegen mich ausrichten könnt. Nicht einmal euer heißgeliebter Freund, Zeriel, war im Stand mich zu besiegen. Und deshalb ist es mir eine Freude, euch in die Hölle zu schicken, wo ihr dann neben ihm im Kerker hängen dürft!« Er griff unter seine schwarze Rüstung und holte eine silberne Kette hervor. In ihr war ein nachtschwarzer Diamant gefasst. Kurz nachdem der Vorsitzende ihn berührte, gab dieser ein finsteres Strahlen ab. Dieses erfasste Trivarius und umhüllte ihn in einer düsteren Aura. »Spürt die Macht der Unterwelt!« Zeitgleich mit seinen Worten formte er mit seinen Armen ein Kreis. Schließlich brachte er seine Hände vor der Brust zusammen und schleuderte uns einen gewaltigen Energiestrahl entgegen.

»Schnell! Schilde hoch!«, schrie ich voller Entsetzen und riss die Arme in Richtung Himmel. Ich bat die Natur um Hilfe und verstärkte so die Barriere, doch es nütze nichts. Er wurde mit jeder Sekunde brüchiger, bis er letzten Endes nachgab und uns mit aller Kraft erwischte.

Wir schrien zeitgleich auf. Von Schmerzen durchzogen und benommen fielen wir in Richtung Erde. Im freien Fall griff ich nach meiner Freundin, welche bewusstlos neben mir herfiel. Doch sie entglitt mir wieder. Verdammt! Wo waren die Flügel, wenn ich sie brauchte!

Wie auf Kommando breiteten sich die weißen Schwingen aus und mir gelang es, immerhin Mica aufzufangen. Bei den anderen wurde es dann doch die schmerzhafte Bruchlandung. Sofort als ich, mit Mica auf dem Arm, landete, sandte ich meine Energie in die Umgebung und versuchte, uns so gut es ging zu heilen. Abraxis hatte mir diesen Zauber in Irland beigebracht. Es dauerte zwar etwas länger als ein gewöhnlicher Heilzauber, aber es war mir möglich, mehrer Personen auf einmal zu heilen.

»Beachtlich. Ich hatte nicht erwartet, dass ihr das überlebt. Aber was solls, dann geht ihr eben mit dem kommenden Angriff unter.« Trivarius schwebte nun knapp über dem Boden. Uns trennten keine fünf Meter. Er formte seinen nächsten Zauber. Doch ich konnte die Heilung jetzt nicht beenden. Wenn ich das täte, würde meine Freunde auf der Stelle sterben. Ihre Verletzungen würden sie sofort umbringen. Ich sendete ihnen mehr Energie, um die Genesung zu beschleunigen, trotz allem war es zu spät. Trivarius griff erneut an. Jetzt war es vorbei. »Hätten wir doch nur auf Jadriel gehört, als sie sagte, dass wir noch nicht bereit wären.«

»Ich würde dir jetzt gerne sagen, dass ich es dir ja gleich gesagt habe, aber dafür ist keine Zeit!« Schrie die Generälin, während sie sich zwischen uns und den Energiestrahl warf. Im Flug erschuf sie einen Schild, welcher sie nicht nur abschirmte, sondern auch seine Form veränderte. Durch diese Veränderung warf sie die Energie auf den Anführer der Kultisten zurück. Dieser schrie, von seiner eigenen Macht getroffen, auf. »Könnt ihr euch bewegen?«

Ich schaute nach meinen Freunden, welche sich gerade wieder aufrappelten. »Mehr schlecht als Recht.«

»Dann reißt euch gefälligst zusammen und kümmert euch um die Kultisten. Sie versuchen, das Tor zu stürmen. Ich kümmere mich um Trivarius. Wir haben noch eine alte Rechnung zu begleichen. Es war sein Vorfahre, welcher Allura tötete. Jetzt werde ich es ihm heimzahlen!« Ihr Zorn war überdeutlich. Erst wollte ich sie warnen, dass er zu stark wäre. Doch ich war mir sicher, dass dieses ihr egal war. Sie würde ihn auf jeden Fall bekämpfen. Koste es, was es wolle.

Trace, Mica und John, wie auch die Drachen hatte ich notdürftig zusammengeflickt. Also machten wir uns auf, das Tor zu verteidigen. Wir blieben am Boden, da ein Flug während des jetzigen Kugelgewitters zu gefährlich war. In den Händen der anderen Wächter tauchten ihre Waffen auf. Bis auf Mica, welcher es nicht gelang, sie zu beschwören. Leise fluchte sie auf. Allerdings nutze sie ihren Frust als Energiequelle und rief den Wind zur Hilfe. Dieser schnitt eine Schneise in die Gegner. Im hohen Bogen flogen sie nach hinten. Schöpfer noch eins, war sie sexy, wenn sie ihre Wut an unseren Feinden ausließ.

Eine Energiekugel zischte an mir vorbei und verfehlt nur knapp den Kopf. Dennoch riss sie mich zurück in die Realität. Im Laufen richtete ich meinen Bogen auf den Kultisten, welcher uns angriff und feuerte ihm einen langen Pfeil aus Quintessenz entgegen. Dieser durchschlug ihn und erwischte einen Weiteren hinter ihm. Ein Schwall der Übelkeit überkam mich und kostete mich sämtlich Willenskraft, das Essen in mir zu behalten. Dieses waren die ersten beiden Menschen, welche durch meine eigene Hand getötet wurden.

»David, du darfst nicht trödeln! Wir müssen zum Burgtor!«, schrie John. Mir war gar nicht aufgefallen, dass ich langsamer geworden war. Also beschleunigte und schob die Bilder zur Seite. Jetzt war nicht die Zeit, um mir solche

Gedanken zu machen. Es hieß kämpfen oder sterben. Ich entschied mich für die erste Option.

Immer mehr Kultisten griffen uns an. John beschwor ein riesiges Unwetter. Es strömte wie aus Eimern. Diese Regentropfen formte er zu einem Ring aus Wasser. Jedes Mal, wenn ihm ein Feind zu nah kam, schleuderte er ihm einen Tentakel entgegen, welcher den Angreifer packte und kurzer Hand das Fliegen beibrachte.

Trace machte sich die Sache etwas einfacher. Sobald ein Gegner in Reichweite war, schlug er ihn mit verstärkter Kraft voll gegen die Brust. Zudem schrie er »Fore!«

»Trace, wir sind nicht beim Golfen!«, korrigierte ihn John, während er den Kopf schüttelte.

»Könnt ihr euch bitte auf die Gegner konzentrieren! Da kommen schon wieder welche!«, motzte meine Freundin und schleuderte ihnen eine Salve aus eiskalten Wind entgegen, der sie gegen die Burgmauer katapultierte. Als sie zu Boden fielen, besaß deren Kopf einen ungesunden Winkel. Mica wandte sofort den Blick ab. »Wir müssen weiter.« Ich versuchte sie am Arm zu packen, doch sie zog ihren einfach weg und lief in Richtung Tor.

Uns trennten nur wenigen Meter von der Burgmauer, also verstärkten wir unsere Beine, bis die Muskel schmerzten. »So Jungs, jetzt sind wir fast da. Eine Idee, wie wir darüber kommen?«, fragte Mica in die Runde.

Ich könnte einfach drüber hinwegfliegen. Doch die anderen, hatten noch immer Schwierigkeiten ihre Flügel, auf Kommando zu rufen. Da fiel mir unser Wettkampf von vor den Ferien ein. »Trace, Katapult!« Er schien verstanden zu haben. Denn mit einer flüssigen Bewegung, als wenn er

Brustschwimmen wollte, rief er eine Erdsäule aus dem Boden, welcher uns in die Luft beförderte.

Wir alle segelten mit zappelnden Gliedmaßen durch die Luft. Dank meiner Flügel fing ich mich schnell und setzte auf der Mauer zur Landung an.

Der Orden des Lichts hatte sich mittlerweile in der Festung verschanzt und verteidigte ihn eisern. Leider hatte jemand vergessen, uns vorzustellen, woraufhin sie das Feuer eröffneten. »Halt! Wir sind keine Feinde!« Ich schrie mit aller Kraft, in der Hoffnung, dass Merlin, Guinevere oder Lanzelot mich hörten.

Meine Freunde fielen in der Zwischenzeit vom Himmel. Dank Almatora landeten sie halbwegs sanft vor dem Haupteingang der Burg. Sie wurden jedoch so gleich von einem Rudel Werwölfe umstellt. »Keine Bewegung!«, rief einer der Wölfe, was sehr seltsam klang, weil er noch in seiner Wolfsgestalt war. Die Wächter und ihre Drachen hoben allesamt die Hände.

»Wir sind keine Feinde! Fragt Merlin!«, forderte Trace sie auf.

»Der ist zurzeit auf der Krankenstation und wird zusammen geflickt.«, klärte der Wolf auf. Offenbar war er der Alpha seiner Gruppe.

»Dann eben Guinevere oder Lanzelot!« Kaum hatte der Wächter der Erde ausgesprochen, stürmte dieser aus dem Bergfried. »Da seid ihr ja! Nehmt die Waffen runter. Ohne diese Leute wären wir längst im Reich der Toten!«

Die Krieger nahmen ihre Kriegswerkzeuge herunter und die Wölfe zogen ihre Zähne zurück. Endlich konnten wir einen Moment verschnaufen.

Wie es natürlich kam, belehrte mich das Universum eines besseren. Ein schweres Erdbeben zwang uns auf die Knie. »Trace lass das!«, schrie ich ihn von der Mauer an.

»Das geht nicht auf mein Konto!« Er verschränkte die Arme. »Aber es fühlt sich himmlisch an.«

Schnell drehte ich mich um und schaute auf das Schlachtfeld herab. Mir lief der Schweiß eiskalt den Rücken herunter. Jetzt konnte uns nur ein Wunder helfen. Die Verstärkung des Feindes war soeben eingetroffen. Tausende von Dämonen erhoben sich aus dem Erdreich. Sowohl Niedere als auch Höhere beteiligten sich an der Schlacht. Am anderen Ende des Schulgeländes riss die Erde auf und fünf Gigantoren bahnten sich ihren Weg. »Oh Mist!«

Kapitel 22 »Das Blatt wendet sich«

>>David<<

»Leute! Wir stecken jetzt verdammt nochmal in Schwierig-keiten!« Nach meiner Warnung rannten Lanzelot und die anderen die Treppe zur Mauer hoch.

»Oh nein! Wie sollen wir das bloß überleben?« Mica ergriff meine Hand und drückte sich fest an mich. Wäre ich nicht schon schweißgebadet, würden ihre Tränen mich jetzt völlig durchnässen. Ich streichelte ihr über den Kopf. »Alles wird gut. Wir finden eine Lösung. Das haben wir immer.« Die Angst in mir wuchs ununterbrochen an. In Gedanken stieß ich ein Gebet zu meinem Großvater. »Grandpa, wenn du das hörst, bitte hilf uns! Wir brauchen dich!«

»Keine Sorge David! Wir sind schon da!« Hörte ich ihn Antworten, jedoch nicht in meinem Kopf. Über uns brach die Wolkendecke auf und mit der Sonne im Hintergrund stiegen die himmlischen Korps herab. An ihrer Spitze schwebte der Schöpfer höchstpersönlich. Er war in eine weiße Tunika gehüllt. Am Oberkörper trug er ein Leder-wams. Die nächsten Worte richtete er an die Personen auf dem Schlachtfeld. »Geschöpfe der Schöpfung hört mich! Vor vielen Millennien schuf ich das Universum und schenkte euch das Leben! Seit jeher war es mir immer wichtig, dass ihr dieses frei wählen könnt. Doch einige euerer Entschei-dungen bedrohen meine Familie und das werde ich nicht weiter tolerieren! Ich gebe euch dennoch die Chance. Legt eure Waffen nieder und ihr werdet verschont! All diejenigen, welche weiterhin ihr Schwert auf uns richten, seid gewiss, dass ich meinen Zorn nicht länger unterdrücken werde.

Also wie lautet eure Entscheidung?« Seine Worte drangen in alle Anwesenden ein und brannten sich in ihr Gedächtnis.

Ich ließ den Blick schweifen und sah, wie einige Kultisten an ihrer Wahl zweifelten und ernsthaft überlegten die Waffen niederzulegen. Doch ich hatte nicht die Rechnung mit Trivarius gemacht. »Lasst euch nicht täuschen! Die himmlischen Wesen werden uns vernichten! Es ist egal, wie wir uns entscheiden! Seht, was eine der ihren mit mir angestellt hat!« Er erhob sich leicht in die Luft, damit jeder ihn und sein verletzten Arm sah. »Nach einem bitteren und harten Kampf gelang es mir, die feindliche Generälin zu besiegen und in die Flucht zu schlagen!«

Er hat was? Was war mit Jadriel? Sie würde nie freiwillig aufgeben. Wo war sie? Sie braucht bestimmt unsere Hilfe. Hastig versuchte ich sie, auf dem Schlachtfeld zu finden, vergebens.

Trivarius hingegen sprach ununterbrochen weiter. »Sie sind nicht unbesiegbar! Gebt nicht auf!« Seine Stimme klang schon fast hypnotisch. Mit jedem Wort zog er sie wieder in seinen Bann. Bis die Anhänger des Kultes ihren Kampfesmut in die Welt hinaus schrien.

Grandpa atmete sichtlich aus. »Also gut, ihr habt die Wahl getroffen! Ich hatte gehofft, dass ihr euch anders entscheidet, aber nun werdet ihr mit euren Verbündeten den Dämonen untergehen. Michael! Vernichtet sie.« Die letzten Worte flüsterte der Schöpfer förmlich und doch hörte ich sie ganz deutlich.

Was jetzt geschah, war schwer zu beschreiben. Tausende von Engel, bis an die Zähne bewaffnet, stürzten sich in Scharen auf die Dämonen und Kultisten. Ihre Klingen durchdrangen die lederartige Haut, als wäre sie aus Butter.

Micheal, Uriel, Raphael, Gabriel und Azrael flogen mit voller Geschwindigkeit auf die Gigantoren zu und trennten deren Köpfe mit einem einzigen Schlag von den Schultern. Bevor sie zu Boden fielen, lösten sie sich zu Staub auf.

Das Blatt wendete sich zu unseren Gunsten. Wir könnten überleben. Mein Großvater landete neben mir. »Ihr habt euch tapfer geschlagen. Jetzt überlasst ihr den Rest uns.«

Erleichtert atmete ich aus. Allerdings zog eine Person meine Aufmerksamkeit auf sich. Jadriel humpelte über das Schlachtfeld. Immer wieder stellte sich ihr ein niederer Dämon in den Weg, doch diesen schlug sie kurzerhand zur Seite. Als ihr ein Erzdämon gegenüberstand, änderte sich die Situation drastisch. Sie war deutlich geschwächt von ihrem Kampf gegen Trivarius und unterlag ihrem jetzigen Gegner. Ohne darüber nachzudenken erhob ich mich in die Luft.

»David, wo willst du hin?«, rief mir der Schöpfer hinterher, doch ich war bereits zu weit entfernt, um zu antworten. Mit meiner Waffe in der Hand flog ich durch einen Hagel von Angriffszauber. Das eine Mal wich ich einem Zauber nur knapp aus, indem ich mich zur Seite einrollte und schnell weiterflog. Endlich kam ich in Schussreichweite. Ich spannte den Bogen und schoss den magischen Pfeil ab. Dieser traf sein Ziel und verpuffte. Dafür hatte ich seine Aufmerksamkeit gewonnen.

Na toll. Dann eben mit mehr Energie! Ich zog die natürliche Quintessenz tief in mich hinein und verband sie mit der eigenen. Ich spürte die Magie in mir wachsen, bis sie die Grenzen meines Körpers erreicht hatte. Danach sandte ich sie in den Bogen und ließ die Sehne los. Ein mächtiger Strahl aus purer Energie traf den Erzdämonen mitten in die

Brust und bohrte sich hinter ihm tief in die Erde. An der Stelle, wo er sie berührte, verbrannte der Boden. Der Dämon jedoch kippte nach vorne über. So schnell mich die Flügel trogen, flog ich zu meiner Tante.

»Geht es dir gut?«, fragte ich sie besorgt und betrachte sie genau, um festzustellen, wie stark sie verletzt war.

»Ging schon einmal besser. Bring mich schnell hieraus. Das alles ist eine Falle! Marxael hat das Ganze von Anfang an geplant. Er war es, der Trivarius mit diesen Kräften ausgestattet hat. Dieser Stein gab ihm die Kontrolle über die Tore der Unterwelt, jetzt wo die himmlische Armee eingetroffen ist, wird er sie komplett öffnen und uns schlichtweg überrennen!« Da bebte auch schon die Erde, schlimmer wie sie es jemals getan hatte. Jadriel und ich gingen zu Boden. Die himmlische Generälin schrie auf, als sie ihr gebrochenes Bein belastete.

Nach einem kurzen Augenblick war das Erdbeben vorbei. »Es ist zu spät. Wir haben versagt. Sie kommen, ich kann es fühlen.« Völlig erschöpft sank sie in sich zusammen.

Mein Kopf drehte sich ruckartig nach hinten. Da sah ich sie. Horden von Dämonen liefen auf uns zu und würden uns jede Sekunde erreichen. »Jadriel steh auf! Jetzt ist nicht der Moment, um aufzugeben!« Mir blieb nicht viel Kraft, da ich meine eigenen Reserven so gut wie aufgebraucht hatte und ich hatte nicht genügend Zeit neue Essenz aus der Natur zu sammeln. Also stemmte ich sie, mit der mir verblieben Kraft, hoch und flog los. Leider stellte ich fest, dass ich deutlich langsamer war als auf dem Hinflug.

Immer wieder blickte ich über die Schulter und sah, wie die Dämonen aufholten. Neben uns tauchten weitere mir unbekannte Engel auf. Auch sie eilten in Richtung der Burg.

»David!« Mica schrie meinen Namen und flog mir entgegen! Aus ihrem Rücken ragten zwei riesige Schwingen hervor. Anstatt vor uns zu bremsen, schoss sie an mir vorbei. Sie machte nicht einmal Anstalten zu langsamer zu werden. Stattdessen sank sie in Richtung der Erdoberfläche und breite die Arme aus. Ihr Ring leuchtete in einem polarweißen Licht, woraufhin sich zwei Fächer, welche aus vielen kleinen Klingen bestanden, in ihren Händen materialisierten. Diese nutze sie als Verlängerung ihres Körpers und wirbelte wie ein Tornado durch die heranstürmenden Dämonen. Kurz darauf zog sie nach oben und vollführte eine Rückwärtsrolle. Dort angekommen kreisten ihre Arme, als gäbe es keinen Morgen. Der Wind nahm zu und baute sich zu einem Bollwerk auf. Niemand würde diese Wand passieren können, ohne zehn Meter in die Luft geschleudert zu werden.

»Mica, komm mit, du kannst sie nicht alleine aufhalten! Wir verschanzen uns in der Schule!«, rief ich ihr hinterher. Sie reagierte aber nicht. Immer stärker tobte der Wind. Es fiel mir schwerer, den Kurs zu halten. Dennoch schaffte ich es zur Mauer von Camelot. Kaum hatte ich Jadriel abgelegt und in die Obhut von Raphael gegeben, flog ich zurück und holte meine Freundin. Ich würde sie nicht verlieren! Niemals!

Auf der halben Strecke bemerkte ich, wie mir die Kraft ausging. Ich verbrauchte die Essenz der Natur schneller, als dass ich sie sammeln konnte. Mein Flug wurde immer langsamer und schleppender.

»Brauchst du Hilfe?« Trace tauchte grinsend neben mir auf. Auch er flog mit seinen eigenen Flügeln.

»Was fragst du so blöd, natürlich benötigt er unsere Hilfe!« John klatschte ihm eine in den Nacken. »Na los, stütz ihn und ich hole Mica! Wir treffen uns im Hofe des Bergfrieds.« Da rauschte der Wächter des Wassers davon und ich kämpfte darum, nicht das Bewusstsein zu verlieren.

Unser Muskelprotz packt mich an der Hüfte und warf sich mich über die Schulter. »So du hast jetzt Pause!« Ohne auf eine Antwort von mir zu warten, sausten wir davon. Sekunden später landeten wir unsanft im Hof der Burg. Kurz darauf kamen John und Mica an. Als ihre Füße den Boden berührten, errichtete sich ein gigantischer Schild um den Bergfried. Wir waren für den Moment in Sicherheit. Erleichtert atmete ich aus und drückte Mica, so fest es ging, gegen mich. Ich schloss die Augen und entspannte für einen kurzen Augenblick. Danach schaute ich mich um.

Um uns herum lagen lauter verwundete Krieger des Ordens, aber auch viele Engel hatten schwere Wunden davon getragen. Schritte kamen auf uns zu. »Da seid ihr ja. Wir haben uns schon Sorgen gemacht. Nachdem du aus heiterem Himmel losgeflogen bist, ging alles drunter und drüber.« Lanzelot stellte sich vor uns auf.

»Können wir die Moralpredigt bitte verschieben? Ich bin fix und alle! Hat jemand meinen Großvater gesehen?« Der Ritter schaute mich irritiert an. »Den Schöpfer.« Jetzt war er erst recht sprachlos. Schließlich deutete er über seine Schulter.

Grandpa heilte gerade Jadriels Verletzungen. Langsam und mit der Hilfe der anderen schlich ich zu ihm. »Wie geht es ihr?«, fragte ich meinen Großvater.

Dieser antwortete, ohne seinen Blick abzuwenden. »Sie hat schon Schlimmeres überstanden. Sie liegt uns wahrscheinlich die nächsten paar Stunden in den Ohren, dass ihre Ehre gekränkt ist. Aber das war es dann.« Endlich drehte er sich zu uns um. Die Sorge stand im deutlich im Gesicht. »Ich hätte nicht erwartet, dass es so viele sind. Ich weiß nicht, ob wir den Sieg davontragen können. Mein Bruder muss seit der großen Schlacht neue Dämonen erschaffen haben. Während ich mich mit der Versiegelung des Himmels beschäftigte. Es sind zu viele. Wenn meinen Kindern die Kraft ausgeht und der Schutzschild fällt, werden sie uns überrennen.« Niedergeschlagen sank sein Kopf.

»Aber Sie sind der Schöpfer! Mit das mächtigste Wesen, was je existiert hat. Sie können bestimmt etwas tun!« Merlin und Guinevere traten aus der Burg. Das Supermodel hatte einiges einstecken müssen. Sein gesamter Brustkorb war verbunden.

»Es tut mir Leid junger Zauberer aber in der jetzigen Form, bin ich so gut wie machtlos. Damit mein Bruder die Unterwelt nicht verlassen kann, kehrte ich als Astralkörper zur Erde zurück. Wäre ich mit dem echten Körper hier, würde ich dem Zerstörer die Chance geben, die Hölle zu verlassen. Schließlich muss immer das Gleichgewicht gewahrt belieben. Im Moment kann ich also nichts Weiteres tun, wie die Verwundeten zu heilen.«

»Und was war mit dem großen Götterzorn aus Ihrer Rede?«, fragte die Königin fassungslos.

»Ich versuchte, ihren Kampfgeist zu brechen. Wie hätten Sie sich gefühlt, gegen mich anzutreten? Jeder normale Sterbliche würde durch meine Aura allein in Flammen aufgehen. Leider ging der Versuch nach hinten los.«

»Also können wir gar nichts tun? Wir geben uns geschlagen?«, fragte ich meinen Großvater.

»Es tut mir leid, wir können nicht gewinnen.« Er sah mir nicht einmal in die Augen, so sehr schämte er sich.

Alle Anwesenden sanken zu Boden. Es war eine Frage der Zeit, bis wir sterben würden. Mica brach in Tränen aus. John und Nessie fielen sich in die Arme. Trace verzog bitter sein Gesicht und ballte seine Hände zur Faust. Da riss uns eine vertraute Stimme aus der Hoffnungslosigkeit. »Ihr vielleicht nicht, aber ich kann es!«

In der Mitte des Burghofes erstrahlte ein magisches Siegel. Sein Licht tauchte den gesamten Bereich in feuerrote Farben. Ich hielt mir die Hand schützend vor das Gesicht. Und dennoch erkannte ich die beiden Personen, welche aus dem Boden emporstiegen. Es waren Zed und Chris. Zed wurde von Chris gestützt, er sah sehr mitgenommen aus, aber er war am Leben. Unsere Freunde waren endlich zurückgekehrt.

Kapitel 23 »Wiedervereint«

>>Zeriel<<

Das Herz schlug wie wild gegen die Brust. Es waren nur einige Wochen und doch fühlte es sich wie eine Ewigkeit an, dass ich meine Freunde sah. Schwerfällig nahm ich den Arm von Chris´s Schulter und humpelte zu ihnen herüber. »Ihr saht auch schon einmal besser aus.« Scherzte ich krampfhaft und doch zeichnete sich ein Lächeln auf meinem Gesicht ab.

Die vier starrten mich an, als hätten sie ein Gespenst gesehen. »Also mit ein bisschen mehr Begeisterung hätte ich schon gerechnet. Bekomme ich wenigsten eine Umarmung?« Endlich setzten sie sich in Bewegung. David, John, Mica und Trace rissen mich förmlich von den Beinen und wir landeten im Matsch. »Aua! Nicht so stürmisch. Ich wurde noch nicht geheilt und mir fehlt die Kraft, um mich selbst zuheilen.« Und doch konnte ich nicht anders als herzhaft zu lachen. In diesem Moment vergaß ich die letzten Wochen der Folter.

David begutachtete mich akribisch. Er stand auf und drehte sich um. »Grandpa. Zed ist wieder da! Er braucht dringend ärztliche Hilfe!«

»Offenbar habe ich mehr verpasst, wie mir klar war.« Mein Blick fiel auf die Person, welche David als Großvater bezeichnete. Würde ich das Herz nicht deutlich schlagen hören, würde ich denken, ich hätte einen Herzinfarkt. »Vater.« Ich traute meinen Augen nicht.

Der Schöpfer kam auf uns zu und legte mir eine Hand auf die Wange. »Hallo Zeriel. Es ist schön, dich zu sehen!«

Als Astralwesen war es ihm nicht möglich, mich zu berühren und doch spürte ich seine Wärme auf der Haut. »Du hast mir gefehlt.«

Meine Wangen wurden nass. Mir gelang es nicht, die Tränen zurückzuhalten. Nach so langer Zeit war ich endlich wieder bei meiner Familie. Etwas unsanft zog ich mich von ihm zurück und suchte David. »Habt ihr Allura gefunden? Wo ist sie?« Bevor er die Chance hatte zu antworten, erklang eine Stimme aus dem Bergfried. »Ich bin hier.« Mir war nicht klar, woher ich die Kraft nahm, aber es war egal. So schnell mich die Füße trugen, lief ich zu ihr. Bei ihr angekommen presste ich meine Lippen auf die ihren. Mit der linken Hand umklammerte ich ihre Hüfte und zog sie fest an mich. Während ich mit der Rechten ihren Nacken streichelte. Ich wünschte mir, dass dieser Moment ewig andauern würde. Leider war uns nicht so viel Zeit vergönnt. »Auch wenn ich mich nicht an dich erinnerte, so sehnte sich mein Herz nach dir. Jeden Tag, jede Stunde und jede Minute schrie es nach dir. Die Ewigkeit ohne dich war die wahrhaftige Hölle. Und wieder bleibt uns kaum Zeit füreinander. Vergib mir bitte.«

Allura lehnte ihren Kopf gegen meinen. Ihre Berührung ließ mich zusammenzucken, als wäre ein elektrischer Schlag durch meinen Körper hindurch gefahren. »Natürlich verzeihe ich dir. Und ich muss dir etwas sagen.«

»In der Regel sagt eine Frau das nur, wenn der nächste Teil keine gute Nachricht ist.«

Sie lachte. »Du hast dich nicht ein Stück verändert. Aber in diesem Fall sind es sehr gute Nachrichten.« Sie schwieg für einen Moment.

»Jetzt spann mich doch nicht so auf die Folter!«

»Niriel lebt. Unsere Tochter ist am Leben.« Mir fehlten die Worte. Ich öffnete den Mund, allerdings kamen keine Laute heraus. Allura griff unter ihre Rüstung und holte eine kleine Kristallphiole an einer Kette hervor. »Dein magisches Blut hat uns beide gerettet.«

»Wo ist sie? Kann ich sie sehen. So viel habe ich von ihrem Leben verpasst. Wie kann ich das je wieder gut machen?«, dieses Mal waren es Freudentränen, welche mir entwichen. Als sie den Boden berührten, blühte der Boden unter uns auf. »Ups, entschuldige. Ich bin undicht.«

Merlin trat an uns heran. »Sie liegt bei Artus in einer Grotte am Grunde des Sees von Avalon. Dort schlummert sie seit der Schlacht von Camelot.«

»Woher kennst du meine Tochter?«, fragte ich meinen alten Freund und verzog verwundert die Augenbrauen. Der große Zauber blickte verlegen zu Boden und wurde leicht rot.

»Schatz, darf ich dir unseren Schwiegersohn vorstellen?«

Innerlich zerbrach gerade eine Welt. »Schwiegersohn?« Ich stotterte mehr, als dass ich sprach. »John, ich brauche eine Ohrfeige! Meine Frau sagte mir, dass mein kleines Baby mit dem größten Frauenhelden des Jahrtausends verheiratet ist.« Bei dem Wort mit F horchte Allura auf.

»Entschuldige, das bringt nichts, denn sie sagt die Wahrheit. Und es kommt noch besser. Rate mal, wer ebenfalls von dir abstammt?«

Ich riss meinen Kopf zur Seite und schaute Allura direkt in die Augen. »Ich schwöre dir beim Leben des Schöpfers, ich war dir nie untreu!« Jetzt war sie es, welche nicht aufhörte zu lachen.

»Das weiß ich doch. Und trotzdem gibt es da noch jemanden, David. Er ist unser Ur-Ur-Ur-Ur-Ur-Ur-, ach das dauert zu lange. Unser Enkel, also eigentlich dein Sohn. Oh Schwiegervater, das ist aber kompliziert, einigen wir uns auf Sohn.«

Mir klappte die Kinnlade hinunter und meine Augen weiteten sich auf eine ungesunde Größe. »Allura, bitte nicht noch mehr Überraschungen, sonst bekomme ich wirklich einen Herzinfarkt!«

»Keine Sorge. David und seine Mutter, sind neben Niriel die Letzten aus unserer Blutlinie.«

Jetzt wurde mir einiges klar, deshalb war Maren in der Lage mich zu erwecken. Sie stammte von meinem Blut ab und ihre verbogenen Kräfte, weckten mich, als sie den gleichen Schmerz, wie ich, erfuhr.

In der Zwischenzeit kamen die anderen auf uns zu. Wir waren alle wieder zusammen. Ein Seufzer purer Erleichterung entfuhr mir. »So wie es aussieht, bin ich dir einige Geburtstagsgeschenke schuldig. Sohn.«

»Das klingt so verkehrt. Können wir wieder bei Zed und David bleiben?«, fragte er mich vorsichtig.

»Vater sei Dank, ich hatte gehofft, dass du das sagst. Trotzdem muss ich einige Geburtstage aufholen. Was hältst du von einem Audi? Ich kenne dort jemanden, der kommt an das neuste Model.«

Mein Vater ging dazwischen. »Du kannst ihm doch nicht einfach ein Auto schenken!«

»Lass ihn ruhig weiterreden. Die Idee ist gar nicht schlecht.«, sagte David breitgrinsend. Mica verdrehte nur die Augen.

»Nein kann er nicht! Ich wollte dir schon einen mit Magie angetriebenen Porsche schenken! Der kann sogar fliegen!« Unsere Augen drehten sich zu Merlin, als dieser sich gegen die Stirn schlug. »Jetzt weiß ich, von wem er sein Talent mit Geld, um zu gehen, geerbt hat.«

Bevor ich etwas erwidern konnte, trafen schwarze Blitze gegen den Schild. Dieser wurde immer rissiger. Michaels Stimme tönte vom Burgtor. »Bruder, ich freue mich ja, dich wieder zu sehen, glaub mir. Aber könnten wir das Wiedersehen nach hinten verschieben? So langsam wird es anstrengend die Barriere aufrechtzuerhalten. Wir brauchen einen Plan!«

»Keine Sorge, ich werde euch beschützen. Niemand wird meiner Familie jemals wieder Schaden zu fügen.« Ich drehte mich um und blickte Vater eindringlich an. »Gibst du mir eine kleine Starthilfe?«

Er wirkte unsicher. »Bist du dir sicher, dass du das in deinem Zustand zutraust?« Mit einem kurzen und bestimmten Nicken stimmte ich zu. Danach wandte ich mich Chris zu. »Hast du genügend Energie, um die Festung zu verteidigen?«

Erst jetzt bemerkten die Anwesenden seine Anwesenheit. Ihre Blicke verfinsterten sich. »Was will der denn hier?« Micas Verachtung traf Chris wie eine Faust ins Gesicht. »Du kannst von Glück reden, dass ich gerade keine Energie habe, um dich zum Saturn zu befördern! Wobei für die Mauer sollte es reichen!« Ihr rechter Unterarm wirbelte in schnellen Kreisbewegungen und stoppte abrupt. Der Wind peitschte Chris mitten gegen die Brust. Er wurde an die Wand geschleudert und ging zu Boden. Einen Augenblick später kam er wieder auf die Beine und klopfte sich den Dreck von den Knien. Da bemerkte ich, dass er weiterhin nur in seinen verbrannten Boxershorts vor uns stand. Ich schnippte mit den Fingern und er trug seinen Trainingsanzug.

»Mica, es reicht. Ja er hat einen Fehler gemacht. Aber ohne ihn hätte ich es nie geschafft, aus der Unterwelt zu entkommen. Jeder verdient eine zweite Chance.« Verärgert drehte sie den Kopf zur Seite. Woraufhin ich auf sie zu ging und ihr beruhigend die Hand auf die Schulter legte. »Jetzt ist nicht die Zeit, um sich zu streiten. Wir benötigen jede Hilfe, die wir bekommen können.«

Chris fühlte sich sichtlich unwohl. Was kein Wunder war, dennoch trat er vor uns. »Ich weiß, dass ich das nie wieder gut machen kann. Und dass es viel verlangt ist und vermutlich viel Zeit in Anspruch nimmt, aber ich hoffe inständigst, dass ihr mir eines Tages verzeihen könnt. Es tut mir leid.« Als er endete, senkte er seinen Kopf auf die Brust.

Wieder prallten die Blitze in die Barriere ein. Einer durchbrach sie und schlug in die Burg ein. Trümmer regneten auf uns herab. Sie prallten gegeneinander und verteilten sich über den gesamten Hof.

Chris reagierte als erster und beschwor seine aschfahlen Flammen. Diese bildeten ein schützendes Dach aus Feuer, welches jeden Brocken zu Asche verwandelte.

Der Blick von meinem Vater entgleiste. »Nein, das ist unmöglich! Wer bist du?«

»Wir haben jetzt keine Zeit für lange Erklärungen. Chris, beschütze die Camelot High. Ich werde die Dämonen in ihre Schranken weisen. Vater bitte, teile deine Energie mit mir!« In diese Worte steckte ich sämtliche Willenskraft, welche mir zur Verfügung stand.

Von hinten schlangen sich zwei Arme um mich. »Pass auf dich auf.«

»Mach ich das nicht immer.« Ich streichelte die Hände von Allura, bis sie mich losließ. Danach kam Vater auf uns zu und legte seine Hand auf meinen Kopf. Unmittelbar strömte die Macht der Schöpfung in mich hinein. Mit jedem Wimpernschlag erspürte ich, wie die Kräfte zu mir zurückkehrten. »Danke.«

Mit neuer Magie ausgefüllt, sprang ich auf das Burgtor. Dort angekommen verschaffte ich mir einen Überblick. Horden von widerwärtigen Kreaturen standen bereit, um uns alle zu vernichten. Ganz am Ende entdeckte ich Marxael, wie er mit in seiner schwarzen Rüstung in der Luft thronte. In seiner Hand hielt er seine Hellebarde.

Ich schnippte mit den Fingern und tauschte die zerfetzte Kleidung gegen meine alte Rüstung. Auf dem goldenen Torso war das Siegel des Willens eingraviert. Die Arme waren frei, damit ich mehr Bewegungsfreiheit hatte. An den Beinen trug ich einen langen Rock, welcher aus weißem Einhornhaar gewoben wurde.

In mir baute sich ein leichtes Kribbelgefühl auf. Wie viele Schlachten habe ich gekämpft? Hunderte? Tausende? Und doch verspürte ich immer noch die Aufregung.

Ich atmete tief ein und wieder aus. Ein vertrauter Geruch von Blut und Schweiß stieg mir in die Nase. Mir wurde schlecht. Aber ich unterdrückte den Würgereiz.

Die Zeit war gekommen. »Dragoel! Wie lange willst du mich noch warten lassen? Ich bin zurück und brauche deine Hilfe!« In Gedanken rief ich nach meinem alten Seelenpartner. Prompt erhielt ich eine Antwort. Aus dem verzauberten Wald ertönte ein bestialischer Aufschrei.

Für einen Moment hörten die Angriffe auf. Die Angreifer schauten sich verzweifelt nach der Quelle um. Dann sahen sie sie. Der Urdrache erhob sich über den Spitzen der Bäume. Er wartete kurz und suchte meinen Blick. Als sie sich trafen, breitete er seine Schwingen aus und flog auf direktem Weg auf mich zu.

Marxael schwang seine Sternenwaffen, um ihn zu erwischen, doch Dragoel wich ihm geschickt aus. Vereinzelte Zauber sausten auf ihn zu, aber diese ignorierte er. Sie waren nicht stark genug, um seine Panzerung zu durchbrechen. Da schwebte er auch schon vor mir. »Hallo alter Freund. Lange ist es her.«

Der Drache starrte mich gefühlskalt an. Dann holte er zum Schlag aus. Sein Angriff glitt durch die Barriere, als wäre sie nicht vorhanden. Ich zuckte nicht einmal mit den Wimpern. Wie eine Statur stand ich auf dem Tor. Kurz bevor mich die Faust traf, stoppte sie und Wind blies mir ins Gesicht. »Du hast dir aber ganz schön Zeit gelassen. Ich dachte, ich hätte dich für immer verloren.« Tränen zeichneten sich an den Rändern von Dragoels Augen ab.

Mit einer Faust schlug ich gegen seine. Unsere Kräfte vereinten sich. Die Macht der Elemente tobte in uns. »Besser spät als nie. Bist alt geworden.« Mein Blick fiel auf seinen Körper, welcher vieles von dem einstigen Glanz verloren hatte.

Der Vater der Drachen schnaubte und leichte Flammen züngelten sich aus seinen Nüstern. »Nicht jeder konnte tausende von Jahren einen Schönheitsschlaf halten.« Wir beide lachten. Dann wurde ich wieder ernst. »Was meinst du? Ziehen wir ein letztes Mal in die Schlacht? So wie wir es früher getan haben?«

»So wie früher. Nur du und ich gegen Tausende von Dämonen. Mögen sie unter unseren vereinten Kräften erzittern.« Seine, wie auch meine, Augen glühten im Licht der Schöpfung. Wir waren umhüllt von einer goldenen Aura. In der rechten Hand spürte ich ein mir allzubekanntes Gewicht.

»Wie ich sehe, ist die Truppe wieder zusammen. Ich hoffe, ihr habt mich nicht vergessen!«

»Wie könnten wir das je wagen Cal?«, antworte ich dem Schwert, welches ich vor so langer Zeit schmiedete. »Auf geht's, lasst uns ein paar Dämonen zurück in die Hölle schicken.« Ich sprang auf der Rücken des Urdrachens und wir flogen in die Luft.

Hoch oben über den Köpfen der Feinde begannen wir unseren Angriff. Ich sammelte die Essenz des Windes und erschuf eine komprimierte Kugel aus Luft. Diese schmiss ich in die Mitte der Dämonen. Auf den ersten Blick schien diese Attacke sinnlos bei der Menge an Gegner, denn er tötete nur ein einziges Monster. Doch dann breitete sich die Kugel aus und formte eine rotierende, alles zerschneidende Sphäre. Ihre klingenscharfen Winde trafen die Kreaturen am ganzen Körper, bis sie schließlich einer nach dem anderen umkippten.

»Das macht zwanzig für mich.«, erklärte ich triumphierend.

Dragoel antwortete mit einem Schnauben. »Dann warte mal ab. Sieh her!« Er schwang seine Pranke quer durch die Luft und eine Welle von Erdspitzen stieß aus dem Boden. Jeder Dämon, welcher nicht sofort aufgespießt wurde, starb entweder durch den Sturz aus der Höhe oder durch einen niederfallenden Kameraden. »Diese vierzig gehen auf mein Konto.«

»Spielt ihr wieder dieses Spiel? Ihr zwei ändert euch nie.« Hätte Cal richtige Augen, würde er sie jetzt mit Sicherheit verdrehen. »Vorsicht! Mehrere Angriffszauber auf drei Uhr!«

Blitzartig erschuf ich einen Schild, welcher die Angriffe zu ihrem Absender zurückschickte. »Damit gehen weitere zehn auf mein Konto.«

»Du liegst trotzdem noch hinten.«, sagte Dragoel stolz und bereitete seinen nächsten Angriff vor.

Ich wusste nicht, wie lange wir kämpften. Es kam mir vor wie Stunden. Langsam aber sicher fiel mir das Atmen schwerer. Ein tiefer Schnitt verlief über meinen Oberarm. Er tat zwar weh, war jedoch nicht lebensbedrohlich. Ich erkannte zudem, wie meine Kräfte nachließen. Obwohl mir die gesamte Essenz der Natur zur Verfügung stand, war sie mittlerweile erschöpft. Die vielen Zauber von mir und meinen Geschwistern forderten ihren Tribut. Die Umwelt würde einige Zeit brauchen, bis sie sich vollständig erholt hatte.

Dragoel und ich landeten auf einer kleinen Anhöhe. Vor uns warteten noch Tausende von Dämonen. Aus dem Augenwinkel sah ich, dass es dem Urdrachen nicht anders erging wie mir. »Vielleicht haben wir uns doch etwas überschätzt. Wir sind eben nicht mehr die Jüngsten.«, scherzte ich, allerdings steckte mehr Wahrheit in der Aussage, als mir lieb war. Und Marxael hatte sich bisher aus dem Kampf rausgehalten.

Wie aufs Stichwort schalte seine Stimme über das Schlachtfeld und das Gekreische der Dämonen, wie das Klirren ihrer Waffen, verstummten. »Zeriel. Du hast gut gekämpft. Doch nun ist es vorbei. Selbst dir ist es nicht möglich, allein gegen diese Übermacht zu gewinnen. Lass es sein und gib auf.«

»Niemals. So lange nur ein Funken Magie in mir brennt, werde ich weiterkämpfen.« Während Cal einen Schild errichtete, fasste ich einen Entschluss, welcher mein Schicksal auf ewig besiegeln würde.

Dragoel bemerkte die Veränderung in mir. »Du wirst doch nicht!«

»Mir bleibt keine andere Wahl. Es tut mir leid. Aber ich bitte dich um einen aller letzten Gefallen. Bring Allura in Sicherheit.« Es klang mehr nach einem Flehen, als nach einer Bitte.

»Nein, ich werde dich nicht allein lassen. Nicht wie damals!«

»Bitte zwing mich nicht, es dir zu befehlen.« Meine Stimme zitterte und war nur von ihm und Ecsturiel zu hören.

»Dann tu es. Andernfalls werde ich es nicht tun!« Der Urdrache bebte vor Zorn.

»Also schön, wenn du es nicht anders willst. Du warst schon immer ein ignoranter Sturkopf. So wie ich eben.«, flüsterte ich für mich selbst. Danach verstärkte ich die Stimme mit dem Rest meiner Magie. »Dragoel. Ich, Zeriel, als dein Seelenpartner und Hüter des Willens fordere den absoluten Befehl ein!« Das Gesicht des Urdrachens entgleiste vor Entsetzen. Niemals hätte er es für möglich gehalten, dass ich diese Worte aussprach. »Lass mich hier zurück und beschütze Allura!« Ich konnte förmlich sehen, wie sein Willen brach. Seine Augen wurden trüb und leer. Als wäre kein Leben mehr in ihm vorhanden. Dann verbeugte er sich vor mir und flog in Richtung der Burg.

Aus der Ferne hörte ich die Schreie von Allura. »Dragoel was soll das? Lass mich auf der Stelle runter!« Danach zwang ich mich, ihre Stimme zu ignorieren. »Cal, wenn du lieber gehen möchtest, dann ist jetzt deine Chance.«

»Niemals.«, antwortete mir mein treuer Freund.

»Ich habe Angst.«

»Das ist verständlich. Mir geht es ähnlich und doch würde ich jetzt niemand anderen als dich an meiner Seite wissen.« Bei seinen Worten verstärkte ich den Griff um ihn.

Im nächsten Augenblick baute ich eine Verbindung zu den fünf Wächtern auf. »Ich spüre, dass eure Kräfte sich wieder aufgeladen haben. Ich brauche eure Hilfe. Alleine schaffe ich es nicht.«

David antwortete als Erster. »Wir sind unterwegs!«

Der Blick ruhte noch immer auf den Feinden vor mir, welche gegen den Schild hämmerten. Ein Luftzug kribbelte in meinem Nacken. »Hört mir zu. Tut jetzt genau das, was ich euch sage. Ich werde ein Lied singen, das euch alle retten kann. Aber mir fehlt die Energie dafür. Deshalb will ich, dass ihr mir so viel Essenz wie möglich leiht.«

»Ist das nicht...« Ich unterbrach John, bevor er seinen Satz beendete. »Bitte tut es einfach.«

»Alles klar. Wir vertrauen dir!«, sagte David mit so viel Hoffnung in der Stimme, dass es schon fast weh tat, was ich gleich tun würde. Aber mir blieb keine andere Wahl, wenn meine Freunde und Familie überleben sollten.

»Dann los!« Die fünf Wächter platzierten sich hinter mir und legten sich gegenseitig ihre rechte Hand auf die linke Schulter des Vordermanns.

Mit geschlossenen Augen konzentrierte ich mich mit aller Macht auf das, was nun passieren wird. Da spürte ich die gebündelten Kräfte meiner Freunde, wie sie in mich eindrangen und die Energiereserven wieder aufluden. Die Essenz des Wassers strömt kalt und nass durch die Blutbahnen. Die der Erde verdichtete die angeschlagenen Knochen in mir. Das Feuer von Chris schenkte mir neue Energie. Wie kleine Impulse aktivierte sie die erschöpften Körperzellen. Mica spendierte mir frischen Atem und das Brennen meiner Lunge hörte auf. Zu guter Letzt spürte ich die Macht der Quintessenz, wie sie den Geist beruhigte und mir den Mut gab, um den Plan in die Tat umzusetzen. Die fünf Essenzen in mir kreisten in einem gigantischen Durcheinander. Auf meinem Befehl hin verschmolzen sie. Sie wurden zur Kraft der Schöpfung.

Von mir ausgehend breiteten sich Schockwellen über das gesamte Schlachtfeld aus. Der Schutzschild zerbrach in hunderte von Einzelteilen. Das war jedoch egal. Die Impulse schleuderten unsere Gegner meterweit zurück. Gemeinsam erhoben wir uns in die Luft.

Ich hörte einige Schreie. Darunter auch die Stimme von Marxael. Jemand solle mich aufhalten. Vor dem geistigen Auge sah ich, wie er auf mich zu raste. Allerdings war es bereits zu spät. Er würde uns nicht erreichen.

Wie ein ruhender Krieger hielt ich Ecsturiel vor das Gesicht. Jetzt würde sich alles entscheiden:

»Qui excitare!
Potentiam Creatoris antiquis custos.
Vires vocantum Spatium temporis.
Ad vincere Fines in aeternum.
Quod in corpore immortali immergunt exstinguunt lucem!«

Mit jedem Buchstab, welcher meine Lippen verlies, stieg die Macht in mir an. Die Wolkendecke riss auf und die Strahlen der Sonne drangen gebündelt in mich ein. Ich schrie auf. Es war zu viel Energie für diesen Körper.

»Zed, wir müssen aufhören!« Trace brüllte zu mir rüber, doch bevor er weitersprach, schnitt ich ihm das Wort ab. »Da hast du Recht. Das müsst ihr. Eure Aufgabe endet hier. Um den Rest kümmere ich mich.«

»Was hast du?« Mitten im Satz schnippte ich mit den Fingern und teleportierte meine Freunde zurück zum Burgtor.

Kaum waren sie fort, brach die überschüssige Energie aus mir heraus. Aber anstatt sie einfach in die Natur abzugeben, kontrollierte ich sie und erschuf so einen gigantischen Körper aus purer Energie. Cal und ich befanden uns in seinem Herzen. Um uns herum war das warme Licht der Schöpfung. Dieses linderte die Schmerzen, die von dem immensen Druck ausgingen, welcher auf mir lastete. Lange würde ich das nicht durchhalten. »Also schön. Bringen wir es zu Ende!«

Kapitel 24 »Der Hüter des Willens«

>>Zeriel<<

Ohne zu zögern, griff ich an. Der Energiekörper folgte jeder meiner Bewegungen. Als Erstes schwang ich den linken Arm im rechten Winkel nach oben und den Rechten nach unten. Die Erde reagierte auf den Ruf und ich trat kräftig auf die Oberfläche und ließ sie beben. Mittels dieses Erdbebens riss ich die Erdplatten auseinander. Ein hundert Meter langer Spalt entstand und zahlreiche Dämon stürzten in die Tiefe. Ihre Schreie halten von der Erdkruste ab und verstummten.

Unbeachtet führte ich mein Werk fort. Dieses Mal ging ich tiefer in Richtung des Erdkerns und verband mich mit einer Magmaader. Durch die Kombination der Essenzen von Feuer und Erde bändigte ich die Naturgewalt. Mit gewaltiger Kraft stieg sie in Form einer riesigen Fontäne aus der Tiefe empor. Die Tropfen der Lava trafen den Boden und die Feinde der Schöpfung. Alles, was sie berührten, ging in Flammen auf. Aber das war nicht genug. Ich erschuf eine Welle aus purer Lava und hetzte sie Marxael entgegen. Auf ihrem Weg hinterließ sie eine Schneise der Verwüstung. Die Erde verbrannte und wurde unbegehbar. Sämtliche Dämonen ertranken in glühend heißer Lava.

Aber meine schlechtere Hälfte tat mir diesen Gefallen nicht. Mit seinen Kräften erschuf er ein kleines Loch, durch das er hindurch flog. Wenn diese beiden Elemente nicht ausreichten, dann eben mit zwei anderen. Ich griff nach den Regenwolken und beschwor eine Sintflut. Es regnete in

Strömen und innerhalb von Sekunden trat der See von Avalon über die Ufer.

Überall, wo das Wasser die Lava berührte, zischte es und Dämpfe stiegen auf. Diese nutze ich, um Marxael eine giftige Wolke entgegen, zu schleudern. Sie hüllte ihn vollständig ein. Unter mir härtete die Lava aus und vergrub die Dämonen unter sich.

Eine Druckwelle zog meine Aufmerksamkeit auf sich. Der Prinz der Hölle hatte sich aus seinem Gasgefängnis befreit. Auf seiner Haut ragten sich dunkle, aus tiefschwarzer Aura bestehende, Nebelschwaden. »Es hätte nie so weit kommen müssen! Aber du hast es nicht anders gewollt. Erfahre die unbestrittene Macht der Finsternis!« Instinktiv reagierte ich und startete den Versuch, ihn aufzuhalten. Leider vergebens, er sang bereits:

>>Ego princeps tenebrarum
Ab antiqua potestate creatus sum.
Virtutes meae voca per spatium et tempus,
Vince limites aeternitatis.
Horum corpora in imis tenebris immergunt.
Exeat lux!«

Wie es zuvor bei mir der Fall war, umhüllte ihn die Urkraft und erzeugte einen Riesen aus purer Energie. Nur war sein finster und durch und durch Böse. »Jetzt kann der wahre Kampf beginnen!« In der Hand des Titanen formte sich eine Hellebarde aus der reinen Essenz der Zerstörung. Er rannte los.

Mir blieb kaum Zeit zu reagieren, aber in letzter Sekunde schuf ich ein Abbild von Cal aus der Essenz der Schöpfung und fing seinen Schlag ab. »So leicht mache ich es dir nicht!«

»Das hatte ich gehofft! Sonst wäre es doch langweilig.« Unerbittlich lieferten wir uns einen Schlagabtausch. In so vielen Schlachten hatten wir gegeneinander gekämpft, dass wir jeden Schlag vorhersahen. Währenddessen blendeten wir die gesamte Umgebung aus. Ohne Rücksicht auf alles andere attackierten wir uns.

Jedes Mal, wenn unsere Waffen sich berührten, gab es eine kleine Explosion. Die Urkräfte zog sich zwar magisch an, löschten sich aber gegenseitig aus, sobald sie sich trafen.

Das bringt so nichts. Mit der Hilfe der Quintessenz rief ich Blitze vom Himmel herab, sammelte sie in Händen des Riesen und warf sie gebündelt Marxael entgegen.

Er erschuf einen Erdwall, um sich zu schützen. Doch mein Angriff war stärker. Dieser durchbrach seine Verteidigung und traf ihn mitten in die Schulter. Ein schmerzerfüllter Schrei entfuhr ihm. »Lass es uns endlich zu Ende bringen! Diese Kinderspielchen sind eine reine Zeitverschwendung!«, sagte der Prinz der Hölle. Seine Stimme war der pure Hass selbst. Er machte sich nicht einmal die Mühe, seine Deckung in ihre vorherige Form zurückzubringen. Stattdessen riss er sie einfach um.

Das Atmen fiel mir immer schwerer und der Schweiß lief mir am ganzen Körper hinab. Die Anspannung erreichte ihren Höhepunkt. Viel länger würde ich nicht durchhalten. »Also schön. Du hast es so gewollt!«

Wir beide standen uns gegenüber und sammelten Unmengen an Essenz. Bis wir unsere Arme nach vorne rissen und sie in einem konzentrierten Strahl abfeuerten.

Beide Urgewalten trafen aufeinander. Am Treffpunkt rangen sie miteinander. Als wollen sie Tauziehen spielen. Es entstand eine graue Kugel, welche an Größe immer weiter zunahm. »Gib doch endlich auf! Du wirst uns nur beide vernichten!« Marxael Atem hing schwer in der Luft. Auch ihm machten diese Kräfte zu schaffen.

Jetzt hieß es alles oder nicht. Ich gab mich völlig der Macht der Schöpfung hin. Sie strömte vollständig aus mir heraus. Um sie zu verstärken, dachte ich an meine Freunde. John, wie ich ihn aus der Bücherei zerren musste, damit er etwas mit uns unternahm. Trace und ich bei den Wettkämpfen. Chris wie wir gemeinsam Videospiele spielten und unsere Sorgen vergaßen. Ich bei dem Versuch Mica das Einparken beizubringen. David, welchen ich bereits sein ganzes Leben kannte und doch erst in den letzten Wochen kennenlernte.

Dann rief ich mir die Erinnerungen an meine Familie vor Augen. In der einen zeigte mir Vater die Schönheit des Universums. In der Anderen berichtete mir Jadriel die Erfolge ihres neuesten Streichs. All die schönen Zeiten. Eine Erinnerung zeigte mir, wie ich Cal fertigstellte und einen der besten Partner fürs Leben schuf. Da war Dragoel an dem Tag, wo wir unser Band schmiedeten. Ich hoffe, dass er mir eines Tages vergeben kann.

Und zum Schluss war sie da. Allura. Die Frau, welche mein Herz gestohlen hatte und nie wieder hergab. Ich sah, wie sie mir sagte, dass wir ein Kind erwarten würden und ich glatt in Ohnmacht fiel. Unsere Hochzeit und so viele Dinge mehr.

Ich erinnerte mich aber auch an all das Leid, welches mir über die Jahre widerfahren ist. Die Kämpfe mit Marxael und den Dämonen. Die Kriege der Menschen. Die Unfälle von John, Trace, Chris, Mica und David. Die Folter in der Unterwelt.

Jede dieser Erinnerung stärkte meine Emotionen und diese die Macht der Schöpfung. Ich feuerte Marxael alles entgegen, was ich hatte. Er würde hier und heute nicht siegreich sein!

Mit dem letzten Aufgebot meiner Kräfte explodierte die aschgraue Kugel in einer kolossalen Explosion, welche mich und sämtliche Gegner voll erwischte. Sie drückte mich bis über den See von Avalon zurück. Im finalen Augenblick ging Marxael zu Boden. Ich hatte es geschafft. Meine Gliedmaßen wurden schwer und mir war unglaublich kalt. Cal glitt mir aus der Hand. Von allen Kräften verlassen fielen wir in Richtung des Sees. Es war, als würde die Zeit stillstehen. »Cal, wir haben es geschafft. Nach so vielen Jahren.« Doch er antwortete mir nicht.

Als ich meine Hand anschaute, war sie bereits im Stande sich aufzulösen. Im Hintergrund sah ich die Nacht hereinbrechen und am Himmel zeigten sich die ersten Sterne, während die Sonne ihre verbliebenen Strahlen aussandte und leicht über dem See funkelte. In Gedanken sprach ich meine letzten Worte. Ich hatte keine Ahnung, ob sie sie erreichen würden, ungeachtet dessen hoffte ich es aus tiefsten Herzen. »Allura, es tut mir leid. Ich lasse dich wieder alleine. Wie gerne hätte ich mein Leben mit dir zusammen verbracht. Aber so viel Glück war uns nicht vergönnt. Bitte sag unserer Tochter, dass ich sie über alles liebe.« Dann wurde es weiß.

>>David<<

»Vor?«, beendete ich meinen Satz, doch Zed hatte uns wieder zurückgeschickt. Das Schauspiel was sich uns nun bot, ließ uns alle verstummen. Auf der einen Seite war es eindrucksvoll, wozu ein vollständig ausgebildeter Engel in der Lage war. Aber es war auch erschreckend. In Bruchteilen von Sekunden metzelte Zed Reihen von Dämonen nieder. Der Tod war förmlich zu spüren. Von dem Anblick angewidert dreh ich mich weg. Da sah ich sie. Unsere himmlische Familie stand geschlossen auf der Mauer und weinte.

Grandpa kam auf mich zu, als er meinen fragenden Blick sah. »Was ist los? Warum sind alle so niedergeschlagen. Sollten wir nicht glücklich sein, dass die Schlacht so gut wie gewonnen ist?«, fragte ich ihn euphorisch.

Der Schöpfer schüttelte den Kopf. »David, was hier passiert ist kein Sieg. Es ist eine Niederlage. Ein Verlust. Zeriel ist im Inbegriff sich für uns alle zu opfern.« Sämtliche Lebensfreude entwich aus meinem Gesicht. Mica, Trace, John und Chris ging es ähnlich. »In dem Moment, wo er das Lied der Schöpfung sang, besiegelte er sein Schicksal. Er wusste, dass es ihn umbringen würde. Deshalb ließ er Dragoel seine Frau entführen.«

»Mit wenig Erfolg möchte ich meinen.« Allura tauchte am Ende der Treppe auf. Hinter sich zog sie einen älteren, aber dennoch muskulösen Mann. Er war augenscheinlich bewusstlos. Sie kam auf uns zu und ließ den Kerl liegen. Woraufhin sie sich die Hand abklopfte. »Ich kann nicht glauben, dass er es schon wieder getan hat! Ich weiß, dass er es nur tat, um uns zu schützen. Aber das ist so ungerecht!«

Sie brach in Tränen aus und Aluna eilte an ihre Seite, um sie zu trösten.

In mir stauten sich die Gefühle. Zum einen war ich verwirrt, dann wütend aber auch traurig. Ich würde meinen besten Freund verlieren, schon wieder.

Jadriels Stimme riss mich aus der Starre. »In Deckung!« Perplex drehte ich mich um und sah, wie die Kräfte der Schöpfung und der Zerstörung aufeinanderprallten. Diese Maßen wuchsen an, bis die helle Seite die Überhand gewann und so eine Explosion verursachte. Hätte Mica mich nicht umgestoßen, wäre ich jetzt definitiv meinen Oberkörper los. Leider knallte ich mit dem Kopf auf den Boden. Der Schmerz setzte unverzüglich ein. Das Gute daran war, dass ich aus den Gedanken gerissen wurde und in die Gegenwart zurückkehrte.

Langsam rappelte ich mich wieder auf. Das Bild, was sich mir jetzt bot, zerbrach meine Welt. Von hier aus, sah ich, wie Zed in den See von Avalon fiel und sich auflöste. Sekunde für Sekunde wurde er kleiner, bis nichts mehr von ihm übrig blieb, einzig und allein ein Funkeln in der Abendsonne.

Das Schluchzen wurde lauter. Meine Freunde, Allura und alle Anwesenden brachen in Tränen aus. Innerlich war ich komplett leer. Als hätte mir jemand etwas gestohlen, das mir einen Sinn im Leben schenkte. Ohne das gab es nichts mehr, welches mich die Kontrolle behalten ließ. Soll doch alles verschwinden!

Die Essenz in mir fuhr Achterbahn. Meine Schwingen breiteten sich zur vollen Größe aus und trugen mich hoch in den Himmel. Noch während des Aufstiegs brach die Energie aus mir heraus und ich verwandelte mich in ein Wesen aus reiner Quintessenz.

Ohne ihn hat alles seinen Sinn verloren! Wozu brauchen wir all das hier? Den Wald? Die Dämonen würden ihn eh abholzen, wenn sie die Menschenwelt erobern. Also kann ich ihn auch vernichten. Mein Zorn richtete sich gegen die Natur. Von den Händen aus schickte ich Lichtstrahlen in Richtung der Bäume. Alles, was von diesen erwischt wurde, wurde seiner Lebensessenz beraubt und meine Macht stieg an.

Als Nächstes wandt ich mich der Schule zu. Wozu brauchen wir ein Gebäude, in das wir nie zurückkehren würden? Wir beherrschen unsere Kräfte, gehen wir einfach zurück in die Welt der Menschen. Die gesammelte Essenz sammelte ich in einer Blase über dem Burghof. Dann ließ ich sie zu Boden fallen. Dort zerplatzte sie und verteilte sich im Innenbereich. Dieser blühte auf. Ranken brachen aus der Erde und wanderten die Mauer und dem Bergfried hoch. Alles wurde überwuchert und von den Pflanzen zermalmt. Es war egal, ob es Glas oder Steine waren. Sie machten vor nichts und niemandem halt.

Während die Gewächse ihre Arbeit nachgingen, fiel mein Blick auf den See. Der See, über dem Zed verschwand. Er soll verschwinden. Sonst würde er mich auf ewig an den Verlust an ihn erinnern.

Der Wind nahm an Fahrt auf. Die Wolken zogen sich wieder zusammen und die Blitze zuckte zwischen ihnen hindurch! Mehr! Ich brauche mehr!

»Dav..«Mehrere Stimmen tauchten in meinem Kopf auf. Ich zwang mich sie auszublenden. Allein die Auslöschung des Sees war wichtig. Also schickte ich Unmengen an

Essenz in das Gewitter. Die Blitze mehrten sich. Gleich war es so weit. Sie würden den See pulverisieren.

»Magnus requiescit in occulto
Omnes enim aeternum, non est tuus.
Quod sit id e caelo revelandum.
Aeterni mysterii voluptatis
Venit tempus adpropinquavit
Igitur tu non intellegis.
Liberum arbitrium esse superaturam.
Quinque combines sunt custodes!«

Die Lautstärke der Stimmen wurde stärker. Mittlerweile dröhnten sie förmlich. Ich fasste mir an den Kopf. Sie sollen aufhören!

Es donnerte und der erste Blitz schlug in den See ein.

»David es reicht! Komm wieder zu dir. Das bist nicht du!« Jetzt drehte ich vollständig durch. Zeds Stimme erklang direkt vor mir, doch da war niemand. »Hör zu! Das alles ist nicht deine Schuld! Wenn sich einer schuldig fühlen sollte, dann bin ich es. Ich hatte beschlossen, euch nichts vom Ausgang des Plans zu erzählen. Und ich bereue nichts von alle dem. Denn ich weiß, ihr seid in Sicherheit und am Leben. Das ist das einzig Wichtige. Jetzt ist es an der Zeit für mich zu gehen. Vergiss nicht, das Geheimnis der Magie würd für immer dein sein. Haltet zusammen und ihr werdet siegreich sein. Mach es gut David.« Plötzlich war es wieder ruhig und ich hörte einen leisen Singsang.

Nein, er darf mich nicht verlassen. Noch nicht. Zed komm zurück! Ein letztes Mal bäumte sich die Essenz in mir auf und brach in einer Lichtsäule aus. Nach wenigen Augenblicken schwand die Kraft und das Licht kehrte zu mir zurück. Da war aber noch etwas. Etwas Neues, was ich nicht einordnen konnte, welches sich nun in mir befand.

Was war das? Mir gelang es nicht, es näher anzuschauen, den mich verließen die Kräfte und ich segelte in Richtung des Sees von Avalon.

Epilog

>>Allura<<

Kaum dachte ich, dass endlich alles wieder gut werden würde, belehrte mich das Universum eines besseren. Ich hatte Zeriel erneut verloren. Obwohl wir uns erst wiedergefunden hatte. Dieses Mal jedoch war es für immer. Sein Verlust zerriss mich.

Ich wurde unsanft aus meiner Trauer gerissen. David verlor sich selbst in seinen Kräften und war im Inbegriff alles und jeden zu vernichten. Den Wald hatte er bereits ausgelöscht. Sämtliche Bäume waren ausgedörrt und der Wind trieb die Splitter über das zerstörte Gelände.

Aluna packte mich am Arm und zog uns in die Luft. »Herr Schöpfer, einen so mächtigen Essenzrausch habe ich in meinem langen Leben nie erlebt!« Der Drache des Willens klang besorgt. Und das bedeutete, dass die Lage sehr ernst war.

Mein Schwiegervater trommelte alle zusammen. »Die Engel evakuieren das Schloss. Ihr fünf, Allura und die Drachen, kommen mit mir! Wir halten ihn auf, bevor er noch mehr Schaden anrichtet.«

»Und wie? Wir gelangen ja nicht einmal in seine Nähe, ohne gleich als alter Knacker zu enden!«, fragte Trace.

»Wir singen die erste Prophezeiung. Damit sollte es klappen!«, forderte mein Schwiegervater uns auf.

»Sollte? Das ist ja sehr beruhigend. Aber bei Zed hat es damals auch funktioniert.«, äußerte sich John, welcher die Hand von Nessie hielt. Die Drachen hatten wieder ihre menschliche Form angenommen.

Bei dem Klang von seinem Namen traf es mich wie ein Blitz. »Allura, ich brauche dich jetzt zu einhundert Prozent. Wenn wir nichts unternehmen, löscht David gleich alles und jeden im Umkreis der nächsten fünfzig Kilometer aus!« Der Schöpfer hatte Recht. Ich muss mich jetzt zusammenreißen. Die Gefahr ist noch nicht gebannt.

Wir flogen höher. Das Schloss war mittlerweile völlig überwuchert. Und David richtete seine Aufmerksamkeit dem See zu. Nein, nicht ihm. Niriel war dort unten. Das durfte er nicht. Ich beschleunigten meinen Flug und versuchte, auf ihn einzureden. Leider ohne Erfolg.

»Es hat keinen Zweck! Stellt euch alle um ihn auf. Wenn er uns aus sämtlichen Richtungen hört, ist es leichter, seine Macht einzudämmen.«, erklärte der Schöpfer.

Wir folgten seinem Befehl und fingen an. Allerdings schien unsere Mühe vergebens. Seine Kraft war zu stark. Doch wir sangen weiter, immer weiter. Mittlerweile wiederholten wir das Lied zum dritten Mal. Da änderte sich etwas in ihm. Er wurde friedlicher und das Gewitter nahm ab.

Schwiegervater sei Dank, wir hatten es in letzter Sekunde geschafft. Leider freute ich mich zu früh. Zu spät bemerkte ich, wie die Kraft aus ihm heraus brach und ein Blitz mitten in den See einschlug. »Nein!«, voller Panik schrie ich. Dass ich womöglich nun auch noch meine Tochter verlieren würde. Das war zu viel der Schöpfung.

David sank inzwischen in Richtung der Wasseroberfläche, wurde aber rechtzeitig von Abraxis aufgefangen. Gemeinsam setzten wir zur Landung an.

Kaum berührten meine Füße den aufgewühlten Strand, rannte ich zum Ufer des Sees und wollte schon hinabtauchen, da hielt mich Merlin auf. »Es geht ihr gut. Ich kann es spüren. Beruhig dich bitte. David ist es, der unsere Hilfe nötig hat.« Verzweifelt versuchte ich, ihm zu entkommen, aber Merlin besaß mehr Kraft als ich. Schließlich gab ich auf.

Neben uns stöhnte David auf. Mica hielt ihm fest im Arm und weinte bitterlich. Die Armen. So jung und sie hatten mehr durchgemacht als die die meisten Menschen. Und doch fürchtete ich, dass dieses erst der Anfang war.

Der See schlug leichte Welle, welche meine Zehen umspielten. In der Mitte der Oberfläche spiegelte sich der Mond. Es wirkte alles so friedlich, als wären wir eben nicht dem Weltuntergang entkommen.

»Mum, was ist passiert? Wo sind wir?« Sämtliche Anwesenden rissen ihre Köpfe zu der weiblichen Stimme herum. Aus den Fluten des Sees stieg eine junge Frau. Ihre blonden Haare fielen in langen Locken über ihre Schultern und berührten knapp ihr weißes Sommerkleid, welches ihr bis zu den Fersen reichte. Neben ihr stand ein attraktiver durchtrainierter Mann mit braunen Haaren und einer Krone auf dem Kopf. Er trug eine goldene Rüstung mit dem Wappen der Drogons, an seiner Hüfte hing eine leere Schwertscheide.

Ich schlug mir mit der Hand vor den Mund. Das konnte nicht sein. Das war absolut unmöglich. Vor uns standen Arturius und Niriel. Die Wiedersehensfreude wuchs in mir, bis mir einfiel, was das bedeutete. Die Wächter hatten den Weltuntergang nicht verhindert, sondern eingeleitet.

Ende von Band 2

Danksagung

Nach nun mehr als zwei Jahren ist es vollbracht. Die Fortsetzung der Wächter Reihe fand ihr Ende. Bevor ich mit diesem Buch begonnen hatte, sagte man mir, eine Fortsetzung zu schreiben, kostet doppelt so viel Zeit und Energie wie der erste Teil. Damals habe ich nicht daran geglaubt und wurde eines Besseren belehrt. Dennoch bin ich mehr als froh, dass ich nicht aufgegeben habe. Hier geht mein besonderer Dank an all die Fans, welche mich kontaktiert haben und sich nach dem Stand der Dinge erkundigt haben. Ihr habt mir die Kraft gegeben, jede Schreibblockade zu überwinden.

Des Weiteren gilt mit ein erneuter Dank an Patrick Driemel, welcher das Cover weiterentwickelt und gestaltet hat. Ich weiß genau, dass es viele Blicke einfangen und nicht loslassen wird.

Dann ist da noch David Schwiening, der sich als Lektor für mich geopfert hat und zu jederzeit bereit war, die neuen Kapitel und Änderungen gegenzulesen.

Als Letztes möchte ich der Person danken, welcher ich dieses Buch widme, Tobias Miller. Tobi, du warst der Hauptantrieb für den Roman. Ohne dich hätte ich das Projekt eingestellt. Also danke, dass du mich zum Weiterschreiben bewegt hast.

Ein Band steht noch aus und ist bereits in Planung. Weitere Infos findet ihr bald auf meiner Insta-Seite. Bis dahin, vergesst niemals, ihr habt immer eine Wahl, die es aus freiem Willen zu treffen gilt.

Zaubersammlung

Beschwörung des Weltentors
»Porta antiqua mundus lucet in claritate.
Penitusque voco atrae.
Audi me vocatio ad viam sternat.
Hoc datum est mihi in aeternum.«

Übersetzung
Das Weltentor erstrahlt in alter Pracht.
Ich ruf es durch die tiefschwarze Nacht.
Hör mein Ruf und ebne den Weg.
Dieses ist mein ewiges Privileg.

Reparaturzauber
»Restitutio«

Übersetzung
»Wiederherstellung«

Ruf des Ordens
»O Vos militibus luminis,
Voca me sequere.
Venit tempus nostrum.
Quod est pugna incipiat.
Quem loquor mittamus in tenebris nihil.
Sit scriptor pugna ad qui testamentum fecit nos!«

Übersetzung
»Oh ihr Krieger des Lichts,
Folgt meinem Ruf.
Unsere Zeit ist gekommen.
Der Kampf hat begonnen.
Schicken wir die Finsternis ins Nichts.
Kämpfen wir für den Willen, der uns schuf!«

Ruf des Kults
»O te est tenebrae militibus,
Voca me sequere.
Venit tempus nostrum.
Quod est pugna incipiat.
Nusquam mittamus in lucem.
Sit scriptor pugna ad exitium, quod fecit nobis!«

Übersetzung
»Oh ihr Krieger der Finsternis,
Folgt meinem Ruf.
Unsere Zeit ist gekommen.
Der Kampf hat begonnen.
Schicken wir das Licht ins Nichts.
Kämpfen wir für die Zerstörung, die uns schuf!«

Lied der Schöpfung
»Qui excitare!
Potentiam Creatoris antiquis custos.
Vires vocantum Spatium temporis.
Ad vincere Fines in aeternum.
Quod in corpore immortali immergunt exstinguunt lucem!«

Übersetzung

»Ich, der der erwacht.
Des Schöpfers Hüter aus alter Macht.
Rufe meine Kräfte durch Raum und Zeit.
Überwindet die Grenzen der Ewigkeit.
Taucht diesen Körper in das hellste Licht.
Auf das die Finsternis erlischt!«

Lied der Zerstörung

»Ego princeps tenebrarum
Ab antiqua potestate creatus sum.
Virtutes meae voca per spatium et tempus,
Vince limites aeternitatis.
Horum corpora in imis tenebris immergunt.
Exeat lux!«

Übersetzung

»Ich, der Prinz der Finsternis,
Erschaffen aus alter Macht.
Rufe meine Kräfte durch Raum und Zeit.
Überwindet die Grenzen der Ewigkeit.
Taucht diese Körper in tiefste Dunkelheit.
Auf das das Licht erlischt!«

Über den Autor

Yannick Hagedorn wurde am 13. Juli 1999 in der Nähe von Hannover geboren. Derzeitig studiert er an der Universität Vechta Englisch und Sport für das Realschullehramt. Neben dem Erfinden von Geschichten schwimmt er gerne und ist als Trainer tätig.

Vor einigen Jahren hat er die Liebe zu Fantasyromanen entdeckt. Seitdem schlummerte der erst geheime Traum irgendwann selbst ein Buch zu schreiben.

Mit diesem Roman hofft er, dass er viele Jugendliche nicht nur in die Welt der Bücher entführen, sondern sie auch zum Bleiben überzeugen kann.